U0672601

当代中国最具实力中青年作家书系

刘玉栋 著

父亲上树

中国言实出版社

图书在版编目（CIP）数据

父亲上树 / 刘玉栋著 . -- 北京：中国言实出版社，
2018.8

（当代中国最具实力中青年作家书系 / 付秀莹主编）

ISBN 978-7-5171-2872-4

Ⅰ.①父… Ⅱ.①刘… Ⅲ.①中篇小说—小说集—中
国—当代②短篇小说—小说集—中国—当代 Ⅳ.① I247.7

中国版本图书馆 CIP 数据核字（2018）第 173043 号

责任编辑：张　丽
责任校对：代青霞
责任印制：佟贵兆
封面设计：仙　境

出版发行　中国言实出版社
　　　　　地　址：北京市朝阳区北苑路 180 号加利大厦 5 号楼 105 室
　　　　　邮　编：100101
　　　　　编辑部：北京市海淀区北太平庄路甲 1 号
　　　　　邮　编：100088
　　　　　电　话：64924853（总编室）　64924716（发行部）
　　　　　网　址：www.zgyscbs.cn
　　　　　E-mail：zgyscbs@263.net
经　　销　新华书店
印　　刷　三河市祥达印刷包装有限公司
版　　次　2018 年 9 月第 1 版　　2018 年 9 月第 1 次印刷
规　　格　710 毫米 ×1000 毫米　1/16　16.25 印张
字　　数　180 千字
定　　价　42.00 元　　ISBN 978-7-5171-2872-4

● 付秀莹

猛虎嗅蔷薇，或者密林里那些身影

作为同行，当我面对这一套"当代中国最具实力中青年作家书系"的时候，心里既有感佩，亦有骄傲。这些当代作家中的佼佼者们，他们活跃在中国当代文学现场，以他们的文字，以他们对时代生活的深刻洞察、对复杂人性的执着追问，以他们对小说这门艺术的理想追求，抵达了这一代人所能够抵达的高度。作为女性作家，当我面对这些男性作家作品的时候，心里既有惊诧，更有震动。相较于女性，他们看待这个世界的眼光是如此的不同。在某种意义上，他们的视野更加宽阔，更加辽远。他们的姿态更加从容，更加镇定。有时候，他们也犹疑，彷徨，踌躇不定，他们在那些人性的罅隙里流连，张望，试图从习焉不察的细部，窥见外部世界的整体图景。然而更多的时候，他们是自信的，确定的。他们仿佛雄鹰，目光锐利，势如闪电，他们在高空翱翔，风从耳边呼啸而过。山河浩荡，岁月绵延，世界就在他们脚下。

在读者眼中，李浩或许属于那种有着强烈个性气质的作家，具有鲜明的个人标识。多年来，李浩近乎执拗地致力于小说艺术的探索，建构起独属于自己的艺术王国。他是谦逊的，又是孤高的，貌似温和家常，其实内心里饲养着野生的猛兽，凶猛而傲慢。

他是野心勃勃的小说家，不甘于通达却庸常的大路，深山密林的冒险于他有着更大的诱惑。

同为"河北四侠"，刘建东则属于藏在民间的高手，大隐于市，是另一种不轻易露相的"真人"。低调，内敛，甚至沉默。他深谙小说之道，是得以窥见小说堂奥的有幸的少数。以出道时间计，刘建东成名甚早。对于创作，他是严苛的，审慎的。他只肯留下那些精心打磨的宝贝，他绝不允许自己有半点闪失。从这个意义上，他是悲观的吧。时间如此无情，而又如此有情。大浪淘沙，总有一些东西终将远去。

骨子里面，或许叶舟更是一个诗人。他在文字里吟唱，醉酒，偃仰啸歌，浪迹天涯。莫名其妙地，我总是在他的小说深处，隐约看见一个诗人的背影，月下舞剑，散发弄舟，立在群峰之巅，对着苍茫天地，高声唱出心中深藏的爱与哀愁，悲伤与痛楚。叶舟的小说有一种浓郁的诗性的气质，跳跃的，不羁的，沉迷的，有时候柔肠百转，有时候豪气干云。

从精神气质上，或许胡性能与刘建东有相通之处。他不张扬，不喧哗，在这个热闹的时代，他懂得沉默的珍贵。他的作品也并不算多，却几乎篇篇锦绣，字字留痕。大约，他是爱惜自己的羽毛的吧。他从不肯挥霍一个小说家的声名。生活中的胡性能是平和的，他只在小说里暴露他与世界的紧张关系。他是复杂的，正如他的小说，又温和又锋利，又驳杂又单纯。

刘玉栋则显然具有典型的山东人的精神特质，沉稳，有力，方正而素朴。他以悲悯之心，注视着大地上的万物。他的文字里饱含着深切的忧思，对故乡土地的深情，对前尘往事的追念，对人间情意的珍重，对世道人心的体察，他用文字构建了一个自足的精神世界，他在这世界里自由飞翔。小说家刘玉栋飞翔的姿势耐人寻味，不炫技，不夸耀，却自有动人心魄的力量。

广西作家群中，田耳和朱山坡是文学新势力的优秀代表，同为七〇后一代，田耳有一种与生俱来的小说家的敏感气质，外部世界的细微涟漪，都有可能在他内心深处掀起惊涛骇浪。他看着那浪潮起起落落，风吹过来，鸟群躁动不安，俗世尘土飞扬，一篇小说的种子或许由此慢慢发芽，生长。他期待着与灵感邂逅时的怦然心动，享受着一个小说家隐秘的不为人知的幸福时光。朱山坡则一直坚持在"南方"写作。他丝毫不掩饰自己的执拗，也不打算解释自己的"偏狭"。南方经验，南方记忆，南方气息，南方叙事，构成了丰富而独特的文学的"南方"。他执着地构建着自己的"南方"，也构建着自己的小说中国。这是一个小说家的自信，也是一个小说家的强悍。

江南多才俊。同为浙江作家，东君、海飞、哲贵却有着强烈的差异性。多年来，哲贵把温州作为自己的精神起源地，信河街温州系列成为他鲜明的文学地标。他写时代洪流中人心的俯仰不定，精神的颠沛流离。他在文字里仰天长啸，低眉叹息。生活中的哲贵，即便是酒后，也淡定而沉着。作为小说家的哲贵，他只在文字里喧哗与骚动。而海飞，文学成就之外，近年来更在影视领域高歌猛进，声名日炽。敏锐的艺术触角，细腻的感受能力，赋予了他独特的个人气息，黏稠的、忧郁的、汹涌的、丰富的暗示性，出人意料的想象力，看似波澜不惊，实则激情暗涌，成为独有的"这一个"。与海飞、哲贵不同，东君的写作，却是另一种风貌。他的文字浸染着典型的江南气质，流淌着浓郁的书卷味道，古典的，传统的，温雅的，醇正的，哀而不伤，含蓄蕴藉。东君深受中国传统文化浸润濡染，深得传统精髓之妙。从某种意义上，他既是传统的，又是现代的。在人们蜂拥"向外"的时候，他选择了"向内"。他是当代作家中优秀的异数。

在同代作家中，黄孝阳有着强烈的探索勇气和激情，他以自己充满野心的文本，努力拓展着小说的思想疆域和艺术边界。他是不甘平庸的写作者，永远对写作的难度心怀敬畏。他飞扬跋扈的想象力，一意孤行的先锋姿态，以及由此敞开的内部精神空间，新鲜的，陌生的，万物生长，充满勃勃生机，挑战着我们的审美惰性，也培育着我们的阅读趣味。

中国当代文学现场，藏龙卧虎，总有一些身影隐匿，有一些身影闪现。无论是显是隐，他们都是这个世界的在场者、亲历者和创造者。他们以斑斓的淋漓的笔墨，勾勒着我们这个时代复杂蜿蜒的精神地形图。或者高歌，或者低唱。或者微笑，或者流泪。他们在文字的密林里徜徉，奔跑。心有猛虎，细嗅蔷薇。

是为序。

戊戌年盛夏，时京城大热

（作者系当代作家，《长篇小说选刊》主编）

目录

红斑

1

　　我正在昏黄的灯光下冲着淋浴，师傅老熊出现在门口，他朝我招了招手。我将一把头发，来到师傅老熊身边。师傅老熊低声说："快冲，冲完了还有点儿活干。"说完，老熊扭头走了。

　　我心里有点烦，这个老熊，都什么时候了，还有活干，再说，大家都已经洗完澡，光等着下班了。可老熊毕竟是师傅，我是敢怒不敢言。我擦干身子，套上衣服，顺着锈迹斑斑的铁梯子，拐进静悄悄的车间，穿过灰暗中如同巨兽般趴伏着的机器设备，回到操作间。仪表盘上的警示灯大都是关闭着的。我们制酸车间已经停产一个多月了。不是因为我们制不出酸来，而是因为我们制出的酸卖不出去。厂里的盆盆罐罐都已装满，说得好听一些叫高位储存。可我们工人要照常上班，照常三班倒，除了日常的设备维护，我和老熊下下象棋、玩玩扑克、看看武侠小说，用来打发无聊的时间。

师傅老熊不在操作间。我瞅一眼仪表盘上的电子表，时间已经是十一点四十五分，夜里的十一点四十五分。我们上的是中班，也就是下午四点到晚上十二点这个班。还有十五分钟就下班了，还干个鸟活！我抓起一块干毛巾，擦了擦湿漉漉的头发。这时候，师傅老熊走进来，说："快，快把工作服穿上，拿上防酸手套。"我这才发现，老熊已是全副武装，一身工作服不说，还穿着高筒的防酸靴。我心想，多热的天呀。我心里愤愤的，可又不能说别的。我只能往身上套工作服，边套边嘟囔：都快十二点了，要下班了……老熊肯定是听见了，他说："少说废话，快穿。"我们的工作服都是防酸绸做的，厚得密不透风，刚穿在身上，汗水就淌下来。还好，上夜班的工友已经来接班了。我和师傅老熊跟他们打了个招呼，便下得楼来。老熊挪着胖胖的身子在前面走，我在后面跟着，边走边琢磨，看这个样子，不像要去干什么活呀。老熊这个人倒是不孬，平时话也不多，可他总喜欢把屁大点儿事搞得神神秘秘。

果然，老熊一晃身子，走出车间。我也跟着来到车间外面，外面空气清新，一阵风扑面而来，身上立刻舒服了很多。由于停产，厂区到处都是黑咕隆咚的，路灯也跟着半死不活，只有老熊的步子迈得劲头十足。我终于还是忍不住了。

"师傅，这么晚了，咱们还干什么活去？"我露出了不耐烦的口气。

"不该问的话，一句话别问，不该说的话，一句话也别说。"老熊扭过头来，恶狠狠丢下一句，又劲头十足地向前走去。

我心里呸了一声，心想，就能在我面前逞能，见了车间主任跟哈巴狗似的。我们朝停车场方向走去。我看到厂里的交通车就停在那里，车里亮着灯，有稀疏的几个人坐在里面，他们是一些家住城里的职工，而我和老熊的家都是附近村里的。我和老熊每天上下班都骑摩托车。我想，老熊不会是带我进城吧？又一想，这个时间，进城干什么，城里的歌厅都要关门了。又他妈的一想，城里的歌厅关门不关门，跟我有什么关系，老熊这个铁公鸡，怎么舍得请我去城里唱歌呢。果然，老熊昂首阔步地拐过交通车，朝一片黑暗的地方走去。

这时候，我看到一辆罐装卡车停在前面，车后三角形的黄色警告标志牌告诉我，这是我们厂里的运酸车。老熊绕过车头，朝着驾驶室里打了个手势，接着又向我招招手。我来到驾驶室的另一侧，老熊已经打开车门，先爬了进去。我没有迟疑，也跟着爬进去。驾驶室里热燥燥的，尤其是座位，更是烫屁股。驾驶室里的小灯一亮，我这才看到驾驶座上坐的是肥哥。肥哥咧了咧嘴，似笑非笑地说一声："咱走。"师傅老熊点点头。

我认识肥哥，他是车队的司机，跟老熊是初中同学，去我们车间打过扑克。我知道他的后背上文着一条龙，透过他的白汗衫，我隐约地看到过那条龙的彩色轮廓。我从小就害怕文身的人。肥哥留着板寸头，后背上文着一条龙，我真的很害怕。

深更半夜的，肥哥拉着我们去干什么？想想老熊神神秘秘的样子，我心里产生了一种不祥的预感。不会去干什么见不得人的事情吧？这个时间去外面活动，肯定是见不得人的。又能去干什么呢？我瞎琢磨着，肥哥一发动汽车，一股尿意伴随着恐惧油然而生。肥哥向警卫室交了张条子，汽车缓缓地驶出工厂，拐上公路。我想，犯罪的事情我是不做的，我不管老熊是不是我师傅。我心里开始埋怨老熊不跟我透露实情，你在厂里是我师傅，出了厂门还是我师傅吗？你这是欺负我进厂时间短呀。肥哥倒是一脸的轻松，竟然吹起口哨来。老熊坐在我和肥哥中间，脖子一伸一伸的，眼睛随着车灯延伸的方向巡睃着。夜风扑进驾驶室，有了些许凉爽的感觉。我突然想到身上的工作服，如果我们去干什么坏事情，老熊是不会让我穿上工作服的。想到这里，我心里稍稍平静一些，抬头看天，天上有几颗星星闪来闪去。午夜时分，公路上一个人也见不到，两旁半米多深的玉米露出它黑黢黢的轮廓。

过了大概有二十多分钟，汽车拐进一条更为狭窄的公路。

"不是让越远越好吗？"老熊问肥哥。

"日他奶奶的，都几点了。"肥哥懒洋洋的口气。

我早已经辨不清方向，不知道汽车到了什么地方。又过了十来分钟，肥哥一打把，汽车缓缓地在路边停下来。随即，车灯全部熄掉了。

我们跳下车，一字排开，又开腿在路边撒了泡尿。深夜中的田野很安静，见不到一丝灯光，听不到一声狗叫，偶尔有阵风吹过，玉米叶子发出唰唰的一阵响动。看来，这个地方离村庄还是挺远的。

"快干吧。"在黑夜中，肥哥挥了下手。

师傅老熊来到我身边，低声跟我说："一罐废酸，放掉它。戴上手套，扶好管子，对准路基下面，抓好了，有风，别溅到身上，注意安全。"老熊说话前所未有地利落。

我这才明白我们是来干什么的，尽管干的也是见不得人的事，但我这心里，倒一下子变得轻松许多。我放下管子，把它顺到马路下面的沟里，沟是水泥铺就的，在夜色中发出淡淡的灰白色。我站在路基上，双手紧紧地端着碗口粗的皮管子。老熊问好了没有。我说好了。老熊说一声开阀门了。只听到路基下面传来哗的一声响，一股酸味扑面而来，呛得鼻子生疼。我想象着一团团腾起来的酸雾。还好，风是朝另一侧吹的。我扭着头，闭着眼，还能忍受得了。

时间似乎凝固在这一刻。在哗哗的酸流声音中，风比刚才大了许多，我睁开眼睛，看到天空中的星星好像又多了几颗。不知道过了多长时间，管子里渐渐地没有了声音。老熊捂着鼻子，来到我身边。我们小心翼翼地把管子顺过来，归位到酸罐一侧，固定好。

确实起风了。向回返的路上，我们谁都没说一句话。师傅老熊微闭着眼睛，露出疲惫的样子，肥哥握着方向盘，不时地打一个哈欠，拿一只手揉一下眼睛。我朝着漆黑的夜色中瞪着空洞的眼睛，听到耳边呼呼的风声。我总觉得空气中夹杂着一股火辣辣的气味儿，搞得你鼻子眼睛不舒服。

回到厂里，已经是凌晨两点钟。我和师傅老熊跟肥哥告别后，来到车间的放车棚里。师傅老熊塞给我一张票子，然后趴在我耳朵上说："不到两个小时，赚了一百块钱，怎么样？"灰暗中，老熊的眼睛狡黠地眨了眨，他又低声说道："这事儿，跟谁都不要说。听到没有？再有好事儿，我还会叫你的。"

我攥着一百块钱，心里挺感激老熊的，先前对他的不满早就跑得无影无踪。要知道，我一个月的工资，也只有这么十张票子。我禁不住说："师傅，明天我请你去王家酱骨店喝杯啤酒，咋样？"

"好小子，够意思。"老熊拍我肩膀一下，踏响了他的摩托车。

2

我一口气睡到上午十点。要不是孙静打我的手机，我可能睡到下午去了。"马太，你咋还在睡觉？都十点半了。"孙静没好气地说。我打了个哈欠，揉揉眼，瞄了下墙上的石英钟，才刚刚十点出头，就说十点半了。孙静总是这么大惊小怪的。

"上夜班，睡得晚呀。"我懵懵懂懂有气无力地说。

"就知道你是上夜班，"电话里传来孙静咯咯的笑声，"我今天歇班，咱们进城逛逛去吧。"

我心里一紧，心想，逛什么逛，不是买这就是买那的，嗨，女人的这点小心思。可我不能这么说啊，我们谈恋爱快两年了，已经花掉我爹好几万块钱。我爹盼着我能早点儿把孙静娶回家，可我们俩都还不到结婚的年龄。对了，我一下子想起来，我还得请师傅老熊吃饭呢。昨天夜里赚了一百块钱，这钱怎么能白赚。

"到底去不去呀，说话啊？"电话里传来孙静发嗲的声音。

我肯定不能说不去。我想一想，说："咱们下午去吧，中午我师傅还叫我有点事儿。"

"哼，有点儿事？肯定又是喝酒，不能喝多了，下午两点之前必须到家里来接我，要是来晚了，看我不把你的大腿掐青了。"

我嘿嘿笑了，坏笑。孙静这句话的背后是有故事的。当然，这是我和孙静之间的故事，别人只能去猜了。

我给师傅老熊打电话。老熊也是刚起床，正在刷牙，他嘴里呜噜呜噜地说了两个好，便把手机摁死了。

就这样，我开始了颇为怪异的一天。后来想想，许多事情根本无法说清楚，但是，说不清楚也得说啊。

比如这一天中午，那个丑陋的怪男人出现之前，我和师傅老熊坐王家酱骨店门口的帆布棚子下，不声不响地喝着冰镇啤酒，那感觉特别好。老熊酒量不大，但爱喝，他长得又黑又胖，虽然大伙都喊他老熊，其实他脾气还不错，平时话少，只有喝点儿小酒，他才多说那么一句两句的。

中午很热，老熊光着膀子，浑身上下已变成紫红色，高高突起的肚皮光滑锃亮，像一个大大的茄子。他不时地伸出巴掌，在鼓鼓的肚皮上拍两下，吃饭的只剩下我们两个人，因此声音显得特别清脆，除此之外，剩下的声音，只有树上的蝉鸣了。

这是一个安静的中午，由于天气炎热，雾镇的街道上空空荡荡的，连鸡狗猫鸭什么的都躲进街角的阴凉处。酱骨店胖胖的女老板靠着一根木柱子打盹，她歪着脖子，口水被牵成一根细细的亮线，手中的苍蝇拍子也滑到脚面上。

老熊兴致却很高，两只小眼睛亮亮的，他盯着我，不时地晃一下脖子，迸出低沉短促的几个字来。只有这个时候老熊才变得有点儿可爱。他正在教训我，或者说正在教育我。

"你爹……多不容易……花了……"我师傅老熊猛地把巴掌伸到我眼前，那张开的五根手指又短又粗，"这个数，才有这份工作……你，娶媳妇，他至少还得，花，这个数……"

我低着头，不时地撩一下眼皮，瞄一眼师傅，好像不太敢直视老熊伸过来的五根短粗的手指。在师傅老熊面前，我有些拘谨，我只把 T 恤衫的下摆卷到肚脐眼上面，我没有像老熊那样把上身扒个精光，尽管衣服早已被汗水湿透。

老熊说话磕磕巴巴，但我知道他没有喝多。他喝了酒，说话就是这个样子。他摇晃着紫黑色的脑袋，表情既认真又严肃。我只能恭恭敬敬地听着。我当然知道他说这些话的意思。他这是对我好。上一次我爹请他喝酒，他也是这个样子，他让我爹一百个放心，他会把我带好的。昨天夜里，他塞给我一百块钱，我想就是因为我爹请他喝过酒。我爹在村子里开了家小超市，每天赚个百八十块钱，自以为是个人物，实际上卖的多是垃圾食品。他不想让我整天飘过来荡过去的，想让我有点儿出息，于是托人花钱给我买了这么个合同工。其实我一点也不喜欢这个工作。

新源化工集团，据说是我们这个县级市最大的企业。一说没有不知道的，这是咱们市的骄傲啊，这可是重点工程啊。雾镇的人更自豪，能建在雾镇的地盘上，这是咱雾镇四万五千名老百姓的福气啊。当然，这话可不是我说的，这是人家镇长说的。人家镇长说这话时，激动得脸色通红，唾沫星子喷在麦克风上，砸得呼呼响，当然，这位镇长现在已经是咱们的副市长了。

好了，先不说镇长啊市长的。先说我和师傅老熊。我成为化工集团的合同制工人还不到半年，除去在省城培训的三个月，我在制酸车间干了只有两个多月的时间，再加上停产的个把月，实际上干了只有一个多月。我对工艺流程的掌握便可想而知，我还得指望着师傅老熊。所以昨天夜里，老熊塞给我一百块钱，我要也不是，不要也不是，才把老熊喊出来喝酒的。我不能让老熊觉得我不懂事。

我们喝掉了七瓶啤酒，桌上的菜也所剩无几。师傅的酒量不大，再说过一会儿，我还要陪着孙静去城里逛商场。

"师傅，咱们还喝吗？"我试探着问老熊。

老熊瞅了眼手机上的时间，说道："时间还早，再喝最后一瓶。"

"好咧。"

我抬头，朝打着瞌睡的老板娘拍一下巴掌。"一瓶啤酒，冰的。"老板娘睁开眼睛的同时，有两只麻雀，从头顶的槐树上叽喳着飞走了。这时候，街对面传来女人的一声浪笑，看过去，原来是摩托车修理部的大胖子正提着腰带从火鸟美容美发厅里走出来。小镇似乎也有了点生气，但紧接着，又都归于安静。

我给师傅老熊满着啤酒。老熊突然说："马太，我给你说个段子吧。"

说着，老熊便啪嗒啪嗒摁了几下手机。

"喝酒的五个阶段，哈哈，一是处女阶段，严防死守，哈哈哈……"

读完，老熊哈哈地笑个不停，他端着啤酒杯，啤酒沫从里面不断地溢出来。

我也跟着老熊笑，可说实在的，我并没有觉得有什么好笑的。可能是喝了点儿酒，老熊才表现出自己可爱的一面。不知道为什么，老熊这一可爱，我这头皮直发麻脊梁沟直冒冷气，浑身觉得不对劲儿。

我们一边笑着，一边把杯中的啤酒一饮而尽。当我放下酒杯时，我发现我身边多了一个人。他坐在我和老熊中间，正咧着嘴傻呵呵地盯着我们看。

我惊呆了。面前的这个男人看上去四十多岁，长相极其丑陋，八字眉。一只眼睛很小，几乎看不到眼珠，而另一只眼睛虽然大些，眼球上却覆盖着一层白膜，他看人挺困难的样子，歪着头斜着眉，让人恶心的是，他的鼻子两侧生着几块恶疤，红的、黄的像花朵似的开着，里面似乎还有一些白色的东西在慢慢蠕动。他的嘴巴特别大，薄薄的嘴唇像猩猩似的朝外翻着，红彤彤的牙床几乎全部露出来，靠左边还有两颗坏牙，黑黑的已烂成一个洞。他的头发又长又脏，估计很久没有洗头了，头发被油泥粘成一绺一绺的，像非洲人扎的那种小辫似的。他赤裸着上身，皮肤上生着一块一块的红斑。更让人感到惊奇的是，他背上竟然长着两个巨大的翅膀，当然，你仔细一看便明白，那是编扎而成的，跟他人相比，那翅膀却显然异常干净，羽毛五彩缤纷，都能以假乱真了。那人用两根松紧带把翅膀固定在他的肩膀上。他肯定看到了我惊呆的表情，于是呵呵地笑着，耸动了两下肩膀，那翅膀竟然像真的一样煽动起来。他满脸得意的样子。他举起手来。原来，他手里还提着一个脏兮兮的啤酒瓶子，他昂起脖子灌一口，一些酒从他的嘴角处淌下来，沿着脖子流到黑黑的胸脯上，引来一团团嗡嗡叫的苍蝇。

我惊讶过后，马上意识到，这人的神经肯定不太正常。疯子、精神病、要饭的、流浪汉……这些词儿不断地从我心里向外冒。老熊肯定也被吓了一跳，从他表情上看，他心里想的跟我差不多。他肯定也认为眼前这个丑男人就是一个精神病，要饭的。于是老熊就龇牙笑了。

我不得不说，这一天中午，我师傅老熊有些兴奋，平时他的话很少，即便是喝了酒，他也只多说那么一句两句的。可这一天，老熊兴致满怀，还给我读了一个段子，并且笑得那么痛快。这是两个多月来，我第一次听到师傅如此爽朗的笑声。可就在这时，那个丑陋的怪男人不声不响地坐在我们面前。让我无法忍受的是，他脸上那些正在溃烂着的恶疮和他那脏得无法再脏的身体。

"这么多空位子，你非得坐到这里吗？"我没好气地说道。

当代中国最具实力中青年作家书系

跟他说这话时，我根本没敢正眼看他。

"哈哈哈，"尖细的笑声，就像鸟的叫声，"累了，坐一小会儿。"

"我们正在说话呢，这么多空位子，你……"

"哈哈哈，我也想跟你们说说话，你们听说没有，南边，昨天夜里，起了一团妖雾，刮了一场妖风，哈哈，那庄稼全都变成了一堆烂柴火……你们知不知道，这是在下所为啊……"说着，这个丑男人竟然惬意地扇动起翅膀来。

我师傅笑了，我看到师傅老熊眼里闪过一道光，一道冰冷的光。

"你算是什么鸟呢？你说，你算是什么鸟？"老熊声音不大，但是咬着牙说的。我看到老熊的右眼皮像哆嗦似的抖了几下。

"哎呀，你是第一个说我是鸟的人，来来来，朋友，咱干一杯。"说着，这个丑男人果真举起酒瓶来。

"我说你算是什么鸟？猪腚眼里插鸡毛，你算是什么鸟？"

老熊说着说着，音调猛地高昂起来，他的脸更是涨成紫黑色，他腾地站起来，飞起一脚，踢飞丑男人手里的啤酒瓶子，然后挥着拳头喊道："滚，妈的，人不人鸟不鸟的，算什么东西！"

"别发这么大火嘛，"那个丑男人歪着脑袋，呵呵地笑着，先瞅了一眼师傅，又看了我一眼。他的那只几乎看不到眼珠的眼里猛地射出一道比针尖还要尖细的白光，我禁不住浑身抖了一下。

"哎，不是冤家不碰头啊。"说着，这个丑陋的怪男人缓缓地站起来。

"败兴，"我师傅嘟哝了一句，接着喊道："老板，结账。"

老板娘懵懵懂懂地抬起头，她刚才好像是睡着了。我急忙掏出钱，跑过去买单。再跑回来，发现丑男人不见了。我抻着脖子转了一圈儿，就这么眨眼的工夫，那个怪男人，真的没有了。前后左右，空空荡荡，什么都没有，只有天上，有几只麻雀，受惊吓似的一闪而过。一身的白毛汗，几乎在瞬间湿透了我的衣服。师傅老熊还在生气，他似乎什么都没有发觉，他把杯中的啤酒，一口吞了下去。

"那个人呢？"我问老板娘。

"哪个人？"老板娘问。

"就是刚才那个要饭吃的，神经病，又脏又丑，背上还扎着两个翅膀。"

老板娘半张着口，先是一脸茫然，接着便像老母鸡似的咯咯地笑起来，说："小伙子，没喝多吧？"

这时候，师傅老熊晃着膀子，朝他的摩托车走去。我追上来，说："师傅，你喝了不少酒，骑摩托车行吗？"老熊摆了摆手，表示没事，然后，他跨上去，一脚踩响了他的摩托车。这时候，我猛地看到老熊的后背上，有几片地图形状的红斑，更让我惊愕的是，他的两个肩膀上，对称着多出两个掌形的印记，血红的颜色，就像被谁在后面用双掌使劲儿拍了一下似的。

老熊说："我先走了。"

我稍一恍惚，突然看到老熊的肩膀上生出来一对翅膀。他骑着摩托车，像飞起来的样子。我张着大嘴，想喊，却什么也喊不出来。周围很静，我使劲儿晃晃脑袋，蝉声这才又进入耳孔。看来，我是喝多了酒。我抬头看了看天，一团乌云从东南角处压过来。

"亲爱的，你慢慢飞，小心前面带刺的玫瑰……"我的手机响了。这首《两只蝴蝶》还是孙静从网上给我下载到手机上的。我一摁，孙静的声音便从里面蹦出来："马太，都几点了，还不过来接我哦？"

3

　　雾镇热得跟地狱一般，正午的街道上难见一个人。我骑着摩托车，顶着火辣辣的太阳，歪歪扭扭地穿过大街。我的衣服全都被汗水湿透，两个眼皮直打架，恨不得往路边的树荫下一躺就睡过去。我心里骂着孙静，大热的天，躲在家里多好啊，干吗非得进城去逛街？

　　出来雾镇向西不远，是一道高高的河堤。沿着河堤一路向南，大约走十多里路，再拐下河堤，就是一个叫孙庄的村子。孙庄处于雾镇最南端，孙静家就在村子的最西头，四间红砖瓦房倒是挺显眼，但高高的门楼上雕龙画凤的，搞得很俗气。不过，去城里的公交车正好在她家门口有这么一站，所以，孙静有事没事地就往城里跑，买大件小件的衣服，买大瓶小瓶的化妆品，买模样怪怪的包包，还买闻起来臭吃起来香的臭豆腐吃……我真是恨死这个公交站点了。比公交站点更可恨的是孙静她妈，刚四十几岁的年纪，一脸的苦大仇深。我每次去找孙静，她总是端着个臭架子，对我带搭不理不说，还摔摔打打的，让我很没面子。好在孙静表现很乖，关上屋门便把双手吊在我的脖子上，亲得我怪舒服的。

　　现在，我骑着摩托车行驶在高高的河堤上，一想到孙静火热的嘴唇，就有种飘飘忽忽的感觉。右边是宽阔的马颊河，河水早已"失去"了它的清纯时代，这些年，它多次被"黑"过，被"黄"过，被"紫"过，被"蓝"过，被"白"过，如今，连河床都变成五彩缤纷，只是你不敢再靠近它，那味道能恶心得把你的肠子吐出来。左边呢，是一望无际的庄稼地，一座座村庄点缀其间，如果你闭上眼想象的话，应该跟电视上播的那样，蓝天白云，美得如同一幅画似的，可你一睁开眼，放眼望去，看到的却是高高矮矮的烟囱和那如云似雾一般的灰尘。

我实在是太困了，摩托车一扭把，差点摔倒在河堤上。这种情况从未有过，论说，今天只喝了四瓶啤酒，不算多呀。我看到旁边有一棵柳树，便推着摩托车，来到树下。我坐在杂草上，看了眼手机上的时间，下午一点四十分，还不晚，我得抽支烟清醒一下……

我往河堤下面一看，禁不住愣住了：刚刚半人多深的玉米棵子怎么就黄了呢？还有豆子、花生、芝麻、西瓜、枣树……都黄了、枯了，三三两两的人站在地头上，交头接耳地说着什么。因为我是站在高高的河堤上，所以下面的一切看得特别清楚，满目所及，一片苍黄。还不到成熟的季节，为什么庄稼都变成这个样子？我禁不住朝河堤下面走去，想看个究竟。果真是喝多了酒，下河堤时，腿软得厉害，两脚差点离开地面，要飘起来的感觉。下来河堤才发现，这里远比我看到的热闹，竟然还有一辆消防车，两个消防队员抱着水龙头，朝水沟里喷着水，我使劲揉揉眼，朝水沟里看，也没看到有着火的地方，只是有一团团薄薄的烟雾升起来。空气中弥漫起一股呛人的气味，这种气味有点儿熟悉，可我说不出来为什么这里会有这种气味。不远处还有一个扛摄像机的人，他跑来跑去的，好像比消防队员还忙活，他肯定是电视台的什么人，没错，还有一个美女，举着话筒，正在采访一个人，那个人手里抱着一个茄子大小的西瓜，我仔细一看，这不是孙静的爸爸嘛，正愁眉苦脸地说着什么……再往远处一看，我又看到了孙静她妈，正仰着那张苦大仇深的脸，呆愣愣地站在一片西瓜田里，周围的瓜秧全都枯黄了……我急忙扭过身子，我害怕他们看到我……这时候，我突然觉得肚子鼓得厉害，一泡尿似乎憋了好长时间，我来到一棵树的后面，我看到这棵树的树叶子也全都变得枯黄，身后有晃来晃去的人，我也管不了这么多了，人多也得尿啊，活人还能让尿憋死吗？我解开裤腰带，可越着急越尿不出来……天突然变了似的，一团团的红雾飘过来，我回头一看，消防车没有了，电视台的人没有了，孙静的爸妈也没有了……我正纳闷，猛地听到一阵咔咔咔的声音，抬头一看，看到远处的天空中密密麻麻地飞来一群东西，它们越飞越近，也变得越来越大，像一群阿帕奇直升机似的，我晃晃脑袋，仔细一看，原来不是什么直升机。我看到飞在最前面的竟然是我的师傅老熊，他的后背上长出来一对硕大的翅膀，不过，他的身子过于肥胖，所以飞在空中显得很吃力，两只翅膀忽闪得很慢，像是要向下落的样子；紧跟在后面的，正是刚才喝酒时遇到的那个丑男人，他龇牙咧嘴，翅膀急速地扇着，手里还提着一根棍子，跟在他身后飞着的一群东西就有些辨不清模样了，像苍蝇、像蜜蜂、像蝴蝶、像蝗虫、像蜻蜓、像燕子、像老鹰……不过，它们都是些个头硕大的家伙，手中攥着些棍棒一类的东西，好像是跟随着那个丑男人，一起在追击我的师傅老熊。老熊眼看被追上的样子，急得抓耳挠腮，翅膀上的羽毛也在不断脱落，像破抹布似的飘在空中。他一下子看见站在地面上呆愣愣地仰着头的我，禁不住张开嘴大笑起来，接着，他突然朝我唱起歌来：亲爱的，你慢慢飞，小心前面带刺的玫瑰；亲爱的，你张张嘴，风中花香会让你沉醉；亲爱的，你跟我飞，穿过丛林去看小溪水……老熊把我震呆了，他怎么对我唱起歌来，并且唱得这么好！他一直没跟我说他会唱歌啊……这时候，后面那个丑男人忽闪着翅膀追上来，他举起棍子，一棍子砸在老熊头上……

我大叫一声，一下子从梦中醒来。阳光透过树叶，落在身上脸上，摩托车就停在离我不远的地方。我的口袋里，手机还在唱着《两只蝴蝶》：亲爱的，来跳个舞，爱的春天不会有天黑……

我知道电话是孙静打来的。我浑身酥软疲惫，一动也不想动。手机终于不响了。又过了一会儿，我才从地上爬起来，拍拍身上沾着的草屑和尘土，站在河堤上撒一泡尿。我边撒尿，边想着刚才这个荒唐奇怪的梦。这泡尿憋的时间太长了，几只麻雀从天空中飞过，又有几只麻雀从天空中飞过，好像还有几只麻雀飞过来……我还没有尿完。

这时候，我低下头，看到了我肚皮上那一片片地图状的红斑。

向北

关键是现在已经九点钟了。我站在卧室门口，瞅了眼窗外越来越强烈的阳光，然后回过头来，把食指变成疙瘩状，在乳白色的门板上轻轻地敲了几下。我敲门当然是为了提醒刘苹，我的意思是说：我们该走了。可刘苹似乎没有听到，她坐在梳妆台前的认真劲儿，就像要去见克林顿的白宫实习生一样，她用眉笔在眼眉上仔细地涂着，她就这样弄了整整一个小时。这期间，我刷了碗筷，叠了被子，擦了地板，又躲在阳台上抽掉两支烟。我站在卧室门口也有十几分钟了，然而，刘苹并没有丝毫要结束的意思。

后来，我靠在门板上，舔舔有些干涩的嘴唇。我说：是不是要做新娘了，刘苹？我把声音压得很低。

刘苹用小毛刷在眼角上轻轻地扫着说：那当然了。刘苹的回答虽然听上去有点儿心不在焉，但口气还是幸福的，她敲了敲脸蛋，并且朝镜子里做个鬼脸。

我说：你如果觉得枯燥，我可以给你讲一个公主和傻瓜或者穷光蛋结婚的故事。

刘苹马上还以颜色，她说：你要是觉得无聊，你就去阳台再抽一支烟吧。

看来，我心里想的什么刘苹是知道的。此时，她的行为也许只是女人的一种姿态，当然，也许什么都不是。我眯起眼来望着窗外，看到有许多柳絮飘来飘去的，在阳光下，它们显得十分优雅。

今天是星期一，我和刘苹准备到结婚登记处领取结婚证，这是我们上个星期四刚刚决定的。其实，我和刘苹都已经不小了，要算起来，我们都应该归入大龄青年的行列。我三十岁，而刘苹也过了二十六岁的生日。上个星期四就是刘苹二十六岁的生日，我和刘苹坐在一家叫随意的小饭店里，吃了一顿并不随意的饭。

刘苹干掉一杯干红葡萄酒，说：又到春天了。我知道她是想把话说得抒情一点儿，但效果适得其反，如同锅巴一样干得发脆。此时，我正盯着窗外（自我感觉就像一只蹲在窗前的老猫）。我看到有两个女孩子已经穿上了裙子，她们手牵着手，就像一对孪生姐妹似的在马路上悠闲地走着，她们的头顶上，法桐嫩黄的树叶在微微摇荡。

春天又到了。刘苹重复了一遍，因为她发现，她的话并没有得到我的响应。这一次她显然加重了语气，但听起来更有些不自然。不过，我还是把头扭过来，我说：你说什么？刘苹没有理我，她把头扭向一边，嘴唇嘟噜着，像是生气了。我拿起酒瓶，给刘苹倒了些酒，然后又端起自己的酒杯，说：来，祝你生日快乐。刘苹的手没有去碰酒杯，她说：我们俩一块儿玩了几年了？我想了想说：两年？不，应该是三年。是的，三年，我们在这三年里干了些什么呢？刘苹斜着眼盯着我，目光就像一个哲学家一样深沉。看到她这副表情，我差点笑出声来，我说：没干什么吧？我们能干什么。然而，刘苹并没有要笑的意思，她把头垂了下去，她的目光如同麦管一样坚硬地戳进酒杯里。

我这才觉出刘苹的表情有点不对劲儿。此时，刘苹一双细白的小手从红色的羊毛衫里伸出来，捧着一支有干红葡萄酒的高脚杯，如同一件艺术品似的一动不动，有点让人生怜。我伸出手去轻轻拍了拍刘苹的胳膊，我想说点什么，来表达我此时的心情，可没等我说出来，刘苹就说话了，她说：马文，我们都这么老大不小了，难道你一点儿别的想法都没有？我说：什么想法？我们不是挺好的吗？一块儿吃，一块儿睡的。刘苹说：对了，就因为在一块儿吃睡，才惹得我妈妈老是骂我。还有，我们住的是我妈的房子，要不是她整天住在我后爹那里，我们能这么自由？我说：自由有什么不好？我觉得不错。刘苹说：可也不能这么鬼混下去呀！我想了想，说：我明白了，你是说我们也需要个营业执照什么的，对不对？刘苹白了我一眼，说：那当然。我说：去办不就得了。刘苹说：你说得好，我跟你提过几次了，你从来没拿这当回事儿。我说：这样吧，下个星期，怎么样？刘苹说：倒没必要这么急。不，我说，就下个星期。

快到九点半的时候，刘苹终于抬起屁股，她朝着镜子拍拍自己的脸蛋，稍稍有些兴奋地说：好了。她随手从衣架上拿下袖珍坤包，然后打开来查看里面的东西。

我打了个哈欠，觉得骨头缝里如同爬满了小虫，身子懒洋洋的，瞥一眼刘苹，看到刘苹正把一卷卫生纸塞进坤包里。此时，我的眼珠上就像蒙了层塑料薄膜，有些暗淡无光。刘苹说：走吧。

于是，我们走下楼来。在楼道里，我弯腰开自行车锁的时候，才发现刘苹换上了裙子。刘苹穿的是一件黑色的呢裙，上边肥些，下面窄瘦，最下面还有一圈儿张开的花边，看上去就像一条黑色的鱼尾巴。

　　我又直起身来，说：我们怎么去？

　　刘苹说：坐车吧，星期一，人不会多的。

　　我说：可我们是说好骑车去的。

　　刘苹说：坐车吧坐车吧，你看我又穿了裙子。刘苹把胸脯贴在我的后背上，轻轻地晃了晃我的胳膊。

　　我说好吧，也只好这样了。我想要是再让她上去换裤子，那么今天我们就没法去办什么正经事了。

　　外面的天气不错，无风，阳光落在衣服上，浑身上下都是暖烘烘的。我做了个深呼吸，又开十根手指使劲向后面捋了两把头发。这时候刘苹突然说：嗨，你看那个女孩。我就随着刘苹指的方向瞅过去，原来是一个把头发染成红色的女孩，瘦瘦的、高高的，穿着一身黑色的超短皮裙，宽宽的皮鞋跟儿，像只大蛤蟆，落在水泥花砖上发出磁性的声音。空气中流动着一股茉莉花的香味儿，像是从女孩的身上飘出来的。此时，她正目不斜视地向这边走来。刘苹说：真有点儿了不起。我知道刘苹这是自言自语。

　　我说：她已经把这脏兮兮的马路当成了时装表演舞台。顿了一下，我接着说，胃口也肯定是错不了的。

　　刘苹突然笑起来，刘苹知道这话的意思，所以她笑了起来。

　　我看了看刘苹，我发现刘苹笑起来其实难看极了。在阳光下，我还发现刘苹的眼角上皱纹很深，尤其是今天，刘苹化的妆较重一些，一张不太真实的面孔上出现了几条不太真实的裂痕。

我觉得心里难受得很，突然就打了个冷战，好像天气猛地冷了下来似的。

我目送红发女孩走出很远，才回过头来。刘苹正盯着我，目光如啄木鸟的嘴一般尖细。

我们终于挤上了去区政府的33路公共汽车。刘苹上班的时候，跟她的同事打听过。她的同事说：你到区政府就行，领结婚证应该是民政局的事，民政局大都在区政府院里边。她的同事还说：简单得很，那时候领结婚证我连去都没去，我对象有个同学在民政局，他一个人跑了趟就办好了。刘苹回来跟我一说，我说：靠，我也有个同学在区政府，不过他不在民政局，他在史志办公室。当时，我和刘苹都笑了。

这时候我站在公共汽车里，望着窗外，思绪一会儿又回到那个红发女孩身上。不知道为什么，我总觉得那个女孩身上有一种我所熟悉的东西，那么温馨，就像缥缈的雾气一样，缠绕着你，你却无论怎么抓都抓不到它。此时，刘苹的精神头儿也好像消失了，她把头靠在我的胳膊上，目光也暗淡了许多。

下了33路车，我们沿着一条宽宽的胡同向北走。胡同两边烟气腾腾，烤羊肉串的、炸鸡腿的、蒸包子的、卖凉皮的、烤地瓜的……整个一个吃的世界，各种各样的味道交替着往你的鼻子里钻。我看了看手表，十点一刻。我又看了看刘苹，刘苹东瞅瞅西看看的，好像要买什么东西吃。我知道刘苹有在大街上吃东西的习惯，我怕人间烟火再勾起刘苹的食欲来，就说：快点好不好？刘苹噘着嘴说：我快得了吗？你看我这裙子。我仔细瞅了眼，才发现刘苹的裙子下面过于窄小了，根本就迈不了大步子。我笑了，我想这能怪谁呢？我停下来，等着刘苹走到我身边。

刘苹说：对了，单位介绍信开了没有？

我说：什么单位？

刘苹说：我忘了你是个无业游民，上周五我让你去你们的街道居委会开登记用的介绍信，你是不是忘了？

我说：什么介绍信？那叫证明信，我绝对当事儿干了，就在兜里呢。

说话的工夫，我走出十多米远，后来我发现刘苹根本就没跟上来。她站在那里，嘴里好像还嘟嘟囔囔说着什么。我只好又返回去，我问她怎么了。她说：我怎么就嫁了个无业游民，就凭你一年发的那几篇破小说，老婆孩子还不喝西北风去？

我想刘苹就是刘苹，这个时候她还在思考这么严肃的问题，真是令人肃然起敬。

我说：那你可能真的吃亏了，反正我是看你在银行工作，一个月能拿个千儿八百的，又有房子住着，所以才这么舍生忘死地靠上了你。我看到刘苹的眼睫毛都快要湿了，就又说：不过，你没必要这么伤心，你现在不是还没嫁给我吗？一切都还来得及。

本来，我说这些话的意思是想开一个玩笑，可是说着说着，我突然觉得我变得严肃起来。刘苹把眼睛瞪了一下，说：你怎么这么无情无义的，我不是说着玩吗，我……

我看到刘苹要急的样子，就笑了，我说：行了行了，我也是说着玩的嘛，走吧。

现在想一想，我和刘苹的认识也纯属偶然。我和刘苹是在麻将桌上认识的。那年春节，我在同学家打麻将，刘苹是我同学的妹妹的同学。开始是我和同学，还有同学的父母我们四个人来，同学的父母患有高血压病，不到九点他们就退席休息去了。我同学的妹妹和刘苹就顶上来。我们一把五块，玩得挺来劲的，眨眼工夫就到了十二点钟，要不是怕影响老人休息，我们恐怕就打了通宵。后来刘苹说：算了吧，不打了，反正我也没赢多少，再说老人也需要休息。其实我对麻将并不上瘾，就附和说：不打了，明天还有事。同学的妹妹说：刘苹，你别回去了，跟我一块儿凑合一夜吧。刘苹说：不，我得回去，说不定我妈会打电话来，如果我不在家，她会担心的。同学的妹妹说：要不让我哥送送你。刘苹说：不用，我打个的。我说：如果你们放心，我就顺便送刘苹一下吧。

就这样，我和刘苹走下楼来。同学家里的暖气很足，我们浑身都热乎乎的，出门来让冷风一吹，觉得很舒服，劲头儿猛地长了不少。刘苹说：你在哪里工作？我说：我没有工作。在黑暗中，刘苹亮亮地瞅我一眼，说：那你干什么？我说：写小说。刘苹开始好像没有听懂，她重复了一遍：写小说？我说：写小说。我又说：原来我在科研所搞化验，后来想写小说，就不愿意干化验了。刘苹说：那你就自由了。我说：自由了。刘苹说：我真羡慕你，我们银行整天准时准点的，有时候还得忍气吞声。我笑了笑说：这夜晚好静啊，越是大城市，过年就越安静。刘苹说：我们就这样走走吧。我说：我也是想走一走。

我们沿着解放路走到洓源大街，又穿过环城公园来到中心广场，我们坐在中心广场的警察雕塑下面抽了支烟。刘苹说给我一支，我就给了她一支。

那天夜里，我知道在五年前，刘苹的父亲遇到了车祸。后来，刘苹的妈妈有了嫁人的意思。刘苹说：妈，你可以改嫁，我不反对，不过得找一个有住房的，这套房子我爸爸也买了，就留给我吧。那天晚上，刘苹也知道了我因为工作一事，跟父母闹翻了，现在一个人在外面租房子住。总之，那个夜晚我们谈得很投入很认真，后来我们好像真的动了感情。我搂着刘苹，吻了她，在冷风中。

来到区政府门前，我们正准备往里走，一个穿警服的青年把手中的小红旗一横，就拦住了我们。

我说：我们去结婚登记，去民政局。

他说：结婚登记不在这里。

我说：那在哪里？

他往前一指，说：看到了吗？从这里向北，有百十米吧，不远。

我和刘苹就开始向北走。这一片全是平房，胡同交叉着，是老城区。我们大约走了一百米，但没有发现结婚登记的地方，就停下来问一个烤地瓜的老太太。老太太站在一个小板凳上，正从汽油罐改造的炉膛里往外掏地瓜，她一斜身子，连看都没看，拿黑手一指说：这不，往里一拐就是。

我们心里都非常高兴，就往里走，一看果真是民政部门的牌子，是一座三层的旧楼，院子很小，放着一些摩托车自行车，显得很拥挤。我们进了一楼，楼道里冷冰冰的，偶尔听到打印机嗞嗞的声音。我们在一楼走了个来回，也没有找到结婚登记处的牌子，就来到靠近门口的一个办公室，敲了敲门，里面说：进来。我就推门走进去，一个胖胖的女人正把一面小镜子反扣在桌子上，她好像正在剪鼻毛，因为我听到她使劲抽了两下鼻子。我说：请问一下，结婚登记在哪里办理？这个胖女人把眉头一皱，说：怎么又是结婚登记，看走廊里的小黑板去。

我和刘苹重新来到走廊里，终于发现了墙上那块残破的小黑板，找到了有关结婚登记的通知，原来登记处归属到了社区服务，搬到佛山小区里面去了。

我瞅一眼刘苹，刘苹说怎么这么不巧，刚搬过去没有半个月呢。

我们又回到了胡同里，刘苹说：你等一下，我买块烤地瓜吃。我看了看表，还有十分钟就十一点了。我说：算了吧，都快十一点了。刘苹说买块烤地瓜能用多长时间，我只好站在那里等她。

我们沿着胡同向北走。刘苹一边吃着烤地瓜，一边问我说：你知道去佛山小区怎么走？我说：大体的位置我倒是知道，好像得坐3路车，大概有几站路就到了。

出了胡同，我们拐到了黑虎泉路上，刘苹说：我还是问问吧。说着，刘苹来到一个卖"和路雪"的冰饮摊前，问一个被风吹得两腮紫红的妇女。那妇女说：你别坐公共汽车，那就转圈了，你沿着顺河路向北走，也就是二十分钟的路。

怎么样？刘苹回过头问我。

我说走就是了。

春天的感觉真是越来越强烈。我们沿着顺河路向北走着，时常被飘曳的柳条乱了目光，柳叶新鲜得叫你觉得这世界还充满着希望，马路对面新建的商城彩旗飘展，就像路边店门口站着的女人的微笑。在阳光的抚摸下，我的皮肤开始变得酸麻，浑身也暄软起来，力气如同被阳光吸走了一般，一丝一丝地消失了。

我一屁股坐在路边的石凳上，拿出烟来点上。刘苹也好像累了，她从坤包里拿出一块卫生纸，垫在石凳上，紧靠着我坐下来，然后掏出手绢来擦脸上的汗水。这时候，我真有点儿后悔早晨做那好事，同时也觉得身体到了不可救药的地步。火焰在逐渐缩短。他妈的。我看到河对岸那排开始泛青的塔松下面，一些老人在平静地下着象棋。

我和刘苹谁都没有看谁。我们沉默着，又像是等待着什么。汽车和摩托车飞驰而过时扑过来的团团热气，碰到脸上难受极了。空气中混杂着汽油和烤羊肉串的气味。在这种气味中，刘苹正在饶有兴趣地欣赏着自己的红指甲。

后来我把烟头扔进污浊的河水中，站起来伸了个懒腰，说走吧。

于是，我们接着向北走。

走出去没有十米，刘苹突然说：我怎么觉得你有点不高兴呢。她说这话时并没有看我，而是低着头。

我说：我有什么不高兴的，我只是觉得有点儿累。

刘苹没有再接着说什么，我们又走了大约五十米吧，刘苹又突然说：我寻思你又想起你的那个亚梅来了呢。这一次，刘苹扭头看了我一眼，脸上还故作轻松地笑了笑，可我觉得刘苹说这话是认真的。

我有些生气。我想刘苹不该这时候提到亚梅。过去了就过去了，我不愿意一次又一次提起从前的事情，在这方面，我这个人确实显得无情无义。如果不是刘苹偶尔看到亚梅的那张照片，也许我再也想不起我曾经的岁月中还有一个叫亚梅的女孩。

事情是这样的，那时候虽然我和刘苹认识时间不长，但我们的关系发展迅速，刘苹很快就睡到我床上来了。有一天，刘苹临走的时候，从我的书架上拿走了一本福克纳的小说《我弥留之际》，没想到这本书中夹有亚梅的一张照片。这事儿肯定是我干的，但我早就把它忘得一干二净。那张照片是我照的，在一个叫冰河的地方。照片上的亚梅穿着一身白色的连衣裙，脚踩在一层薄薄的水里，弯着腰，一只手牵着裙子的下摆，另一只手正掬起一汪水，准备向我泼来，她笑着，露出白白的牙齿。那年她十九岁，皮肤光洁而富有弹性，稍一激动，皮肤就会变成嫩嫩的粉红色，似乎平时都有一层油脂般的水珠覆在上面。

后来刘苹就把照片举到我面前，说你看看这张照片。我说：噢，一个同学。我说这话时脸上平静如水。刘苹说：不仅仅是同学吧。刘苹的目光意味深长。我说：都是以前的事情了，没多大意思的。当时刘苹也没有再说别的，但后来在一次闲谈中，刘苹又提起了这事儿。我说：你想知道吗？刘苹说：如果你愿意讲的话，听听倒也无妨。

于是，我把我和亚梅的所有经历都讲给了刘苹。

我说，我们是高中同学，住在一个大院里，上晚自习时一块儿回家。后来，我们经常坐在一起谈一些学习之外的东西，亚梅是一个活泼天真的女孩，不会撒谎。春天里我们去踏青，夏天到了我们去游泳。有一次在咖啡屋里，我们谈得很兴奋，亚梅把嘴唇放到我耳朵上，说想和我接吻，在昏黄的灯光下，我看到亚梅的眼睛里很亮很亮，我们悄悄地离开咖啡屋。夜幕笼罩着我们瘦瘦的身体，我们坐在水泥花池的边沿上，后面是一排整齐的冬青树。我触到了她凉凉的舌尖，我感觉到了那温暖的湿润。

后来，我考上了大学，她落榜了。我到另一个城市上学的时候，她到火车站去送我，她看上去很无所谓，竟然拍着我的屁股说：想开点，哥们，一出去就是几年，可别苦着自己。说完她意味深长地盯着我，然后她把那张照片塞进我手里。在火车站的地下通道里，我们拥抱告别。再后来，我听说她去了上海。谁知道呢，反正从此就没有见过面。

就这些？刘苹说。

就这些。我说。

刘苹的脸上表现出悻悻的样子，不知道是失望还是恼怒。

其实是非常没有意思的。我说。

当然，在最后，我还是跟刘苹撒了个小小的谎。后来，在银座商厦的电梯上，我还是见过一次亚梅的。当时，我往上去，她往下来。她的手伸在一个男人的胳膊里。我们的目光碰在了一起，先是惊讶，后是平静，打过了对面，我们都彼此回过头来，微笑着点了点头。如此而已。

我不知道刘苹今天提到亚梅是什么意思，反正在后面一段时间里，我们谁都没有说话。我们默默地向北走着。环城河渐渐地向东拐去了。我们沿着一个叫后坡街的胡同一直向北。学校开始放学了，穿着蓝色校服的孩子们把胡同塞得满满的，向我们迎面涌来，他们追逐着打闹着，把我和刘苹撞得东摇西晃。我和刘苹就像海面上的两条小船。

终于拐出了胡同，迎面吹来一股凉风，令我为之一震。然而前面并不是什么佛山小区，横在我们面前的是一条污水沟，水面上漂浮着一层白色的泡沫，水的颜色是暗红色的，发出一种刺鼻的气味。不远处，一座锈迹斑斑的铁桥通往向北的道路，偶尔有摩托车驶过桥面，铁桥发出咣咣的响声。污水沟的北面，残墙断壁，是一片很大的开阔地，这里显然是刚刚拆迁过。红色的卫生纸和白色的方便袋挂在青灰色的墙头上，使这一片城中地带备显荒凉。再向北，我看到一幢幢整齐的高层建筑在阳光下闪着清冷的光泽。

此时，刘苹一脸茫然，她一只手叉着腰，另一只手里攥着手绢在耳边一下一下地扇动着，她嘟哝了一句说：真没劲儿。说完，她回过头看我一眼，说：我们还走不走？

我说：走，我们怎么能不走呢？

说完这句话，我心里突然产生了一些力量。此时，我看着北面远处的高层建筑，觉得自己就像一个美国西部的牛仔，开着一辆散发着牛粪味的轻型卡车，看到了高楼林立的曼哈顿。于是，我们拐上了那座锈迹斑斑的铁桥，尽管此时已经十二点钟了。

后来

1

后来，郭明就认识了唐棣。这一年，郭明已经三十五岁，头发开始变得稀疏，五官也有些萎缩。那是春天，郭明站在办公室的窗前，外面的春色吸引了他，他看到大院里的草坪已绿得扎眼，那几棵松树像老人刚染过乌发，精神了许多，有两个小女孩放学后没有回家，她们把书包扔在一边，正趴在草坪上说悄悄话，她们时而笑一下，阳光射在她们身上，她们的姿态便越发显得慵散。

郭明就这样待了半天，眼睛累了，就转过身，喝一口茶，他把茶叶含在口里（郭明有嚼碎茶叶的习惯，他喜欢茶叶的那种苦味）。然后，郭明再次把目光挪向窗外，这一次，他的视线之内多了一个穿乳白色羊毛衫的女人，她是向办公楼的方向走来的。沿着弯曲的水泥路面，女人的脚步有些犹豫，她的下身穿着一件青色的呢子筒裙，留的是那种不长不短的头发，额头的上面扎着一个老式的发夹。她走几步，停一下，然后再走，在春天的中午，郭明觉得这个女人有一种说不上来的味道。

郭明的办公室在机关大楼的五楼，是一个内刊编辑部，负责出版一本专业性很强的杂志。郭明是编辑部里的一名普通编辑，负责一些理论性的文章和只有两个页码的文学园地。杂志是双月刊，这使得郭明有足够的时间站在窗前发愣。这时候郭明正站在五楼的窗前，鸟瞰那个走路犹犹豫豫的女人。郭明觉得这个角度很好，他发现这个女人的胸部非常丰满，郭明还是第一次从这个角度注意一个女人的胸部。此时，郭明的身体沐浴在玻璃过滤后的阳光里，背部和四肢都如同有小草在慢慢生长，那种酸麻的感觉使他的手心潮湿起来。

这个时候，郭明还不知道，他注视的这个女人就是唐棣。郭明向前伸伸脖子，但这个女人的胸脯最终还是从他的目光中消失了。

郭明回过头来，看到办公桌上的玩具猴子，这是他刚刚完成的作品。上星期天，他转了大半个城市，才从一个接近郊区的市场上买到一块干透的柳木。雕刻木头玩具，这也是郭明唯一的爱好，现在，在他的房间里，到处都摆满了这样的木头玩具，有各种各样的小动物，也有形态各异的人物。

郭明想了想，他的这种爱好，完全是因为他的儿子小闹闹。闹闹出生后，郭明坚持每个月为闹闹做成一件玩具，全是木头的，除去一些必要的漆和胶，再也不用其他材料。可闹闹看上去并不喜欢这些玩具，闹闹很小的时候，当郭明把这些木头玩具摆在他面前时，他就撇着嘴巴，要哭。再大一些，闹闹就会把这些玩具摔在水泥地板上，直到把它们摔烂。郭明想，闹闹总有一天会爱惜它们的，可没等到那一天，闹闹就跟着他的妈妈离开了郭明，嫁给了一个有钱的玩具推销商。郭明非常难过，可他没有办法，他觉得他没法阻止他的妻子去爱另一个男人。

郭明的妻子叫孙霞，虽然他们离婚五年多了，但在郭明的心里，孙霞还是他的妻子。孙霞不是那种很漂亮的女人，但她确实很有味道，她的一举一动都对男人具有吸引力。孙霞在一家化工厂里做化验员，他们是经人介绍认识的，交往的过程也非常简单，逛逛公园，遛遛马路，关在宿舍里两人就没有话说。后来郭明感到这样很累，就对孙霞说：咱们结婚吧。孙霞点了点头，他们就在各自的单位开了介绍信，然后就领了结婚证。

现在郭明想起来，觉得这些事情已是十分遥远。此时，阳光射在玩具猴子身上，玩具猴子显得特别丑陋，郭明走到桌前，他拿起玩具猴子，正准备把它放进抽屉里时，就听到楼道里的脚步声，正是中午，下班的时间，整座楼静悄悄的，所以脚步声显得单调而清脆，并且告诉郭明，这是个女人。郭明侧耳细听，觉得她正朝着他的办公室走来。果然，就在郭明一愣神的工夫，他办公室的门被敲响了。

郭明开门一看，脑子就空白了瞬间，正是刚才他注视的那个女人。郭明说：你找谁？这个女人似乎并不急于回答郭明的问话，她的目光飘忽不定，此刻，正越过郭明的肩头，往屋里探视着。

你这里有个叫郭明的吗？这个女人问。

我就是。郭明这才发现他的手里还攥着那个玩具猴子。

这个女人听到郭明的回答，才把目光收敛到郭明身上。她伸出手说：我叫唐棣。

郭明愣怔片刻，似乎在回想一些事情，随后，他猛地想起了这个叫唐棣的女人是谁，他没有伸手去握唐棣的手，而是把身子向后靠了靠，手也随着动了动，说：请进。

郭明和唐棣就这样认识了，他们随后去餐馆吃午饭，下午又一起看了场电影。唐棣给郭明留下的印象不错，郭明觉得她知冷知热，是个贤惠型的女人。在电影院里，唐棣首先掏出手绢来，为郭明擦了座位，然后等郭明坐下后，才去擦自己的座位，当电影演到一半时，她又起身去外面，买回来两瓶矿泉水。

他们从电影院里出来时，阳光已变得火红，下班的车流正汹涌地流淌，这时候，郭明才仔细地瞅了唐棣一眼，他看到的是几条明显的皱纹和一张略显疲惫的脸。站在影院的水磨石台阶上，郭明想对唐棣说点什么，他打了个哈欠，然后对唐棣说，晚饭去我那里吃吧。唐棣说：今天就算了吧，孩子还在她姥姥那里等我回去呢。孩子？噢，郭明这才想到唐棣还有个三岁的女儿。那就算了，郭明说。

2

郭明又收到了母亲的来信。郭明的父母住在一座小县城里，离郭明所在的城市大约有五百公里，得坐十个小时的火车才能到达。母亲做了一辈子小学教师，现在退休在家，给郭明的妹妹看孩子。

郭明的母亲是一个含蓄的人。郭明已经三年没有回家，但她并不责怪他。母亲的信写得总是那么冗长，她从饭食说到穿衣，又从妹妹家的小孩谈到闹闹（毕竟是她的孙子），但郭明不难看出母亲的良苦用心，她始终都围绕着一个主题写的，就是叫郭明找一个女人。

像这样的信，母亲几乎每个月都寄一封来，望着母亲那一行行整齐的蝇头小字，郭明很为老人的身体担心。母亲身体较胖，患有高血压。郭明怕母亲写信时过于激动，就常回信劝母亲不要写这么多信，并且说他这儿的生活多么好多么好。闹闹隔一段时间就要回来一趟。郭明说，女人吗，我一定要找一个叫人心里踏实的，饭要做得好吃，长相要过得去。

此时，郭明坐在灯下读着母亲的来信，突然萌发了给母亲写信的冲动，他想到唐棣，他想把这个女人跟母亲说一说，虽然他只跟唐棣见了一面，但他觉得唐棣是可靠的。直觉告诉他，唐棣对他也充满信心，那天看完电影后，在分别的时候，是唐棣及时把下一次见面的时间定好的。唐棣也没有多少话说，只是重复着诸如天气多么好，饭菜怎样做才更有特色一类的话题。最后她还是说了一句心里话，她说：我觉得你这个人挺可靠的。郭明记得他当时只是笑了笑，思绪并没有再往深处想。

可叫郭明头疼的是，唐棣还有一个女儿，他不知道母亲知道后会是怎样的态度。一个老人突然莫名其妙地多了个孙女，她的心理能够承受得了吗？还有一件事，就是唐棣的工作问题。唐棣是市皮件厂的材料员，但皮件厂几乎到了关门的边缘，唐棣被优化下来，成了下岗人员，她现在一家私营金店卖珠宝首饰，对这件事，郭明的态度是无所谓的，他了解现在的城市生活，但母亲在遥远的小城，在孩子们的工作问题上，母亲向来都是重视的。

这时候，郭明的肚子咕咕地叫起来。他瞅了眼墙上的石英钟，时间是晚上九点半钟。他放下手中的信，在靠近门口的碗橱里拿出一个瓷盆来。然后又从橱子下面的纸箱里拽出一包方便面，拆开，把面放进盆里，又把调料撕开，均匀地洒在面上，当他提起暖瓶时，发现暖瓶是空的。郭明只好提着铝壶，打开门来到楼道里，楼道的头上有水管，楼道里摆满了煤气罐，郭明这时候发现楼道里已经没有人在做饭，每一家的室内都传出了电视的声音。

郭明在做这些事情时，显得熟练而沉稳。他已经习惯了这种生活。他现在住的依然是他和孙霞结婚时的那间房子。这是座二十世纪六十年代建的那种旧楼，他住的是三楼的一间，大约有二十个平方。郭明记得清楚，为了这间房子，他还给行政处的领导送了一箱青岛啤酒，那是孙霞让他这样做的，他不情愿。孙霞走后，郭明把那张双人床撤掉，换了一张单人床，然后他又加了一张写字台，晚上，他看电视的时间并不多，他喜欢看一些科幻片，但如今这方面的电视却少得可怜，他把大部分的时间都用在刻木头玩具上，除此之外，那便是趴在灯下读母亲的来信。

这个晚上，郭明吃完方便面后，给母亲写信的冲动就渐渐地淡了。郭明能明显地感觉到自己心理上的衰老。现在，除母亲之外，他不再相信任何人，但他却相信自己的屋子，他觉得这间屋子是他唯一的依靠，它温暖舒适，虽然乱了些，但它还是干净的。

3

唐棣走进郭明的屋子时，窗外的杨树叶已经能拍响巴掌。那是一个周末，天气不错，郭明的屋子里塞满了阳光。令唐棣惊奇的不是郭明床被的整洁，而是那些木头玩具，床头上，衣柜上，写字台上，甚至碗橱里，茶盘里……不论是什么样的动物，它们的样子都憨实可爱，唐棣摸摸这个，碰碰那个，禁不住问郭明：都是你刻的？

郭明点点头，说：你喝茶还是咖啡？

唐棣说：还是茶吧，我喝不惯咖啡。

于是郭明就冲了一壶绿茶。不一会儿，茶水淡淡的香味儿就溢满屋子。

唐棣说：这些玩具真好玩儿。我记得小时候，爷爷总是送给我一些这样的木头玩具，有小猴爬杆，还有木头娃娃，我爷爷是个木匠。

郭明笑笑说：我们这代人大概玩的都是这样的玩具，我的童年就是一把木头手枪。

唐棣接着说：你看现在的玩具，贵不说，一点文化特色都没有，中不中洋不洋，都是那些不择手段的玩具商。

听到"玩具商"三个字，郭明的脸上顿时没了笑容，他请唐棣品尝他的绿茶。唐棣喝了口茶，说挺好，这茶挺好。郭明发现唐棣并不懂茶，就没有再说有关茶的事情。

然后，他们是一阵沉默，郭明猛地想起了他当年跟孙霞在一起时，也是经常出现这样沉默的场面，这样的回忆使郭明对眼前的一切突然感到索然无味。

过了一会儿，唐棣说：有衣服洗吗？

郭明说：没有。郭明洗衣服从来都是积极的。

唐棣又说：有没有需要补的？

郭明说：没有。郭明的针线活儿是跟着母亲学的，在大学里，他的被子都是自己拆洗，自己做好。

唐棣又说：那我们做饭吧。

唐棣不说，郭明几乎忘了做饭，他已经把菜准备好了，有油菜海米，有姜汁黄瓜，再切点火腿香肠，一顿饭还是好凑合的。

唐棣去楼道里炒海米油菜，这是她自己主动要做的，郭明只好在菜板上切火腿和香肠。然后他又从冰箱里拿出一瓶张裕金奖白兰地来。

郭明没有想到，唐棣的酒量还真不赖。他们一块儿干了两杯，郭明的脸开始变得火热，而唐棣却一点事儿没有，他们的谈话仍是断断续续的，并不连贯。唐棣好像有很多话要说，可似乎有什么障碍，她总是不停地把目光移向窗外，外面的天空很蓝，杨树的叶子很绿，高压电线上落着几只麻雀，楼下还不时地传来小贩的叫卖声。

郭明突然说：春天快要过去了。他知道自己说的是句废话。

唐棣说：你们为什么要离呢？

郭明心里打了个咯噔，他没有想到唐棣会问这件事。

能讲一讲你们的事吗？唐棣又说。

好吧，郭明答应了，他觉得这是一件很平常的事，五年过去了，跟唐棣说说也没什么不好。郭明只是不知道从何说起，他把杯中的白兰地一饮而尽，然后又停顿了片刻，才开始说关于孙霞的事情。

由于化工厂效益不好，孙霞生了闹闹后，就没再去上班。那时候郭明的母亲还没有退休，不能来为他们看孩子，看孩子就成了孙霞唯一的工作。郭明住的地方离环城公园不远，环城公园是一座开放式的公园，有石头，有水，还有大量的树木和石凳。那也是一个春天，天气变得越来越暖和，慢慢地，孙霞就形成了抱着孩子去环城公园的习惯，那里有孩子们玩的木马、跷跷板、电动汽车。孙霞和孩子几乎天天长在了那里。

有一天黄昏，郭明下班回家后都把饭菜做好了，孙霞才抱着孩子从外面回来。郭明发现孙霞的脸色红润润的，目光中含着一种羞涩的光。同时，郭明也看到了闹闹怀里抱着的玩具汽车。郭明并没太在意，他只是问了一下：你给孩子买的玩具？孙霞有些兴奋地说：是一个人送的。那个人说他喜欢闹闹，他在环城公园附近开了一家玩具专卖店。

郭明听后，心里就有些不舒服，他并没有问那个人是男人还是女人，他还没有意识到这一点，他只觉得这样不好，怎么能随便接受别人的东西呢？但郭明并没有立刻说些什么，他只是在吃饭的时候，不经意地嘱咐了孙霞一句，郭明说：以后，再不能这样随便要人家的东西。孙霞嘟哝说：我不要，那个男人非给不可。这时候，郭明才知道那个送闹闹玩具的是个男人。郭明没有再说什么，他想这可能是件偶然的事情。

这件事就过去了。可是过了大约有两个星期，有一天晚上，孙霞突然叹了口气，说：郭明，你看我们这样生活，有什么意思呢？郭明一愣神，他这才发现孙霞的脸色有些不好，他并没有仔细理解孙霞说的话，只是笑笑说：谁不是这样生活？孙霞说：我都快成木头人了，整天就这样熬日子，没有娱乐，没有聚会，电影院都两年多没去过了，结婚后，我就觉得自己到了另外一个世界。孙霞说完又叹口气，就没再说什么。

郭明这才觉到事情有些不妙，他想说点什么，来安慰一下孙霞的心情，可说什么呢，孙霞说的都是实话，他真的不知道说什么好。于是他没有说。

又过了几天，也是一个傍晚，孙霞抱着闹闹回来时，怀里又多了一架飞机。郭明有些急眼，他为闹闹刻了那么多的木头玩具，可为什么还要接受人家的玩具。于是，郭明就说怎么又抱来了。

孙霞没有理他，吃饭的时候，孙霞说：郭明，你还记得前几天我跟你说过的那个开玩具店的人吗？郭明点点头说：记得。孙霞说：他说他喜欢闹闹。孙霞顿了顿又说：他还说他也很喜欢我。然后孙霞又补充了一句说：他是个南方人。说这句话时，孙霞低着头，脸色正常得很。

郭明愣住了，他这才意识到，他失去了什么。

郭明把杯中的酒又干掉了。他说：就这些，真的再没有别的什么。这时候，郭明的脸色已经由红变紫。

唐棣抓过郭明的酒杯，说：别喝了，喝得不少了。唐棣把酒杯反扣在桌面上。她又为郭明倒了杯茶。然后，她开始说起她的婚姻来。

唐棣说：很简单，他有了钱，看上了别的女人，就把我踹了。郭明似乎没有听到唐棣说的话，他手里正攥着一个木头玩具，郭明的眼皮开始打起架来。

4

郭明和唐棣的关系发展得平稳缓慢，以至于别人都没有发觉郭明在谈恋爱。他们每个星期见面一次，当然是在周末，一块儿吃顿饭或者看场电影，他们谈话的范围依然局限于天气、生活、孩子，有时候也谈一点政治和科技方面的事情。

直到有一天，唐棣在一个晚上，走进郭明的房间时，郭明才意识到，他的生活中将要多一个女人。

那是个星期五的晚上，郭明正趴在写字台前为一只澳大利亚袋鼠而绞尽脑汁，袋鼠的头部总是不好把握，为此，郭明星期天

后来 (39)

专门去了一趟动物园，他在那些活生生的袋鼠面前蹲了整整一个上午，他仔细地观察了袋鼠的身体结构，特别是袋鼠的头部，五官的位置以及比例大小，他把这些都记在一个笔记本上，可是袋鼠毕竟不是生活在身边的鸡狗猫鸭之类的动物。在这个晚上，郭明手中的刻刀总是不流畅，他用锉刀和砂布把不满意的毁掉。然后再重新雕刻。这样反复了几次，郭明发现袋鼠的头部已小了许多。正在这时，唐棣敲响了郭明的门。唐棣说：干什么呢？郭明。

郭明说：正叫一只袋鼠难住了。

唐棣看到郭明的写字台上乱七八糟，又在这中间发现了那只没有五官的袋鼠，就忍不住笑起来。她说：郭明，你真有一套，你整天就干这个？

郭明对唐棣的口气有些反感，也许是已经形成了习惯，他不希望这个时候别人来打搅他。

这个时候已经到了夏天，郭明的屋内太热，唐棣建议他把窗户打开，再开开电风扇。郭明发现唐棣并没有立刻就走的意思，就按照唐棣的吩咐做了，接着他又给唐棣泡了杯茶，然后他们就围着茶几坐下来。

唐棣说：你业余时间都在搞这个？

郭明说：对，搞着玩呗。

唐棣说：你不炒股？

郭明说：不炒。

唐棣说：现在比着劲儿地赚钱，你一点也不动心。

郭明说：钱多钱少都是无所谓的，人和人还不一样呢。

唐棣说：也是这么回事，不过我们店里几个干得时间长的，都发了财，他们推销黄金首饰，还有珠宝，又不纳税，你算算吧，一根 18K 金的工艺项链，价值也不过一二百块钱，他们就能赚到一半。

郭明打了个哈欠，说：就这么回事，钱赚得再多生活也不见得能处理好。当然，没有钱，生活就更不那么单纯了。

唐棣见郭明不喜欢这个话题，就把话头儿扯到孩子身上，她说孩子有多么调皮，吃饭有多么困难，睡觉有多么不踏实。反正这个晚上，话全让唐棣说了。郭明只是听着，既不反对，也不赞扬。

不知不觉，就到了夜间十一点钟，郭明困了，他抬头看一看表，就说：唐棣，十一点了，你怎么回去呀，我送你打个的吧。

唐棣低下头来，她似乎在考虑什么问题，片刻，她又抬起头来，用一种别样的目光瞅着郭明。唐棣说：我不走了，行吗？

郭明稍愣一下，他感到这事儿有些突然，出乎他的意料，但他还是点点头。

5

有一天下午，郭明正在办公室里看清样，他听到总编在楼道里喊他：郭明，电话。郭明想这是谁的电话，干吗要打到总编室去。

郭明摸起电话来，对面传来妹妹的声音。

妹妹说：哥，你能回来一下吗？咱妈得了脑血栓，半个身子不能动呢。

郭明说：我当然能回去，你告诉咱妈，我明天晚上准到家。

妹妹说：好吧。妹妹似乎还想说什么，但没说，她停顿一下，就扣掉了电话。

郭明觉得出来，妹妹对他已是相当生分，三年没有回家，干什么了？是逃避还是厌倦？郭明没敢多想，他放下电话，立刻就向总编请了假。总编说：你抓紧时间看完清样，交上来走就是了。

于是，郭明在接下来的时间里，拼命地集中精神。等他把清样看完时，离下班的时间，只剩下了十分钟，他在走向总编室的时候，步子都有些轻飘飘的。

郭明离开办公室，走在回家的路上时，才想到唐棣，他想他得告诉唐棣一声。于是，郭明就走进一个电话亭，给唐棣打了个电话。他告诉唐棣，我明天得回家，我的母亲病了。

唐棣说：你等着，我一会儿就过去。

这时候，郭明才有时间去想母亲，他想到这几年来，母亲为他写的那些信，那些漂亮整洁的蝇头小字，那些温情含蓄的话语。母亲只有他这么一个儿子，可他给了母亲什么。如果按照正常的病理分析，母亲不能动的将是右边，这就说明，在以后的日子里，他将要失去他生活中最重要的一部分：母亲的信。

唐棣来时，已是晚上七点多钟，郭明正在他的屋子里徘徊着，他看到唐棣手里提着一大包东西，有口服液、脑黄金，还有许多杂七杂八的。

郭明说：没必要花这么多钱。

唐棣吞吞吐吐地说：我也想去看看老人。

郭明没有立刻回答，他想了想，觉得唐棣去也好，母亲一向最关心的就是他的婚事，如果母亲看到唐棣，心情肯定会好许多的。

想到这里，郭明就说：去吧，可孩子呢？

唐棣说：我已经把她送到了我妈那里，我妈也赞同我去的。

6

火车上的人不多，正是天热的时候，如果没有差事，谁也不会走进这炎热的车厢。由于不是旅游列车，所以车上没有空调。郭明和唐棣靠窗户坐下来。唐棣从包里拿出一些水果，接着，她又从她的小皮包里掏出一个枣红色的盒子，打开看看，又放进去。

郭明说：什么呀？这么神秘。

唐棣不好意思地笑了笑，说：项链和宝石戒指。

郭明说：你带这些东西干什么？

唐棣说：我们同事出差，都要带一点，有时候在火车上和旅店里都能推销一些呢。

郭明没再说什么，他把目光挪向窗外，此时，火车正在大平原上奔驰，到晚上十点钟的时候，它就会停在那座郭明熟悉的小城里，也许父亲和妹妹会来接他，但也许不会的，他们在照顾母亲。母亲是躺在医院，还是躺在家里呢？郭明想象着他见到母亲时的情景。为什么三年没有回家？母亲不会这样问的，她能理解儿子。但妹妹可能会这样问。

唐棣拿出了两本杂志，是《女友》，也可能是《知音》，反正是郭明不感兴趣的那类。唐棣问郭明看不看，郭明摇摇头说：你看吧。于是唐棣就饶有趣味地看起了杂志，而郭明的目光一直盯着窗外，玉米和大豆的长势都不错，偶尔能见到农夫在田里劳作，他们都戴着黄色的斗篷，穿着白色的汗衫。他们的皮肤是黑的。一片片的土地消失了，又有一片片的土地出现，小河、庄稼、果园、丘陵，它们不断在郭明的面前闪现。郭明想起了一些诸如

"烟云""沧桑"之类的词语。

黄昏的时候，唐棣买了两个盒饭。吃完盒饭，窗外已是漆黑一片，郭明有些困，他趴在桌面上，迷迷糊糊地睡着了。

不知道过去多长时间，郭明被一阵笑声弄醒。他发现对面唐棣的旁边多了一个挺胖的男人，他穿着一件黑色的汗衫，留着寸头，手里晃着一把扇子，他的另一只手正摆弄着唐棣所说的那种金项链。他正问唐棣，像这么一条，得多少钱呀？

唐棣说：不贵，这一条较粗一些，二百四十块钱。

那个男人说：嘿，还真是不贵。

唐棣说：这是工艺项链，是18K金的，主要是好看，美观大方，这可是男人们讨好女人的礼物。边说着，唐棣边拿她纤细的手指触碰着那个男人手心。

郭明直起身子，觉得通体疲倦，他也不想打搅唐棣推销她的首饰，看来，唐棣的这桩买卖已经差不多了。他想去一趟厕所，顺便到车厢间的过道里吸一支烟。他已经好长时间没有吸烟了，可今天，他为自己准备了一盒，现在，它还完整地躺在他的口袋里。郭明并没有去看唐棣和那个男人，他径直地离开座位。他看看手表，离下车已经不到一个小时。

郭明站在过道里，点着一支烟，他向外面瞅去，发现有几点灯火倏忽间产生，又倏忽间消失，接着又是一团黑。

郭明似乎想起什么，他把烟头扔在地板上，然后用鞋子踩了踩。郭明重新回到车厢里。

此时，有一件让郭明想不到的事情出现在他的面前。他看到唐棣把头歪在那个男人的肩头上，睡着了。那个男人也闭着眼睛，郭明不知道他是否也睡着了。但这个男人的脸色红扑扑的，是那种幸福的表情。

　　唐棣累了。她坐了一天的火车，看了两本杂志，又说了那么多费脑子的话。她的确累了。郭明悄悄地坐回到他的座位上，他瞅着睡着的唐棣，那仍是一张带着皱纹和疲惫的脸，随后，郭明把头朝向窗外，凝视那漆黑的夜幕。

　　火车悄无声息地在郭明下车的这个小站停下来。这时候，郭明发现唐棣的嘴唇动了动，但她很快又趋于平静，她好像正在做一个梦。郭明把自己的行李从架子上拿下来，在唐棣和那个男人的面前站了片刻，然后他转过身子，向车门口走去。

　　郭明孤身站在清凉的站台上，夜风吹拂着他的头发，他目送着火车在黑夜中悄悄地远去。

心火

1

涂老师坚决让我留步，他伸开两只大手，劲头十足地把我挡在门口，那架势像跟我吵架似的。"好了大鹏，你给我站住。"我只好停下来，目送着他的身影消失在夜色中。涂老师步履蹒跚，不时回头跟我挥一下手。今天晚上，涂老师喝了不少。当然，我也喝了不少，大概有半斤多吧。这几年，我已经很少喝这么多白酒。但是，涂老师喝得比我还多，他已经是五十好几的人了，没想到喝酒还这个样子。

我站在门口，使劲儿晃晃脑袋。蝉鸣声又响起来，远处，传来几阵狗叫，也许是涂老师的脚步声惊动了它们。我看看手表，已经是九点半钟。乡村的夜深得早。

院子里的灯显得特别亮。团团飞虫围着灯泡，近乎狂欢。我穿过红砖小路，推开纱门，来到屋里。红香正在收拾桌上的杯盘狼藉。电扇呼呼吹着，掀起她裙裾的一角，暖黄色的灯光下，那一角的肌肤尤其白皙。

"我收拾就行了，你累了半天，快回去歇着吧。"我说。

"客人刚走你就撵我呀。"红香并不抬头，电扇吹乱了她的头发，她抬起胳膊，用手腕抹了下发梢。

"涂老师算什么客人，别忘了，我们可都是他的学生。"我笑着说。

"那可不一样，人家是来求你办事的。真是山不转水转，想想当年涂老师站在讲台上，举着教鞭，那股神气劲儿，想抽谁就抽谁，你看如今……"

"好了嫂子，别这么说涂老师，他也不容易呀。"我急忙堵住红香的口，我知道她想说什么。这个红香，嘴巴还是那么厉害，尤其是今天晚上，又喝了两瓶啤酒。

"你不叫嫂子行不行？你就不会叫个红香，你又不是没叫过。"红香端着一摞盘子，没好气地说："快给我开门。"

我急忙跑上前，推开纱门。红香斜着身子，从我身边走过，我看到她鬓角上，挂着几颗汗珠儿。她穿着一件粉红的T恤，背上有一块儿被汗水洇透了，像一朵印上去的花。红香是个爱美的女人，身材保持得还不错，并没有像乡村的许多女人那样，到了这个年龄，浑身上下就跟发面包似的膨胀起来。

红香在院子里刷碗。我点上一支烟，听着哗啦哗啦的流水声，心想，我们是初中三年的同班同学，红香这个名字，我肯定是喊过的。可是什么时候在什么地方喊过，我实在记不起来了，毕竟过去了这么多年。我们那时候，男女生根本不太说话。我对红香印象最深的就是她的笑。她牙齿雪白，笑的时候，嘴角微微上翘，眉毛舒展开来，眼睛也似乎亮了许多。红香没考上县城的重点高中，就不念了。我考上大学的那年冬天，红香跟大勇哥定了亲。我和大勇哥是没出五服的叔伯兄弟，又是最近的邻居。我记得那年过年回家来，我大娘专门过来问我，说："大鹏，听说小鹿村那个丁红香是你的同学？"我先是愣了一下，接着，脑瓜子里马上蹦出了丁红香的笑脸。我也笑了，忙点头说："对呀，就是那个笑起来挺好看的女孩子。"我大娘说："她刚跟你大勇哥订了婚呢。这个女孩子咋样啊？"我说挺好的，真的挺好的。我也不知道我为什么这么说，我并不了解她，我只是觉得她笑起来挺好看的。大娘也笑了，说："你这么一说，大娘就放心了。"有什么不放心的呢？我当时还想，如果我没考上大学，如果有人来给我提这门亲事，我也会愿意的。当然，大勇哥长得也不错，只是没有读高中罢了。反正她嫁过来后，我就没叫过她的名字。我一直叫她嫂子。

纱门一响，红香走进来。"这天可真够热的，快下雨了，远处在打闪呢。"她甩了把湿漉漉的双手，伸出小拇指来顺了顺耳边的头发，笑笑说："活干完了，我可以走了。"她这一笑，我似乎又看到了多年前的那个小女孩。

"你一笑，还是上学时的那个样子。"这话，我也是笑着说的。

"去你的吧，你说这话，鬼才信呢。"红香的脸好像是红了，也许是酒劲儿还未退去，她抓起包，扭着身子便往外走，刚到门口，又停下来，说："对了，扫一扫、扫一扫。"

"嫂……不用了，我自己扫就行了。"我急忙说道。

我以为是扫地呢。我看到红香朝我晃晃手机，这才一下子明白过来，忙拿起我的手机。红香端着手机，熟练地对着我的手机扫了扫，说："好了，接受一下就行了。"

说实在的，微信这玩意儿我是刚开始用，所以显得笨手笨脚。

我放下手机时，红香已经穿过院子，快到大门口了。我推开纱门，想说一声什么，又停住了。说什么呢？无非就是客气话，还是不说为好。

突然就觉出热来，胃里的白酒也开始翻腾。我脱下汗衫，擦了把脸上的汗，扔在沙发上，端起杯子里的剩茶一饮而尽。我来到院子里，关掉了院子里的灯。我想，那些飞虫很快便作鸟兽散了。当然，还有一些正在撞向纱门，可是，纱门是进不去的。我有些幸灾乐祸。我钻进厨房旁边的小屋，打开太阳能淋浴器，在黑灯影里冲了个澡。这个太阳能淋浴器，还是父亲去世的那年，我专门给母亲装的。它只有夏天的时候才可以用，但母亲还是很高兴，母亲是个爱干净的人。如今，母亲在白水城跟着我住，平时给我儿子做做饭什么的，夏天也不回来了。

2

躺在床上，翻来覆去睡不着觉。电风扇吹过来的是热风，凉席也是黏糊糊的，粘皮燎肉，极不舒服。我知道是因为酒喝多了。别人喝多了酒，倒头呼呼大睡。我喝多了酒，却兴奋异常，脑瓜子里跟过电影胶片似的，过往的镜头会不断地闪出来。我几次拿起手机，想给那个女孩联系一下，微信、短信、或者电话，都行，但最终，我还是放弃了。不能联系呀，我告诫自己，这只是一段如流星般的感情。你为什么跑到老家来呢？堂而皇之的理由当然是有的，就是为了完成那部当代生态文学研究的书，不错，作为社科基金项目，是必须要完成的。但是，有必要这么迫切吗？另一个原因，也许只有我自己知道。我不愿意想这些东西。我想到了涂老师。

　　中午看完《今日说法》，我在沙发上睡了一觉。睡醒后，我泡上一杯绿茶，坐在电扇下喝了一口，顿觉神清气爽。好了，开始干活吧。我坐在写字台前，打开笔记本电脑。写字台的桌面已经裂开了两道缝隙，这是我考上初中的那年，父亲专门为我做的。父亲是一个不错的木匠。我甚至还能记得那年夏天，父亲蹲在院子里打制写字台时，额头上闪动着的白花花的汗水。算一算，已经过去快三十年了。我在桌面上盖上一块母亲亲手织的棉布，把电脑放在上面，胳膊肘便舒服了许多。这让我一下子觉得，父母好像都离我不远似的。可是，这些思绪分散了我的注意力。所以，我回来快一个星期了，写了还不到一千字。

　　今天下午，我坐在电脑前，目光掠过屏幕上不断闪动的光标，穿过玻璃窗，落在那棵比我年龄还大的枣树上，又走神了。总是安不下心来，似乎总觉得有什么事要发生似的。可是，能有什么事情要发生呢？心不宁，外面蝉的聒噪声也猛地大起来。干脆按了几下鼠标，把《梁祝》调了出来。在小提琴如泣如诉的旋律中，我轻轻地闭上眼睛。

　　眼睛再睁开时，我看到院子门口站着一个人。这个人一手提着两瓶酒，一手提着一个西瓜，他脚步有些犹疑，正抻着脖子朝窗口这边看。由于他头发花白，我稍稍恍惚一下，还是很快认了出来：这不是涂老师嘛。我一下子站起来，两步来到门口，拉开纱门，喊一声涂老师。涂老师看到我，咧开大嘴笑了，晃悠着身子，小跑着过来，额头上全是亮晶晶的汗珠。

　　我忙接过涂老师手里的东西，满脸疑惑地说："涂老师，您这是干什么？"

涂老师嘿嘿一笑说："听说你回来了，我这不是，来看看你呀。"

"那您还花钱买东西？"我心里很是不理解，就说了出来。

"快，快让我进屋凉快凉快。"涂老师倒也不客气。

我把涂老师让进屋，把电扇开到最大，又给涂老师冲了杯绿茶。多年来，我对涂老师心存感激。念初中时，他是我的语文老师，又是班主任，对我这个语文课代表鼓励很多、帮助很大。前些年我每次过年回家，都会去看他的。这些年回来的少了，心也懒了。这次回来，我心里压根就没想到涂老师。可他竟然来看我了，我心里很不好意思，便说："我回来是想写点东西。本来，我准备过几天再去看您。"

涂老师一挥手，一下子把我这言不由衷的话撩了过去。他说："你现在是教授、学者，我知道你忙。我听说你回来了，过来看看你，还不正常嘛。"

涂老师磕磕巴巴地说这话，似乎也有些言不由衷。我知道这不是他的风格，我从他的眼神里能看得出来。他找我，肯定还有别的事情。所以一时间，我们的表情和动作，都有些不太自然。涂老师问我母亲的情况，我如同抓到一根救命稻草，一口气说了一大堆。

这时候，外面突然传来红香的声音："大鹏，你在屋里吗？"我答应一声，忙站起身迎出去。红香手里端着一盘包子，说："中午包了茴香苗包子，你大爷大娘非得让我端几个来给你尝尝。"我说："来得正好，你猜谁在屋里？"说着，我把红香让进屋来。

"呦，涂老师呀，你从村东头跑到村西头，专门来看你这得意弟子？"红香并不见外，说话直来直去的。

"是红香啊，这不，我听说大鹏回来了，过来说说话。"涂老师站在那里，两手不断地搓着，面对他昔日的学生，竟然有些不自在。

"大鹏啊，你现在是混阔了，涂老师这么要面子的人，还得亲自过来看你。"

"不不，我过来找大鹏，是想求他点事儿。"涂老师争辩道。

"那还是大鹏混阔了。老师都来求他办事。"

红香说话不饶人。我知道这是她多年的风格，在大爷大娘面前，她也是这样说话。尽管此时，她没有任何坏心眼，但我还是害怕伤到涂老师的心。我忙说："嫂子，你洗洗这个西瓜，打开它咱们尝尝。"红香提起西瓜走出门去。我忙把涂老师摁到沙发上坐下。

"涂老师，您真是桃李遍天下，您看，您两个亲学生就在眼前。晚上您不能走了，让红香准备几个菜，咱喝两盅。"

我这么一说，涂老师有些高兴，就使劲点了点头。红香搬着西瓜走进来，说："这鬼天气，又闷又热，晚上肯定要下雨的。"我拿起水果刀，把西瓜一切两半，留着一半，只把另一半切成一小块一小块的。"来，涂老师、嫂子，这西瓜不错，快吃。"我拿起一块西瓜递给涂老师。涂老师托着西瓜，稍显拘谨地说："大鹏，你也吃你也吃。"就是在这一刻，我心里产生了一丝不安。这确实不是原来那雷厉风行的涂老师了。

涂老师求我办什么事呢？

啃罢一块西瓜，我来到桌前，从抽屉里拿出三百块钱。我跟红香说："嫂子，一会儿你先把这半块西瓜给大爷大娘提过去，再去买些熟食来，咱们师生三个碰到一起不容易，晚上喝杯酒。"红香也不客气，接过钱来塞进兜里。

我说："烧鸡和牛肉什么的，要多买一份，给大爷提过去。"

红香笑了，说："不愧是教授，想得真周到，比你大勇哥强百倍啊。"

我忙说："可别这么说，大勇哥身在日本，他想尽孝心，够不着啊。"

涂老师想起什么似的，说："对了，红香，你公公身体咋样了？"

"能咋样？等着呗。"红香叹口气说，"你们聊着，我一定办好。"

说完，红香便扭着身子走出门去。盯着红香的背影，涂老师说："这红香真不容易，大勇在日本做劳务，她一个人在家，里里外外都要忙。你看，你大爷又摊上这事儿，真是喝口凉水都塞牙。"

我也叹口气，正想说一些人生无常一类的话。涂老师突然就把话题岔开了，他长吁短叹着，开始说起自己的事。原来，这些年，涂老师过得也不痛快。老伴病快快的不说，这几年老父老母相继离世。最让他操心的是儿子，儿子生了两个女儿后，非得想再给他生个孙子。他和老伴也愿意。果真就生了个孙子，一家子还没来得及高兴，麻烦事就来了。违反计划生育政策可是大事，镇上把他们家罚了个底朝天，还欠了一屁股债。这几年儿子做生意也没挣到钱，一家人的日子过得紧紧巴巴。更让涂老师闹心的是，他的工作也受了牵连，镇上把他的职称晋级给卡住了。眼看过几年就要退休，当了一辈子中学教师的涂老师，至今还是中级职称。他心里急啊。

"要是这样退了休，待遇差老大了。"说完，涂老师的眼圈红了。接着，眼泪哗一下子便淌下来，涂老师垂着头，肩头抖动着，像一个受了委屈的孩子。

我忙站起身，说："涂老师，别着急，办法总会有的。"

涂老师的情绪慢慢稳下来，喝一口茶说："是啊，这不，计划生育政策一松动，我连找了几次镇上的领导，总算有了眉目。"

"太好了，"我说，"毕竟是干了一辈子教师，兢兢业业的，再说，只是因为孩子的事受了牵扯。"

"可是，大鹏啊，人家教办的领导说，至少要有两篇论文，并且有一篇是在省级以上的刊物上发表才行。我、我在乡下待了一辈子，我连一些刊物的名字都不知道，去哪里找人啊。"涂老师苦巴着脸说。

我明白了。涂老师请我帮忙，就是让我帮他发表两篇论文。说实在的，涂老师算是找对了人。我硕士的同门师兄，现在正是省里一家教育期刊的执行主编。如果我把涂老师的情况跟他说说，我觉得这个面子他会给我的。可是，我又不能直接跟涂老师这么讲。于是我说："涂老师，您放心，趁着假期，您好好准备两篇文章。我来想办法，好不好？"

我这么一说，涂老师一下子愣在那里。他可能没想到我会答应得如此爽快，接着，他伸出双手，一下子攥住我的胳膊，声音抖动着说："大鹏啊，我算是没白教你。"

盯着涂老师激动的面孔，我的心里，却是那么不是滋味儿。

3

黑影中，手机屏闪了一下。我坐起来，拿起枕头旁的手机。"寂寞芬芳"发来一条微信：睡了吗？刚在网上读了你的一篇谈爱情的文章，写得真好。

寂寞芬芳？这么熟呢？我一下子想起来了，就是红香啊。刚才扫微信时，这个名字在我眼前蹦了一下，只是由于酒劲儿一上来，我压根就没仔细记。这篇文章我知道，是晚报编辑策划的一个话题，属于应付差事。我都忘记写了些什么。我心里有些惴惴不安，手指在屏上来回划动几下，决定不理这条短信。接着，我干脆把微信关掉了。

森白的闪电划过窗口，只是还没听到隆隆的雷声。应该就在不远的地方。屋里闷热得厉害，电风扇吹过来的都是热风，呼呼的声音让人心烦意乱。我摸了把额头，全是汗。我跳下床，趿拉着拖鞋，来到门口，推开纱门。外面与屋内没有丝毫的不同，热气扑面，没有一丝风。抬头看天，也没有一颗星星。一场暴雨即将来临。可是，我还是不愿意回到屋里去。我站在院子里，半天一动不动，不远处的那棵枣树，跟我一样静默着。其实，乡村的夜晚并不安静，蝉鸣和蛙声始终未曾停歇。就如同此时的我，身子不动，内心却充满着"蝉鸣和蛙声"。

这次回来，我放下行李，屋里的卫生也没顾得上打扫，就去看了大爷和大娘。母亲给他们带来了北京稻香村的点心，天热，不可久放。母亲说："没事多去跟你大爷说说话，他时间不多了。"

在我的记忆中，大爷的身体壮得跟头牛似的，特别是他年轻的时候，跟人打赌，曾经把磨盘举过头顶，还曾经拉着碌碡跟牲口比赛，跑得虎虎生风。他比我父亲大一岁，两个人关系最好，可身体比我父亲强多了，所以我们家的活他可没少帮着干。即便是一年前，他都六十五岁了，一天还能抽两包烟喝一斤酒，见面还要跟我掰手腕，说："大鹏，别看我老汉六十五，你不见得能赢了我。"我不服气，结果一掰，我确实不是大爷的对手。

我父亲去世以后，大爷处处为我们家着想，帮了母亲好多忙。母亲说："你大爷和你爹不是亲兄弟，却胜似亲兄弟。"

　　两年前的那个夏天，连夜的大雨把我们家房子的屋顶冲坏了，漏了有锅盖大小的一块，屋里淌的到处是水，把粮食都泡湿了。母亲急得不得了，好在天亮以后，雨停了。母亲跑到大爷家，想叫大爷找专门修房子的人来维修。母亲说："哥，你跟人家说，维修费人家说多少就是多少。"大爷没吱声，跟着母亲来到家里看了看，说："瓦没坏，只是苇箔塌了。花那冤枉钱干啥，我收拾收拾就行了。"母亲说："哥，你岁数大了，爬房顶，不安全。"大爷说："大鹏他娘，你放心，前两年我还在城市里干泥瓦匠呢。那楼高得，眼晕，这点活算啥呢。"那天，大爷用了半上午的时间，扎好新苇箔，又爬上屋顶，一块瓦一块瓦地掀开，换上新苇箔，铺好土灰，又一块瓦一块瓦地铺好。干完活，已经是下午一两点钟了。留他吃饭，他说啥都不吃。母亲一说起这件事来，就不停地抹眼泪。

　　可是，体格如此健壮、心地如此好的一个人，身体说塌就塌掉了。

　　只能说人生无常。今年春上，大爷背着喷雾器，给庄稼喷农药。农药的名字叫百草枯，是一种剧毒农药，农村不知道有多少人一时想不开，喝下了这种农药。这种农药跟敌敌畏、乐果和1605不一样，喝下去是没有解药的，等着的只有死路一条。当然，大爷的日子过得好好的，他可没有寻短见的想法。他自然也知道百草枯的厉害，但再厉害，只要不喝进肚子里，又能把人怎么样呢？

　　大爷想简单了。大爷不知道，在这个暖风和煦的春日里，死神正紧紧地盯着他。大爷开着电动三轮车来到地头上。那天很暖和，大爷脱掉了外套和毛衣，只穿着一件紫色的秋衣，背起已经兑好水和药的喷雾器，走进麦田里。大爷身体好，身上有劲儿，干什么农活都是一种享受。如今种地和原来不是一回事了，收割、耕地、浇水都是机械化，只需要操点心张罗一下，轻松多了。

大勇哥已在日本待了七八年，中间回来几趟，看到大爷的头发胡子都变白了，就有了回来的想法。大爷不同意，说："那边的钱挣得多，你就多干几年嘛。等小旺考上大学，你把红香也带出去。我和你娘身体还硬朗着呢。"小旺是大勇哥和红香的儿子，在县一中读书，暑假过后，就上高三了。大勇哥想想也是如此，儿子将来读大学、考研究生、结婚生子，还要花不少的钱呢。

可是，谁又能想到，在那个充满灾难的春日，喷雾器的塑料硬壳裂了一道缝儿，药水淌出来，湿透了大爷后背上的衣衫，跟大爷的汗水混在一起，通过毛孔，渗进大爷的身体里。一开始，大爷并没有发觉，他以为是出的汗，后来发现是喷雾器漏了，也没当回事儿。直到几天后，他咳嗽、发烧、喘不上气来，成夜难眠，这才去了县医院。县医院一做 CT，说赶快，去省里的医院看看吧。大爷这才意识到事情有些麻烦，红香陪着他到了省里的大医院。人家医生直接告诉红香，说没治了，肺部已经开始纤维化，器官会慢慢衰竭，药物维持吧。大爷住了几天院，在他的逼问下，红香只好告诉他结果，但没说得这么厉害。大爷倒是坦然，但他有一个要求，就是先别告诉大勇哥。大爷说："辛辛苦苦挣下点钱，都折腾在路费上还行。"

那天我去看大爷。大爷卧在躺椅上，那么壮实的一个人，体重瘦了足有一半，面色青黄、眼窝深陷，整个人已经走样了。我喊了一声大爷。大爷睁开眼睛，一看是我，咧开嘴笑了，向上抬了抬脖子，声音嘶哑地说："大鹏回来了，快坐，快坐。你娘还好吧？"我无法回答大爷的问话，因为我稍一发声，就会哭出来的。我强忍着泪水，朝大爷晃了晃手里提着的点心，拽着大娘的手，进了里屋。大娘一哭，我的心倒是稳定了下来，又劝说大娘。

那天，红香送我出来，皱着眉头问我："大鹏，愁死我了，你说，你大爷的情况，我到底告诉不告诉大勇啊？"

"医生怎么说？"我问。

"医生说，身体好的话，半年左右。这不，已经三个多月了。到时候，大勇不埋怨我才怪呢。"

红香说得也不错。我想了想，说："可以先跟大勇透露些情况，让他不必着急，但有心理准备。"

红香点点头，眼泪唰地滑下来。

那两天，我收拾着屋子院子，大爷的样子总是在眼前晃来晃去的，心情特别不好。我听音乐，喝热茶，盯着枣树发呆，就是没有心情写一个字。

4

又是一道闪电划过，似乎能听到远处隐隐的雷声。我看了一下时间，已经是夜里十一点钟了。燠热难耐，我也没有困意。我不想回到床上去。我想到了村南那片板栗园，那里是我童年的天堂，留下过许多的欢乐和忧伤，也承载过我无尽的孤独和梦想。每次回来，无论是什么季节，我都会去那片板栗园里走一走。听母亲说，近两年，那些古老的板栗树正在逐渐减少，当年包产到户时，板栗树都分给了个人。有些人，经不住钞票的诱惑，高价卖给了城里人，说是越老越值钱。

"你说，城里人买这些老板栗树干什么用呢？"母亲不理解。

我也无言以对。肯定是为了美化环境吧。但为了美化那里的环境而牺牲这里的环境，是不是一种自私行为呢？

我趿拉着拖鞋，穿着一件大裤衩，把汗衫往肩头上一搭，来到大街上。大街上黑漆漆的，一团团的热气如同撕不开的黑棉絮。空气浑浊，有一丝硫黄味儿掺杂在里面。我怀疑我的鼻子出了问题，使劲抽动几下，还是如此。黑夜包裹着乌云，远处的闪电似乎也无力撕开。

不知道为什么，晚上喝了半斤多白酒，脑瓜子反而更清醒了，也许汗水早已经把酒精带了出来。沿着村南那条刚被硬化的路面，拐过一个水塘，穿过一片豆子地，板栗园就到了。即便是黑夜，我也能看得出板栗园的颜色要深一些。说实在的，闭着眼睛，我都能走到板栗园来，可是我不知道，这么黑的夜晚，我能在板栗园看到些什么。这些枝枝杈杈，这些横着生长的粗壮的树枝，这些宽大的绿叶，这些生长着毛刺的板栗球儿，这些所有在白天都能让人感觉到美的东西，我都看不到。我只能伸出手掌去抚摸它们。我的手指不断地被那些毛刺球儿扎疼。汗水和蝉鸣一起粘腻在皮肤上。

我点着一支烟，坐在一道土坎上。又是一道闪电，我看到宽大的板栗叶密密麻麻、静止不动，似乎有什么东西躲在树叶后面，朝我狡黠地眨着眼睛。

"是大鹏吗？"声音传来，我禁不住哆嗦了一下子。接着，我听出是红香的声音，身子就没动。

"你也没睡啊？"说完，红香也坐下来，说："给我支烟好吗？"

在黑影里，我把烟和火机递给红香。火苗一闪，我看到红香的一缕头发被汗水黏在额头上。

"这么晚了你还出来？"我不合时宜地想到了聊斋中的一些故事。

"习惯了。老是睡不着，就想出来走走。"红香声音低沉，透着疲惫，"再说，今天晚上，太闷太热了。"

此时，我心里有些惶惑，不知道说什么好。

"刚才，我给你发了条微信，你没看到吗？"

"哦，我还没上线呢。"

"大鹏，我们是老同学，你别紧张啊。"

"我有什么可紧张的。"

"那就好。我在网上读到一篇你写爱情的文章。我问你，爱情到底是不是一个传说？有的人爱过，有的人没爱过，到底有什么不一样呢？你跟我说说大鹏，你可别笑话我呀。"

在这有二百年历史的板栗园里，在这黑沉沉的、暴雨将至的深夜里，我没想到红香会问这样的话题。汗水一下子从我身体的各个角落里淌出来。

我无法回答。我真的无法回答。我也回答不了。红香当然不知道，这也是我的困惑呀。

红香见我半天不说话，便深深地叹了口气，说："你大勇哥去日本八年，回来的日子加起来不到三个月，我不知道自己是怎样捱过来的。关键是，我老是在琢磨一件事，我和你大勇哥之间有过爱情吗？他爱过我吗？我爱过他吗？你别觉着我们这些农妇就不该琢磨这些问题。说实在的，我们琢磨得一点都不少。只是，有时候觉得很明白了，但转念一想，又觉得越想越糊涂。"

空气中，那股硫黄的气味似乎越来越浓郁。我抽动两下鼻子，说:"我鼻子是不是出了问题？怎么老是闻到一股硫黄味儿。"

"你的鼻子没问题，是河那边刚建了一家化工厂，气压低的时候，就有这么一股味儿。"红香说:"你别打岔啊，我问你呢。"

"我，我也不知道怎么说才好。"又是一道闪电，如果红香能看清我的面孔，肯定能看到我满脸的真诚。

"喊，你是光能写呀。"过了片刻，红香说道:"这几年，有好几个人向我示好呢，我一概不理，我早就把自己当成一个男人了。"

这时候，有一串雷声从远处滚过来，在不远处炸响。我站起身，拍了拍裤子上的尘土，说:"好了红香，雨马上就过来了，该回去了。咱们不能一块走。这样，你朝西走，我朝东走。"

"我明白，这叫各奔东西。还好，这次你终于没叫我嫂子。"在黑影中，红香笑笑说:"你先走，我马上就走，放心。"

我没再说什么，径直朝板栗园的东边走去。天气闷热得让人窒息，我心里如同燃着一团火苗，浑身上下都感到毛毛躁躁的。我渴盼着大雨快点下来。

我心想，这一切，是不是在做梦呢？我是不是喝多了酒，正在梦境中游荡呢？我正沿着板栗园的小径，走向梦的深处。不对啊，刚才我还觉得我是非常清醒的。可是你听，竟然有呼噜声传来。肯定是我自己的呼噜声，肯定是我正打着呼噜在做梦啊。要不，在深夜中的板栗园，怎么会遇到红香呢？我都快把自己绕迷糊了。

不对啊，呼噜声就在不远处的树下。我停下脚步，侧耳仔细听，不错，确实来自不远处的树下。

我给自己壮了壮胆，犹疑着步子，缓慢地挪到树下。喔，这棵板栗树的直径足有一米，盘根错节，一道闪电划过，我看到这棵树的树干是拧着长上去的。伴随着隆隆的雷声，我还看到，树干一旁，确实躺着一个人。我知道了，我不是在梦中，呼噜声正是这个人发出来的。我想了想，大雨马上就下来了，不管是谁，我必须要叫醒他。

我来到这个人身边，蹲下来，打开火机。我看到的，竟然是一张我熟悉的面孔：涂老师。他睡得多么香啊。头发上沾满了草屑，脸上粘着尘土，一只手掌还托着下巴。即便是睡着了，他还是一副思想者的姿势。

火机烫了一下，我的手一哆嗦，火苗灭了。我听到树叶发出啪啪的声音。我的脸全湿了。雨终于下来了。不管睡得多么香，不管梦有多么美，该醒还是要醒的。

我伸手在推醒涂老师的同时，那个女孩的面孔在我脑海中闪了一下。我想，明天一早，我必须要回白水城了。

当代中国最具实力中青年作家书系

回乡记

1

　　我突然接到父亲的电话，十分意外。父亲什么时候给我主动打过电话呢？我怎么想都想不起来。电话都是母亲打。母亲是一个干脆利落的人，一是一、二是二，且总是报喜不报忧。可是这一次，给我打电话的是父亲。我一听父亲的声音，心里咯噔一下子。父亲颤着嗓音，激动地说："家一，你回来一趟吧，我让人家给欺负了！"说完，父亲啪地扣上电话。我愣了半天，又不好再打回去细问。整整一晚上，我坐卧不安，父亲那颤动着的嘴角总在眼前晃来晃去。父亲让人家给欺负了，我这个做儿子的能不着急吗？可是又有谁能欺负我父亲呢？我把街坊邻居，全村的叔叔大爷，能想到的都想了一遍，觉得他们都不会欺负我父亲。

　　在我的记忆里，父亲这一辈子，从没跟别人打过架。不管发生什么事情，父亲总是慈眉善目地微笑。就连那年月，我们家成分不好，人家贴我们家大字报，年轻的父亲被扣上高帽子，扭着胳膊走街串巷，推上台挨批斗时，父亲也没有怨天尤人，后来，更没有跟批斗他的人结下什么梁子。父亲说，那是形势需要，人不得不跟形势。我父亲在村里当过多年民办教师，也可谓桃李满天下。父亲人缘好，辈分高、年纪大、身板儿硬朗，又能主持公道，这几年，名正言顺地成为丁姓家族的族长。父亲排行老三，人们都喊他三爷。丁家庄外姓的人很少，可想而知我父亲在村里的地位。村里有什么婚丧嫁娶、父子反目、兄弟阋墙等事，都是要我父亲出面的。村里有什么大事需要定夺，支书村长也总是先跟我父亲商量。

躺在床上，我想得头疼，也想不出谁能欺负我父亲来。但我知道，这一次，父亲真的是遇到了麻烦，吃不住劲儿，才哆嗦着嘴唇给我打电话搬兵求援。

我躺在床上，滚过来滚过去。迷迷糊糊中，自己似乎又变成了一个少年，在村北那片枣树林里懵懂地走着，又爬到村东那个破土窟上，茫然地盯着一望无边的黑乎乎的庄稼，时而有野花香气隐约飘来……接着，又似乎站在村西那片生满芦苇蒲穗的大池塘里。这片池塘是我童年时的乐园，如今怎么变成了一潭死水，且发出阵阵恶臭，我低头看去，只见两腿上爬满柳叶状的蚂蟥……

我大叫一声，从梦中醒来。旁边的妻子翻了个身，嘟哝一句："神经病啊，大半夜的。"说完，又翻过身睡去了。我无法再睡，索性从床上爬起来。

来到书房，点上一支烟。想想自己从小村走进城市，读完大学到机关上班，多年的城市生活并没有改变我对农村的好感，也没有改变我的一些农村习气。特别是刚上班的那几年，别人都皮鞋锃亮，我却觉得穿布鞋舒服，好像脚下踩的还是黄土坷垃。领导放个屁，咱得考虑三天，可还是头脑简单，遇事不转弯，说话直，语气生硬，不会温柔不会含蓄。有时候也想拍个马屁，却拍不正，拍到马嘴上，人家尴尬咱也憋气。回到家吧，常常脱鞋上床忘了洗脚，被妻子骂下床，洗完再上来，心里很不是滋味。

　　我自己都没想到，混到四十好几，竟然也混成了这家行业报纸的副主编。就是当了副主编，一些毛病也改不了，比如我最怕上街，最怕街上拥挤的人群、一辆接着一辆的汽车，最怕听人的嘈杂声、汽车的喇叭声，最怕烟囱里冒出的黑烟和蓝色的汽车尾气。父亲说人要跟形势，看来我即便是做了这个副主编，也跟不上形势。不得不承认，像我这样的人，做什么想什么都觉得有些吃力了。妻子说我这是城市发展恐惧综合征。我说倒没这么严重，也许是从小生在水清草肥的乡村的缘故吧。妻子使劲儿呸一声，撇嘴说："就你那个小破村，还水清草肥呢？"

　　对妻子的这种态度，我很不服气。记得结婚后第一次回老家。我领着妻子，村前村后胡乱一通转，正值中秋，村北的枣树林里结满肥嘟嘟红玛瑙般的枣子，随意摘一个放进嘴里，又脆又甜。在村西，夕阳正红光满面，雪白的苇穗金光闪闪，风一吹，此起彼伏，一浪一浪传到远处，灰棕色的蒲穗不倒翁般摇晃着脑袋，整个池塘变成金黄色，鱼花泛起，波光闪闪。妻说：太美了、太美了。可是回过头来，她就把这些都忘掉了。

　　但不得不承认，这些都是多年前的乡村了。我知道这些年，乡村变化很大。有好的变化，也有不好的变化。尽管我说自己一直跟不上城市生活的节奏，可我对如今的乡村又知道多少呢？就是春节回家，也只不过三两天的时间，大伙坐在一起，不是喝酒打牌，就是说一些过年的话，即便是吹牛聊天，也是吹谁挣了钱发了财，要不就是聊五光十色的城市生活。农村人自己也不愿谈农村的事了。

可无论如何，我都没想到德高望重的父亲会让人家欺负。想到父亲那颤抖的嗓音，我心里火烧火燎。

天刚亮，我就跑到单位，把手头上的工作处理好，把会议采访、组稿定版、签字画押等事宜都交代好，然后跟上面领导请好假。撅着屁股来到车站时，竟快到了吃午饭的时间。

2

如今这交通，倒是真的方便。我从县城下来汽车，没用十分钟，便坐上通往丁家庄的小公交。三十多里路，票价两块钱，也算便宜。尽管通往乡下的道路不够宽阔，但路面还算平坦，坐在小公交上，很少有颠簸。这是当年我在县城读书时，想都不敢想的事情。

县城的变化更是不敢想，街道宽宽的，还有漂亮的绿化带，十多层的大楼随处可见，几座高厦的上空彩旗飞展，十几米高的大红条幅从商厦顶端一挂到底，全是摩托车彩电电脑微波炉的广告，并且全是国内有名的品牌。那商厦的装潢和气派绝不亚于任何一座大城市。充满抒情味道的推销声跟音像店里的流行歌曲声混杂在一起，渗透出这座小城的繁华。对我来说，这一切都是陌生的。二十多年前，我曾经在这座县城里读过三年书，在梦中，我还时常光顾这座县城，出现最多的竟然是面粉厂的车间，因为那座四层的白色楼房，是当年这座县城的最高建筑。如今，我坐在小公交车上，透过车窗，极力地寻找捕捉一些能让我忆起过去的东西，哪怕一点点呢，比如一座楼、一条胡同、一棵树……但没有，并且，连一点点儿熟悉的气息都没有。有的只是那气派得让人吃惊的行政大楼。

我稍稍有些伤感。我知道，这是一座全新的县城，它属于这些在此生活居住的人。尽管它的名字没变，尽管我在填各种表格的时候都要写上这座县城的名字，但它已经不是我记忆中的那个它了，远比一个几年不见的小女孩变成一个亭亭玉立的少女要彻底得多。

汽车驶出县城的时候，我没有回头去看，是故意的。但紧接着，我立刻意识到，我的这种孩子气的做派，是多么滑稽可笑。这么多年，我身上的这种臭毛病竟然还没有抖搂干净。这让我很是恼火，恨不得扇自己两个耳光。我梗直脖子，朝窗外望去。

日光已经西斜，色泽也变成淡黄。刚过清明不久，正是麦苗拔高的季节，一排柳树嫩叶初展，在春风中，如同少女娇羞地扭动着身姿。我禁不住推开一点窗子，一股泥土的气息夹杂着麦苗的清香扑鼻而来。这是我熟悉的，我使劲儿抽一下鼻子，心里便突地生出许多亲切。我想，这是我喜欢的味道。

"家一，"我突然听到有人喊我的名字，轻轻地，试探性地。

我一回头。

"家一，真的是你呀。"

那声音猛地便高昂起来。对面，我看到一张四四方方的大脸，高高的颧骨把黑红黑红的皮肤撑得油光闪亮。此人看上去有五十来岁。

面熟。这是我的第一印象。还没容我细想，那洪亮的声音又

回乡记 67

如同铁锤似的砸过来："我是你三明哥，咋？认不出来了。"

车上所有人的目光都集中到我们俩身上。我有些窘迫和尴尬，但我还是笑着说："三明哥，哎呀，胖了。"

"不年不节的，这个点回来干吗？"

三明问得直截了当，可我不想在这样的场合回答这个问题。我看到前面有人抽烟，于是掏出烟来，问三明："车上能抽烟吗？"

"咋不能抽烟，抽就是，你以为这是在省城。"

我递给三明一支烟。三明接了，把烟举到眼前，说："好烟。"

我笑了笑，又不好说什么。

我给三明点着烟。三明深深地吸一口，然后便开始问这问那，他似乎对我所有的事都非常好奇。家庭、孩子、职务、级别，以及我所居住的那个城市，我的脑袋都大了，但碍于面子，我又不好不应承。我哼哈着，嘟哝着，自己都不知道说些什么好。我只好掏出一张名片递给他。只听三明哎哟一声，估计把车上的人都吓了一跳。三明说："你是个主编呐。"我的头开始隐隐作痛，我盼望汽车再开得快些，以便尽快结束这段不算长的路途。

在我的印象中，三明好像跟我差不多大，我们小时候应该在一起捉过鱼虾捕过蝉雀。前几年我常回家来过年，拜年时能碰在一起，印象中他的话并不多，也可能是当时人多，显不出来。但更可能是我此时的心态变了。是啊，我不愿意多说话。我在替父亲担忧。我真想问问三明我们家的情况。不过，三明好像不知道我父亲发生了什么事。要是本村人都不知道的话，看来也不是什么大事。想到这里，我心里稍稍好受了些。

兜里的手机突然响起来，我还没掏出来，又停了。三明笑着说："我的手机号，你存一下。"我心里有些反感，手停在兜里，连看手机号的兴趣都没有了。这时候，三明掏出一盒普通的泰山烟，递过来一支。我稍做犹豫，便接了。我知道，如果我不接这根烟，肯定会伤到三明的感情。不存手机号没事，不接香烟不行。在这点上，我们老家的人是很计较的。

"家一，你是咱村最有出息的人了。这主编很厉害吧？"

我咧嘴苦笑，并不作答。

"你看，这报纸电视的，说个啥事，那些当官的真听呢，那当官的天不怕地不怕，哎，就怕你们这些人。"

听到这里，我禁不住乐了。我说："事儿哪有这么简单啊。"

三明十分认真地说："凡事当然不会这么简单，不过，你们说话确实管用着呢。"

好在这时候，汽车停在我们村口。三明家就在村东头，下来车，没几步他便到家了。分手时，三明言辞闪烁地说："家一，我知道你为啥这时候回来。你肯定是因为三叔的事情。事情已经出了，要慢慢解决，万不可意气用事啊。城里有城里的规矩，咱村里也有村里的现实。你要需要我，就给我打电话。我那个侄子确实不是个东西。我和他爹都拿他没办法。"说完，三明叹一口气，又朝我挥了挥手。我还没咂摸过他话里的滋味，他便走远了。我的心里立刻蒙上一层阴影，双腿变得沉重起来。

3

此时已近黄昏，我挎着一个旅行包，朝村里走去。这几年，村子最大的变化，就是多了这条窄窄的沥青马路，尽管路面疙疙瘩瘩，两旁堆着许多大大小小的棉花棵子和玉米秸，但话说回来，这已经不错。用我母亲的话说：出门再也不用害怕踩两脚泥回来了。

在夕阳深红的光照中，村庄显得异常破败，牛栏、柴火垛，千疮百孔的老房子，就如同静止在过去的某一时刻。越往村里走，旧房子便越多，更让人纳闷的是，村庄如同被掏空了似的，我走半天，也没碰到一个人。以往我都是过年才回来，村里总是热热闹闹的。此时这静悄悄的感觉让我一点儿也不适应。再说，这跟县城的反差太大了。县城是那么热闹喧嚣，村里是这么静寂萧条。

父亲到底遇到了什么？这个问题在我心里已经想了不知道多少次。那颤抖的嗓音之外，又增加了三明那双闪烁的目光。难道欺负我父亲的是他的侄子？这个年轻人我肯定不认识，当然想不起他长的什么模样。可是，一个年轻人怎么会欺负到我父亲头上呢？我想不明白。离家越来越近了，我心里越来越忐忑不安。

我胡乱想着，猛地听到一阵鸡鸭乱叫的声音。有两个男孩子嘻嘻哈哈地跑过来，前面孩子的腋下夹着两只母鸡，后面孩子的怀里抱着一只大白鹅。他们跑过来的样子也像鸡和鹅，跌跌悠悠、趔趔趄趄。他们脸蛋通红，满脸兴奋，长得一模一样，如同一对双胞胎，也许就是双胞胎。他们跑过我身边时，都不约而同地瞅我一眼。抱鹅的孩子瞅我的时间稍长了一点儿，他一回头，脚底被绊了一下，一个跟斗摔倒在地。那只大白鹅飞出去好远，不过，落地时它只是晃了晃身子，然后稳稳地站在那里，优雅地扇了几下翅膀，斜着眼嘎嘎地叫了两声。前面抱母鸡的男孩子也停下来，他笑弯了腰，那清脆的笑声就像鞭炮似的响起来。

那个摔跟斗的男孩子很快便爬起来，同时，他似乎不经意地朝我瞥一眼，眼珠黑黑的，满脸羞怯之意。

孩子的笑声传出去很远。小村似乎又活了。

我挎着旅行包继续往前走。远远地，就看到一群人围在一张桌子前，每个人都或提或抱着鸡鸭鹅等家禽。我还没来得及纳闷，便看到了人群中的母亲。母亲一手提着一只鸡，正踮着脚尖往前看。

我站在那里犹豫了片刻，是过去呢，还是直接回家？说实在的，我实在不愿意过去，我看到人群中多是上年纪的人，光是那一套礼节性的问候，也够我吃不了兜着走的，更别说这个节骨眼上，还不知道家里发生了什么事情。

这时候，人群中不知道谁喊一声："三婶子，那不是家一吗？家一回来了。"

母亲扭过头，一看果真是我，便有些不知所措，因为手里提着两只鸡。母亲竟然在原地转了个圈儿。

"先给三婶子打吧，家一回来了。"

紧接着，人们发出一阵笑声。

"狗日的二粮，净拿你三婶子开玩笑，不是给你三婶子打，是给你三婶子家的鸡打。"

在人们的笑声中，我看到母亲提着鸡走上前去。我明白了，原来是给家禽注射疫苗，这几年不是禽流感闹得厉害嘛。我有些恍惚，人们都跟母亲开玩笑呢，看来家里并没有发生什么大事。眼前的景象，让我一下想起小时候排着队等待接受疫苗注射时的情景。那时候，免费的疫苗接种刚刚来到农村不久，父母听说只要是扎这么一小针，就不会生天花水痘，就不得百日咳、小儿麻痹，并且都是不要钱的，内心别提多高兴，觉得社会主义新农村就是好、就是好啊。如今，我母亲都赶上给鸡鸭注射疫苗的时代，看来，社会真的是进步了。这在原来，肯定是想都不曾想到的。

记得小时候，我倒是最盼着来鸡瘟，因为鸡一死，我们就有鸡肉吃了。

母亲提着两只鸡朝我走过来。我伸手去接，母亲递给我一只。我一抬头，看到母亲的眼圈儿红了。当然，这肯定不是夕阳照的。从母亲的表情看得出来，家里肯定是出了什么事情。但这时候，我和母亲谁都没有说话。

我背着包，和母亲一人提着一只鸡，并排着往家走。

院子被母亲收拾得干干净净。虽说母亲已七十开外，但身体还算硬朗。我们家这四间老宅子，她和父亲一住就是一辈子。母亲从年轻就喜欢清静，如今身边没了孩子，倒也遂了她的愿，年轻时爱干净的习惯便显出来。

母亲把鸡扔到鸡舍里，说："养了六只鸡，来来回回跑了三趟，多亏这是最后一趟，要不明天还要折腾。"

母亲拍打拍打身上的土，接过我的背包，一边走一边说："你肯定饿了，我先做两个荷包蛋，给你垫巴垫巴。"

我说："我还不饿，一会儿一块吃吧。我爹呢？"

母亲朝屋里努了努下巴。我便几步来到屋内。

父亲躺在床上，腰部以上盖着被子，两条腿露在外面，左腿蜷着，右腿膝盖以下缠着厚厚的白绷带，打着夹板儿，搭在两个摞在一起的枕头上。我心里"咯噔"一下子，忙问："爹，腿，这是咋了？"再看我父亲，闭着眼，绷着嘴，一声不吭。还是跟在我身后的母亲说："还不是让丁大筐家的那个狼羔子骑着摩托车撞的。"我忙问："厉害吗？是不是撞得挺厉害？"母亲说："在县医院拍了片子，说没断，只是裂了道缝儿，人家让保守治疗。都十来天了。"

我长长地吐一口气，说："这么长时间了，咋不早告诉我呢？"

母亲说："你爹不让，说这点小伤，躺一段时间就好了。他怕你忙。"

我有些着急，说："再忙我也得回来呀。"可我转念一想，又觉得不对，那昨天父亲打电话是什么意思呢？肯定还有别的事。我猛地想起什么来，问母亲："丁大筐是不是三明他大哥？"母亲说："不是他是谁！一个奶养的，都是一路货色。"

我点点头，觉得这个三明可不是个简单的人。我隐约地明白了点什么。这时候，父亲叹了口气。我扭头看父亲，突然发现父亲的身子骨似乎短了许多，头发几乎全白了，脸上皱纹纵横，如同核桃皮一般。父亲真的老了。

4

一边吃着饭，一边跟父亲和母亲唠着嗑，我这才把事情的来龙去脉弄明白。

原来，十天前，我父亲吃罢早饭，背着手去村南看春生二叔。春生二叔得的是胃癌，人快不行了，医院里都不收了。父亲来到小雪超市门口，想进去买箱牛奶。没想到，一辆摩托车从身后开过来，速度特别快。我父亲听到摩托车响，还没来得及扭过头来看，衣服便被摩托车把使劲儿带了一下子，整个身子转了个三百六十度，一屁股摔倒在路边，右腿正好弹在一块石头上。父亲脑袋嗡一下子，本能地抬头瞥了一眼。摩托车倒是慢了一下子，开摩托车的人还回了一下头。我父亲一眼便认出那是丁大筐的儿子丁小尤。让人可气的是，摩托车猛一加油门，像一头受惊的骡子似的窜得无踪无影。小雪超市的老板丁青峰跑出来时，只看见一个摩托车尾巴。丁青峰扶起我父亲，说："三爷，你没事吧？"我父亲右脚刚落地，哎哟一声说："不行青峰，腿疼。"丁青峰忙让人从屋里搬出一把椅子，我父亲坐下来，满身尘土，脸色姜黄，狼狈不堪。丁青峰问："三爷，看清是谁了吗？"我父亲说："是丁大筐的那个儿子，把头发染成红色的那个儿子。"丁青峰说："我就知道是这个狗日的丁小尤，他刚买了辆新摩托，整天像个叫驴似的，沿着大街窜过来窜过去。"

那天，我父亲自然没法去看春生二叔了。他一站起来，腿就疼得受不了。他说："青峰啊，你给文成打个电话，让他开车来，拉我去医院拍个片子。"丁文成是村支书，也是我父亲的学生，对我父亲很尊重。他直接把我父亲拉到县医院拍了片子，结果还算不错，只是骨头裂了道缝儿。镇上有一家陈氏正骨，祖传秘方，在我们这块儿挺有名。文成又拉着我父亲回到镇上，在陈氏正骨贴了膏药，打了夹板。整整折腾了一天，回到家天已黑透。文成说："三叔，你放心，你躺着好好养伤，明天我就让丁大筐拉着他儿子来给你赔不是。这治病吃药的钱，都得让这狗日的掏。"

可是，一眨巴眼好几天过去了，连丁大筐和他儿子丁小尤的影子都没见到。支书文成倒是又来过两趟。我父亲问起来。文成支支吾吾地说："三叔你别着急，丁大筐这几天不在家，他儿子丁小尤找不到人。"到家来看我父亲的乡邻却说："我刚才还在村头看见丁大筐呢。"还有人说："昨天晚上，丁小尤骑着摩托车，驮着他的狐朋狗友，从镇上喝酒回来，跟驴叫似地扯着嗓子唱呢。"本来，这事儿一开始，我父亲并没有生多大气。即便是丁小尤撞倒他，一溜烟跑了，他觉得这毕竟是个乳臭未干的孩子。都是本家人，一个丁字掰不开。丁大筐拉着他儿子来喊声三爷，道个歉赔个不是，这事也就算了。

是我父亲把这事想简单了，想得过于美好，人家压根就不搭理你。文成再来，问我父亲说："三叔，那天，你当真看清楚撞你的人是丁小尤？"我父亲说："就是丁小尤，我看得清清楚楚。"文成叹一口气，说："这狗日的丁小尤，他死活不承认呢。他说他连只蚂蚁都没轧到过。"我父亲恼了，说："反了，翻天了，我活了这么大年纪，能像狗一样乱咬吗！苍天白日啊，他简直是睁着眼说瞎话。"

我父亲气得浑身哆嗦，这才一气之下给我打了电话。

我听着父母唠叨，肚子早给气爆了。我把筷子往桌子上一拍，霍地站起来说："我这就去找那个丁小尤，看看他到底是个什么玩意儿。"母亲说："家一，不可莽撞，你是在外面有工作的人。你不知道，那孩子是个小痞子，头发不光染成红色，还一根根竖着朝天上长，整天跟一些不三不四的人来往，偷鸡摸狗，啥坏事都干，村里人都提防着他呢。你还是先找找文成，问问情况。"

母亲这么一说，我冷静下来。母亲说得很对，我跟一个小痞子吵架，也丢不起这个人。父亲受人尊重惯了，是一个极要面子的人，他心里窝着一团火，憋着一口气，就是想讨个说法。还是先找找文成去吧。他是村支书，又跟父亲念过书。我相信他是向着父亲的。

我点着一支烟，走出家门。夜晚的村子，真黑啊。我在门口站了一会儿，才逐渐适应眼前的黑，一抬头，看到满天的星斗，这么多这么亮，让我感到吃惊，我好像已经许多年没有看到这么多星星了。村子更是静得出奇，静得连狗都不叫一声，静得让我产生了错觉，觉得此时已是深夜。这夜静谧得有些肃穆而古老。这才几点呐？我掏出手机来一看，七点二十分，新闻联播还没结束呢。实际上，我是喜欢这样的感觉的。如果不是父亲的事情压在心头，我会好好地呼吸一番小村春夜这迷人的气息——我又犯病了，一种不可救药的矫情病，一种自作多情的抖搂不干净的臭毛病。难道我不知道这仅仅是一种表象？天还是那个天，但地还是那个地吗？听母亲说，这年把来，村子已经没老没少地走了七八个人，全是癌。母亲指了指脚下，说，这地下的水，坏了。

　　我来到小雪超市，买了两瓶酒。老板青峰一看是我，热情地说："叔，你回来了。"我说："青峰，谢谢你那天把你三爷扶起来。"青峰挠着头皮说："叔，你还跟我客气啥，你当这是城里呀。三爷好些了吗？"我点点头，说："这不，那个丁小尤死活不承认是他撞的，你三爷把我叫了回来。"青峰想说什么，但欲言又止，眼光也开始有些躲闪。正如三明所说，村里有村里的规矩和现实，我理解青峰。我提着两瓶酒走出小雪超市，径直朝文成家走去。

5

　　文成刚吃罢晚饭，脸膛红红的，桌子上的一堆鸡骨头还没有收拾。看到我提着酒进屋，一拍大腿，说："家一呀，你早过来会儿多好，要不这样，让你嫂子再弄个肴，咱哥俩再喝点儿。"说着起身要拿酒，我忙拉住他，笑笑说："我哪还有心情喝酒？你挺恣啊，天天还自己喝二两。"文成苦笑一声，说："老弟，你可别挖苦我，你哥我弄了两台挖掘机，天天靠在工地上，今天这还是回来得早。晚上不喝点儿，这腰也酸来腿也乏，不服不行，马上就老了。"文成边说笑着，边招呼嫂子泡茶。

文成开门见山，说："家一，你回来也好，咱得想想办法。这事儿你也清楚了，真有点挠头，碰到丁小尤这么个王八蛋，死活不承认。你说吧，当时又没别人看见，难办哪。"我说："文成哥，你知道，我爹一辈子没诳人，他是个要面子的人，他只是心里憋着一口气。那个丁小尤，他光不承认也不行啊。"文成叹一口气，说："三叔是啥人，我能不知道？一辈子知书达礼，光为别人着想，年龄稍长点的，没有不知道的。可碰到的是丁小尤这么个不懂事的屁孩子。"我说："孩子不懂事，难道他爹丁大筐也不懂事？"我有些激动。文成愣了片刻，说："走，咱去找找丁大筐。"

很快，夜色把我和文成裹了起来。显然，这脚下的路，文成比我熟得多。我跟在文成身后，深一脚浅一脚地走着。远处，传来一辆机动三轮车的马达声，接着便引来几只狗的齐吠。我掏出烟，说："文成哥，来，抽支烟。"文成停下来，黑影里，接过我递给他的烟。我边点烟边说："村里也太静了，狗这么一叫，心里倒踏实些。"文成吸一口烟，说："比起原来，如今咱丁家庄人少多了，有点办法的人都走了。我跟你说实话，家一，这个支书，我早就不想干了，不是老人，就是妇女小孩，干个啥劲儿？我去镇上辞了好几次，辞不掉。像咱这偏远的地方，村干部没法干，瞎操心不说，到头来啥事都埋怨你。一年给你那仨瓜俩枣的，还不够买两条好烟的。"听着文成的叹息，我竟一时无话可说。黑影中，两个烟头一闪一闪的，如同荒野里舞动的鬼火。初春的夜晚，寒气依然袭人，我禁不住哆嗦了一下子。

随着文成一声到了，我们停下脚步。夜色中，眼前的门楼显得高大宽阔，两边翘起的门檐像极了两只昂头的小兽。文成拍打着门环，沉闷的声音显得空洞无力。院子里传来咳嗽声，紧接着一声谁啊。文成说一声：我。很虚幻的感觉。门吱一声开了。文成和我走进院子。借着从窗户里传出的灯光，丁大筐看清是我，说："呦，这不是家一兄弟嘛，稀客稀客，快进屋。"

一进屋，丁大筐家的摆设和装饰着实把我惊了一下。五十二英寸的平板电视里正播放着抗战连续剧。台式空调、双开门冰箱、红木沙发桌椅，沙发后面还摆着一台硕大的按摩椅……这比支书文成家阔气多了。丁大筐很热情的样子，又是端茶，又是递烟。

"大筐哥这日子过得不错啊。"

"再好能比得上兄弟你？我听说你当啥主编，那多厉害。"

"那都是虚的，现在，有钱才是真厉害。"

"我哪有啥钱，我这是打肿脸充胖子，捞个面子而已。你说是吧，文成？"

文成深吸一口烟，又缓缓地吐出来，说："守着家一，别说恁话了。丁小尤那小子呢？"丁大筐一听这话，尴尬地咧咧嘴，说："今天晚上小尤不回来了，跟他几个朋友在县城里喝酒，说是住在同学家。"文成说："城里乱七八糟的，你倒是放心。"丁大筐嘿嘿一笑，说："我不能看他一辈子吧。再说，一个男孩子，吃不了大亏。"文成又点着一根烟，说："大筐，我不是说你，你也太自私，哦，你男孩子不吃亏，人家女孩子吃了亏你就高兴了。"丁大筐瞅我一眼，有些不好意思地说："我可不是这个意思。你当个支书，说话就愿意上纲上线的。"文成说："那好，咱不上纲上线，这不，家一也回来了，你说，三叔这事咱咋办？"

丁大筐一听这话，看上去倒踏实多了。他给我和文成添满茶水，这才坐下来说道："家一，我们都是丁家人，一家人不说两家话。三叔在村里的威望谁不知道？我也跟着三叔念过书，三叔对我也不错，这事我不能躲啊。再说，三叔治病那点钱，对我来说根本算不上啥。可是你那个大侄子小尤说，确实不是他撞的。他说不是他撞的，我这个当爹的要是承认了，他会对我有看法的。要是有个人站出来说，三叔就是小尤撞的，这事也好说，可是没人这么说。你说我有啥办法？我也是两难呀。"

丁大筐说得头头是道，我竟一时不知道话从什么地方说了。我被憋得脸色通红，猛吸两口烟，说："可是，我爹说就是你家小尤，他看得很清楚。他这么大年纪了，他能说谎吗？"

丁大筐听完我的话，身子从沙发这头挪到沙发那头。他说："这样，我这就给小尤打电话，我把免提打开，守着你们，咱当面问问他。"说着，他便摁了一串号码。接着，电话里传出激昂的音乐声。响了半天，音乐声才像潮水一般退去。丁小尤的声音猛地冒出来。

"爸，有事吗？"由于摁了免提，所以声音很大，电话里闹哄哄的，好像是在酒桌上。

"还不是你三爷那事。你文成叔在这里，你家一叔也回来了。你说你三爷到底是不是你撞倒的？也不是多大的事，你实话实说就是。"

"咋就没个完了？说不是就不是。啥三爷五爷的，牲口毛我都没碰到一根。"丁小尤在电话里吼起来。隔着电话，我都似乎能闻到一股酒味。

"你好好说话不行，你叔他们都在这里听着呢。"

"我就这么说话，咋了？有啥牛的？不就是在省里编个破报纸吗？我再说一遍，说不是我撞的就不是我撞的。惹我急了，我弄死他们全家！"说罢，电话"啪"地合上了。

"你个鳖羔子。"

丁大筐使劲朝电话里骂了一句，他抬起头，朝我咧咧嘴，说："你看这个狗日的，太不像话了。"

文成火刺啦地说："是不像话。大筐，子不教父之过啊。"

我能说什么呢？我什么都没说。我站起身，朝外走去。丁大筐在后面说了些什么，我一个字都没有听进耳朵里。出来大门，走出去好远，文成才追上来。文成说："家一，你别生气，你看到了吧？丁小尤就是这么个玩意儿。丁大筐再有钱，就是管不了他这个儿子。"

我倒真的不再生气。我毕竟是学文的出身，读过几本历史书。我知道，像这样的痞子流氓，自古就没有少过。

6

回到家，我当然不能说去丁大筐家的事。我装着很轻松的样子，跟父母说："我跟文成哥聊天呢，文成哥还是那么能聊。他说人家医生说了，你这伤没事，最多躺一个月，这不，十天都过去了。明天我去一趟镇上的陈氏正骨，再请人家来给你换换药，看看恢复得咋样？"本来，我是想多陪二老说说话，可我害怕再说到丁大筐一家人，我害怕控制不住自己的情绪，便说自己昨晚一宿没睡好，困了。

母亲早就给我在另一间屋里铺好被窝。昨天晚上没睡好，今天从一大早就折腾，也确实累了，洗洗脚便躺进被窝。夜倒是真静，是那种无边无际的静。可我还是睡不着。怎么办呢？我在想，父亲的腿倒无大碍，慢慢静养就是。可我明白父亲给我打电话的目的，无论如何，我得给老人家一个答复吧。报社里一大摊子事，我也不能在家里多待。黑灯影里，我悄悄地坐起来，点着一支烟。盯着时明时暗的烟头，我一下子想到三明，想到三明那张黑红油亮的脸。对呀，三明是丁大筐的亲弟弟呀。我呆愣片刻，心里禁不住一阵兴奋，忙摸起枕边的手机，摁开一看，上午那个引起我反感的未接电话果然还在上面。这一刻，我却像见到宝贝似的，小心翼翼地把它存起来。

也真奇怪，存上三明的电话后，困意接踵而至，闭上眼睛，没用五分钟便睡着了。这一觉睡得踏实。醒来时，已是早上的八点钟。父母已经吃罢早饭。母亲笑眯眯地看着我说："饭在锅里热着呢。"

我边吃着饭，边跟父亲说："昨天我和文成哥给丁大筐打电话了。丁大筐在外地跑业务，态度倒是挺好，他说他会处理好的。那丁小尤是个十七八岁的屁孩子，整天不在家，你就别强求他能做什么。再说，他要真到咱家里来，你见到他能不生气吗？"父亲目光无神地盯着灰蒙蒙的窗户，眼珠儿一动不动。

饭后，我慢慢地踱出家门，沿着胡同往北走，来到一处荒芜的宅院里。我给三明拨通了电话。

"三明哥，听出我是谁来了吗？我是家一。"

"咋能听不出来，大主编嘛，你的电话我存了。你有啥吩咐？"

"我哪敢吩咐你，你现在家吗？"

"我倒是在家，不过我九点多得去趟县城送货，下午回来。"

"你等我会儿，我马上就到。"

我径直朝小雪超市走去，几乎是一路小跑。我买了两箱最好的牛奶，来到村东的三明家。我把三明拉到屋里，也没跟他客气，把昨天我和文成去他哥哥家的情况大体说了说。当然，我不会说他侄子丁小尤要弄死我们全家的话。我说："三明哥，你得帮我个忙。你知道，我爹是个死要面子的人，他在咱丁家被人尊重惯了，想不开，正在钻死牛角。"三明面露难色，挠着头皮说："这个忙咋帮？他们这个样子，你让我……"我说："三明哥，你啥都不用做，啥话都不用说，你下午回来后，提着一箱奶，到我爹眼前站站就行了。"三明吞吞吐吐地说："可这事，要传到我哥和我侄子的耳朵里，他们不怪罪我？"我说："这事只有你我知道，别人我只告诉文成。文成是支书，他心里装事，他不会乱说。他要说，也只能说你做得好。三明哥，话又说回来，咱们都姓丁啊，又不是仇家，你好歹喊我爹个三叔吧，去看看你三叔，你可以找出好多个理由来，你都可以说咱俩是从小拜把子的盟兄弟。"听我这么一说，三明脸色才有些舒展。他缓缓地点点头。

送我出来门，三明立刻变得活泛起来，他说："家一啊，你个省城里的大主编，这么牛，你也不请你哥喝壶酒？"我愣了一下，忙说："喝，一定喝，今天晚上就喝，我一会儿给文成哥打个电话，咱们去镇上喝。"三明的脸上立刻便乐开了花，他咧着大嘴，把黑红的脸膛撑得更加油亮。

从三明家出来，我朝绿油油的麦田走去。枣树还没有发芽，我看到远处的枣树林，就像一团团的雾霾似的包围着村庄。

春风是柔软的，却把我的眼窝吹得又辣又痛。

父亲上树

　　我们都知道老石有一个傻父亲。当然，我们也都知道老石的父亲并不傻。老石父亲的傻是老石的老婆喊出来的。老石的老婆姜丽丽说到公公时，既不叫爸爸也不叫爹，而是喊那个傻瓜，那个傻瓜怎样怎样，那个傻瓜如何如何。时间一长，大家都知道了老石的父亲是个傻瓜。

　　早晨，我还没起床，老石就打来电话。老石告诉我，他的父亲走失了。他说他沿着全市的大街小巷找了整整一夜，结果什么都没有找到。连根毛都没看到，怎么办？老石说完深深打了个呵欠。我听出他的疲倦。我说老石，你说怎么办就怎么办。老石清一下嗓子，说老三你过来吧，大伙商量一下，我给刘相军和马健也打了电话，人多力量大嘛。我说好吧，我一会儿就到。

　　老石住在旧城区，他们那片儿的平房还没有改造。老石住的街叫布丁街，据说原来算得上是一条宽街，如今就没法看了，再加上练摊的一占，错开两辆小车不容易，所以这条街经常堵。新中国成立前，这里是铁匠聚集的地方，直到现在还有家家户户在墙上挂刀的习惯。老石的祖父是个铁匠，可老石的父亲不是。老石的父亲原先是一个中学教师，是布丁街上的文化人，后来不知道受了什么刺激，变得神神道道，只好提前办了病退，回到布丁街。大家都知道老石的父亲有一些很不好的毛病。老石的父亲提前病退，肯定与他这些不好的毛病有千丝万缕的关系，但这都是大家的猜测，谁也不会去问的。

老石的父亲戴一副高度近视眼镜，他活动的范围一般都在布丁街。每当布丁街堵车的时候，你首先看到的就是老石的父亲。他戴一顶油渍麻花的旅游帽，挥动着一面脏不拉儿的小红旗，一副刚正不阿的模样。你别说，老石的父亲一指挥，这路就通了。所以，布丁街一堵车，人们就想起老石的父亲，说老石的父亲呢，老石的父亲怎么不过来？可见，他为布丁街做出的贡献是有目共睹的。但他的毛病也是街上的人都知道的，他最不好的毛病就是黏女人。譬如说有女人打布丁街走过，老石的父亲必然尾随其后，左晃一下，右窜一下，围着女人打转转。如果是迎面走来一个女人，老石的父亲定会撞人家一膀子。再譬如几个女人围着一个小贩买东西，老石的父亲就会凑上去，他也晃着近视眼镜探头探脑，其实他是拿自己的身子磨人家的屁股。为此，老石的父亲经常被揍得鼻青脸肿，脸上时不时会出现一道道的血印子，还经常有人找上门来骂些难听的。老石很苦恼，他给人家说一大摞好话，赔一大筐不是。他把他父亲关到楼上的屋子里，一关就是十天半月的，可你不能关一辈子吧。老石家的房子是自己盖的那种三层小楼。下面三大间，靠街，借地理位置之便，老石开了一个小百货店，老石的媳妇姜丽丽也不上班，整天忙她的小百货店。小楼的上面有一间房子，外面是一个大平台，老石的本意是想在上面养

当代中国最具实力中青年作家书系

花种草，哥们儿几个搓个麻将打个牌啥的，可他的父亲得了这样的毛病，老石只好叫他父亲住在上面，以免影响他店里的生意。

　　我到老石家的时候，刘相军和马健早已经来到了，他们正坐在屋里喝茶。我们几个是多年的牌友，如今早已变成朋友。姜丽丽正忙着给一个孩子拿泡泡糖，见我进来，龇牙一笑，说进去吧，都在屋里呢。我稍微呆愣一下，我发现姜丽丽今天打扮得特别像回事儿，那香味儿直往你的鼻子里灌。我正琢磨着用个什么词夸她一句，这时候马健在屋里喊我。我看到这小子板寸头下面的白脸又肥了一圈儿，一根手指头那么粗的黄灿灿的金链子缠在肉乎乎的脖子上。马健现在一家房地产公司做总经理助理，谁也不知道他到底赚了多少钱，但比起原先来他确实胖了许多。老石看到我进来，朝一把空椅子挥挥手，示意我坐下，他的脸色很不好，他只是朝我摇了摇头，嘴角上露出一丝苦笑。我说老石，你别太着急，大伙都出出主意，看看有什么法子。刘相军说：要是他老就这样消失了，那再好不过，傻傻瓜瓜的，还净给你丢脸。马健说：刘相军，你他妈的可别这样说，他再傻也是爹呀。刘相军说：要不这样，你们弄一个牌子，上面写一个寻人启事，挂在我那"优秀出租车"的牌子前面，我绕着全市的大街小巷转上他一天。我说：这倒不用，我看还是先给晚报的王成果打个电话，让他在晚报上弄个寻人启事。姜丽丽提着两包西瓜子走进来，她说：那得要钱吧。我说：钱可能要收一点吧。姜丽丽：哎呀，晚报的广告费贵着呢。她朝我一笑，说：你们吃瓜子，边吃边拉。

　　这时候马健的手机响了。马健忙掏出手机来，皱着眉头看。老石说：马健，有事你先忙去吧。马健说：没事，操，这个小娘们儿整天黏着我，你看这才几个小时没见我，不管她。哈，兄弟们，手机报来信息了，股市又牛了，全线飘红。马健炒股，是个老股民。马健边说着边噼啪着捣他的手机。刘相军把鼻子都气歪了，他心里无法平衡，股市很熊的时候，他请教马健，说马健你是做生意的，炒股炒得又好，如今股市触底了，触底就要反弹，你给我分析分析，让我也买点股票挣点钱。不分析倒好，马健这么一分析，吓得刘相军没敢买。刘相军开出租车，挣的是辛苦钱。钱生钱不容易，要慎重，马健告诫刘相军。结果呢，钱都让马健这样的屌人赚去了。所以马健一提这事，刘相军就生气，他把茶杯使劲一蹾，说：马健，叫你干什么来了，你他妈的眼里净是钱，你这是要钱不要爹。马健觉察出点儿味道来，呵呵一笑说：说得好说得好，相军，这叫上纲上线啊，你接着说，接着说。姜丽丽好像听到了股市啥的，她几步跑进来问：马健，快告诉我，"胜利"涨到多少了？十二块多吧，马健说。姜丽丽掐着手指头算，回过头来对老石说：不得了了老石，你还不快去抛了，咱手里一千股呢，买的时候一共才花了七千块，你可以赚五千多块钱，太好了太好了。姜丽丽差点蹦起来，她激动得小脸通红，乳房上下起伏。老石说：等等再看吧，现在还在涨呢。姜丽丽说：还是早抛好，剜到篮子的才是菜。姜丽丽还想说什么，这时候外面有人要买东西，姜丽丽只好走出去。

天开始热起来，马健的汗襟已透出斑斑的汗迹，他正跟刘相军吹得热闹，说他的房子已经卖到一万多了。他妈的，这人都变态，你价格越高，他越买。老石打开空调，又从冰箱里搬出西瓜。老石说：吃，吃，这天真够劲儿。马健首先托起一块，啃一口说：不错，沙口，味正，肯定没用膨大剂。他看到老石光让别人吃，自己不吃，就说：老石，你也吃呀，不是我说你，你也太那个，刚才刘相军说的虽然难听点儿，但我仔细想想，还是有些道理，你说他老人家这几年折腾得你也够劲了，吃喝拉撒不说，就说人家大姑娘小媳妇指着你鼻子尖骂街的时候，你心里好受吗？所以我说，你该吃就吃，该喝就喝，该睡就睡，反正你找了，找不到有什么办法，你说对吧？马健说完拿眼瞅我。我说也是，老石，反正咱尽力去找，找到更好，找不到也就这么回事，到派出所备个案就得了，像老爷子这个样子，还不如找不到好，这话难听，老石，但我这全是心里话。

我们三张大嘴不把门，七嘴八舌地劝老石，中心意思就是说，找不到更好，老石你就清心了。老石看上去心情也好多了。他说：哎，我有苦没法讲呀，要不是这房子，姜丽丽早就跟我拜拜了。老石吞吞吐吐地还说了些有关他父亲的事儿，说的不是他父亲的那些糗事，是说他父亲多么多么的不容易，母亲死得早，父亲又当爹又当妈，把他和妹妹拉扯大，妹妹可倒好，大学毕业后找了个南蛮子，远走高飞去了深圳……老石说着，我们听着，心里还有点儿不是滋味，觉得老石是一个有情有义的人，活得也不容易，并且为我们刚才说过的话感到羞愧。最后，老石长吁一口气，说：今天大家难得一聚，喝一点啤酒吧，边喝边想办法。

我们就开始喝酒。嘴对嘴，手把一。姜丽丽给我们切了些火腿，又弄来一只真空扒鸡和一些香酥花生米啥的。她看上去心情不错，一会儿忙外面，一会儿忙屋里。姜丽丽穿着一件火红的真丝短袖上衣，上面的开口很低，她弯下身子往桌上放东西的时候正对着马健。每到这时，马健的眼睛就发直，特别是姜丽丽给他满酒的时候，这小子几乎把脸凑上去。刘相军嘴里嘟哝着什么，他可能是怕老石发现这事儿，忙跟老石聊些不疼不痒的话。老石始终低着头，也不知道他想些什么，既看不出他的悲伤，也看不出他的高兴（我说这话的意思是，如果按照我们三个的说法，那老石应该高兴才对）。我说：老石，你考虑一下，如果在晚报登个启事，有没有这个必要呢？老石想想说：我看，行不行的，你先给你朋友打个电话问问。我说：好吧，你们先喝着点，我去打个电话。说着我站起来。

老石的小商店里有公用电话，放在卖小商品的玻璃柜台上。我走过去的时候，一个年龄跟姜丽丽差不多大的女人正在跟姜丽丽说着什么。她抬头瞥我一眼，接着又低下头去。她们说话的声音很低，样子很诡异，但我从那个女子的眼睛里看出她是兴奋的。我拨通了晚报的电话，接电话的是个女的，我说我找王成果。她说王成果不在。我说王成果他干什么去了。她说她也不知道，她说她好像这两天都没看到他。最后我问她：如果在晚报上登个寻人启事，大概要多少钱。她说她不知道。你问一下广告部吧，说完她嘟囔了一句，就扣上电话。我听出她好像是说怎么这么多寻人的。

这时候，姜丽丽在旁边搜我一下，说：老三，你能写会画的，不妨写个寻人启事，我到对面打印社里打一打，复印个十份八份的，你们走的时候，顺便在周围的电线杆上贴一下，大伙也算尽了力。旁边的女人不住地点头。我一听，这个主意倒不错，便说：拿笔来，我这就写。

马健在屋里喊我：你捣鼓个球，还不进来喝酒，我们一瓶都下去了。姜丽丽一边找着笔，一边说：马健，你个王八蛋，光知道灌那马尿，看我一会儿进去，非把你放挺不可。马健说：嫂子，你不用进来我就挺了。姜丽丽把笔递给我，扑哧一笑说：狗嘴里吐不出象牙来。

石郎平，男。61 岁。戴一副黑框高度近视眼镜，身高 1.67 米，偏瘦。左边太阳穴处有一块一角钱硬币大小的黑斑。平时不太爱说话，神志偶有不清。家住布丁街 43 号，于 6 月 16 日下午走失，走失时穿一件白色圆领 T 恤衫，下身穿一条蓝色裤子，手里攥着一面杂志大小的红旗。现其家人非常着急，请各位好心人帮助寻找，如有发现者，请及时告知或提供线索，必有重谢！联系人：石先生。联系电话：77×××93。

你看这样行不行？我把写好的寻人启事交给姜丽丽。姜丽丽和那个女人一看，接着就大呼小叫起来，哎哟，不愧人家是舞笔弄墨之人，你看写得，你看写得，多清楚多明白……在两个女人火辣辣的目光下，我好显摆的虚荣心得到极大满足，露出一副小菜一碟的样子。姜丽丽推我腰一把，说：快，快喝酒去吧。我说：别忘了复印上一张照片。

我回到屋里，马健他们已经喝掉半箱啤酒。马健说：你干什么去了，罚一瓶，快喝。我说我写了个寻人启事，嫂子打印去了。刘相军摇摇头说：那玩意儿没用，不过话说回来，这都是当小辈的一片心，这样吧，回头我带上一些，晚上跑出租时顺便发发送送。来来，喝酒，老石说着，一仰脖，咕咚咕咚下去半瓶，喝完砰地把瓶子往桌面上一蹾，重重地叹口气。马健说：老石，刚才我说的那事你再想想，这是现实问题，光回避不成。刘相军说：你他妈的说起来简单，这是再找个妈呀，你得伺候好啊。马健说：

找个妈也比现在这个样子强吧，今天跑了，明天丢了，时不时地还让人家找上门来骂一顿。

这时候老石摆摆手，说：兄弟们，不是没人给他介绍过，人家女方年龄稍大点儿吧，他还看不中。我们都同时愣了片刻，突然，马健一口酒从嘴里喷出来。这小子扭头跑卫生间去了。

不一会儿，姜丽丽扭着身子走进来，手里晃着一张纸，说：你们看看，这样行不行？马健拿过去一看说：不行不行，照片太模糊，这看上去哪像老爷子，整个历史课本上的一个人物。刘相军接过来看了半天，说：这写得有点简单了吧，比如老爷子脚上穿着什么鞋子，胡子的长短，眉毛的浓稀，鼻子的大小，都得说一说；对了，老爷子喜欢指挥交通，说不上正在哪里指挥交通呢，这也得写一写吧。我正想说两句什么。这时候，一直低头喝酒的老石挥了挥手，露出一副不耐烦的样子，跟姜丽丽说：你看着弄就行了，反正啥事都是你说了算。姜丽丽一听不愿意了，杏眼一翻，说：姓石的你什么意思，你轰鸡啊还是撵鸭子，你把话给我说清楚，我好心变成驴肝肺咋的，他妈的那个傻瓜，我早就受够了。说着就要往老石跟前扑，马健一看事不好，急忙站起来，双手掐着姜丽丽的胳肢窝，便把她拖出去。老石低着头，也不说话，只是脸色涨得通红。刘相军说：老石你别着急，一切都会过去的。

马健半天都没有进来。我们仨坐在屋里，谁都不说话，酒也没心情喝了。只听到墙上的石英钟咔咔地响个不停。我抬起头，瞅了眼石英钟，时间已过了中午十二点。

这时候，有一个老人在外面喊老石的名字。老石答应一声，还没等站起来，那个老人便急呼呼地走进屋，说你们没看电视啊，电视上刚才播一个老头爬到一棵大树上不下来，公安局都去了人，那镜头离得远，晃了两下子，我也没看清，可我咋觉得那个老头像你爹似的呢。

老石一听，呼一下站起来，连问几个在哪里。老人说，我听着像是在南山公园那块儿。我们叽里咕噜，来到街上打出租车。马健提着裤腰带从店里跑出来，说：你看你看，我这泡尿还没尿完，就来了新情况。

出租车还离着很远，就看到一群人围在一棵大槐树下面，有一辆红色的消防车停在旁边，还有警车、急救车和电视台的采访车。马健说：呦，树上要真是老爷子的话，这一不小心成名人了。刘相军说：闭上你那臭嘴吧，不管咋说，人找到比啥都强。

这棵树至少有十几米高，枝叶茂密，树冠庞大，不到跟前根本看不清树上的情况。我们下来车便往树下跑。一个警察伸胳膊拦住我们，说：你们干什么的？老石说：我找我爹呀，我爹走失了，我看看树上是不是我爹。警察一听这话，便不再拦我们。我们来到树下，昂着脖子往上看。在树冠中部的一个树杈间，果真蜷缩着一个老头，他穿着一件白汗衫，手里还攥着一面小红旗，透过高度近视眼镜，正瞪着惊恐的眼睛朝下面看。老石一看，二话没说，噌地一下蹿到树干上，撅着屁股就想往上爬。被旁边的警察一把拽下来。老石说：那就是我爹呀，我得上去把他弄下来。警察说：先别忙，你再看看，你爹上面那个人你认识吗？

上面还有一个人？我们都很吃惊，于是昂起脖子，把目光拉得更远。果然，在老石的父亲上面大约两米高的一个树杈间，还有一个人蜷缩在那里，双手紧抱着一个较细的树枝，脸贴在上面，随着树枝的晃动，身子好像也在晃动。这是很危险的，因为接近树顶，树枝较细，随时都有断裂的可能。尽管看不清面孔，但能看出来是个女的，穿着一件跟树叶的颜色差不多的绿色短袖衫。

老石瞅了半天，摇摇头说：好像不认识，我看不清她的脸。

警察问：你父亲什么时候走失的？

老石说：昨天下午，我找了整整一夜。

警察点点头，笑笑说：恐怕在上面待了一宿。早晨就有人发现了他们，我们接警后早就到了，一看这情况，又通知了消防队，你看，消防车也早来了，可你父亲他不配合，情绪很激动，我们怕出什么差错，不敢轻举妄动。你来得正好，赶快跟他交流交流。

老石的双手放在嘴上，撑成喇叭状，仰着脸喊：爹，是我呀，快下来吧，回家了。老石的父亲挥着小红旗，指着头顶喊道：她不下来，我不下去。老石说：你先下来，她才能下，你挡着人家的路了，你怎么指挥的交通啊？老石的父亲说：不，我下去她就跑了，我不下去。老石说：快下来吧，她还能飞了吗？

马健喊道：叔叔，快下来吧，布丁街又堵车了，都等你回去呢。

老石的父亲抬着脸往上瞅，他不再理会下面的声音。我们大眼瞪小眼，最后一起瞪旁边的警察。警察说：怎么办？事不宜迟，他们在树上的时间太长了，年龄又偏大，如有闪失，后果不堪设想。老石说：这样吧，让消防车过来，我上去，他是我爹，我知道怎么办。老石露出一副很坚定的模样。

消防车伸出橘红色的钢臂，缓缓地把老石托起来，老石旁边，还站着一位全副武装的消防队员。他肯定是给老石打下手的。随着树枝树叶哗啦哗啦一响，老石的父亲变得暴躁起来，他昂着脖子，扭着身子，挥着旗子，嘴里还骂着老石的小名。

我们都很担心，担心老石的父亲从树上掉下来，或者他再往上爬。如果他爬到那个女人坐的地方，树枝肯定要断的。可是，随着老石慢慢地靠近，老石的父亲也慢慢地软下去，他两手攥着树干，佝偻着身子，缩着脖子，把头夹在两只胳膊之间，耷拉在下面的两条腿也不自觉地抖动起来。他说：别打我，别打我呀。声音中带着由于恐惧所产生的颤音。声音不大，但树下的人还是能听得见。透过晃动的树叶和老石父亲的腋窝，在那副高度近视眼镜反射过来的光中，我似乎感觉到丝丝寒意。

突然，树下围观的人群中爆发出一阵掌声，原来老石已经把他的父亲抱在怀里。老石的父亲蜷着瘦小的身子骨，双手捂着脸，就像一个做了错事的孩子一般。给人的感觉，倒是老石更像一个父亲。老石和他的父亲快到地面的时候，刘相军和马健跑上去，一人提一只胳膊，把老石的父亲从老石怀里提出来。老石的父亲耷拉着头，如同一个罪犯似的，夹在刘相军和马健的中间，一动不动。警察分开围观的群众，两个穿白大褂的医生，提着担架扑上来，眨眼的工夫，他们便把老石的父亲放倒在担架上。这时候，人群又爆发出一阵掌声，那个坐在树端的女人也被消防队员解救下来。她的双脚一沾地面就骂起来：那个臭流氓，那个老不要脸的，那个下三烂，那个挨千刀的，那个乌龟王八蛋……这个女人看上去四十多岁，长得还有模有样的。警察问老石：这个女人你认识吗？老石盯着这个女人，目光有些散乱，他摇摇头，又摇摇头，他好像想起一些什么事情来。

电视台的美女记者跑过来，把话筒举到老石面前。这位美女记者我们都在电视上见过，今天一见到本人，觉得比在电视上还有气质。让我没想到的是，老石一见摄像机镜头，眼泪"唰"一下淌下来。他先是说了一堆感谢的话，感谢电视台，感谢公安局，感谢武警消防官兵，感谢120急救中心，感谢各位朋友。老石抹了一把眼泪，说他的父亲年纪大了，偶有神志不清，自己没看好父亲，让大家虚惊一场，非常不好意思。美女记者问：那个女人是怎么回事？你认识她吗？她为什么也爬到树上去了？老石又抹了一把泪，说这个女人他虽然不认识，但一看到她，他就想到自己早已去世的母亲，她和母亲长得太像了，父亲肯定是错把她当成了母亲，才一路追到这里来的。老石红着眼圈说：我一定要向这位女士当面解释清楚，取得她的谅解。

我发现，这位美女记者的眼睛突然变得亮晶晶，她把话筒从老石面前挪开，放在自己嘴边，说道：各位观众朋友，事情的来龙去脉变得越来越清晰，这个事情的本身是非常危险的，还好，两位老人成功地得到解救。让人想不到的是，事情的背后，还蕴藏着这么感人至深的故事，一位神智偶有不清的老人，遇到一位长相酷似自己已经过世的妻子的女士，竟然追逐十多里路，还爬上一棵十多米高的大槐树。这是多么不可思议的一件事情，可见爱的力量之巨大……

这位美女记者嗓音美妙，解说得非常投入，最后，她侧过身子，用水汪汪的大眼睛盯着老石说：祝福这位石先生，祝福你的父亲失而复得，祝愿你的父亲能有一个健康的身体。老石瞪着红肿的眼睛，仰着一张憨厚的脸，不断地点着头，说着谢谢。

马健说：我靠，能爬上十米高的树，身体能不健康吗？

刘相军说：吃饭倍儿香，身体倍儿棒，还怎么来？

我的手机响了，一看是晚报的王成果。王成果张口就问：老三，你找我了？我说：成果，你过来一趟吧，这里有个素材，倍儿棒。

94　父亲上树
当代中国最具实力中青年作家书系

家庭成员

父亲的孤独

这十多年，小城变化真是太大了。天翻地覆。街道马路全是新开的新铺的，宽阔笔直，双向八车道。道路多长，绿化带就有多长。条条马路通向城市广场。再往前不远，拐个弯儿，便是城市公园，原来这座小城是没有公园的，公园跟广场一样，也是新建的。里面湖泊点点，假山林立，树木草皮相得益彰，楼榭亭台点缀其间，颇具浓浓的画意……

在这座小城里生活的人，也跟小城一样地变化着，腰变粗了，臀变大了，脸色变亮了，头发变黑了……夜幕降临，广场上公园里开始热闹起来。老年人吹拉弹唱；中年人舞动腰肢；青年人勾肩搭背；孩子们脚踏滑板车，跟哪吒一样，钻天入地。当然，这个时候，处于广场和公园之间的巨型电子屏幕也不会闲着，它七彩缤纷、闪闪烁烁，里面晃动着的，总是那几张小城人再熟悉不过的面孔。尽管这个电子屏幕个头大、光线强，但我相信，除了我父亲，没有几个人多看它一眼的。

我父亲却是百看不厌。每天这个时候，他老人家总是坐在广场最边上的那个石凳上，左手无力地耷拉在大腿上，右手不时地抓一把光秃秃的头皮，目光几乎穿过整个广场，直勾勾地盯着远处的屏幕。上面那几个穿戴整齐、正襟危坐的人，都是这座小城里的风云人物。他们在上面说什么，我父亲当然听不到。广场上充斥着各种各样的声音，迪斯科、流行乐、民歌、胡琴、萨克斯，还有中年妇女们那洪水决堤般的笑声，它们形成一个巨型的球形体，早已把大屏幕上发出的声音吞没其中。我父亲并不想听到什么，他只是盯着大屏幕上的那几个人看，也许他曾经跟他们有过那么几面之交，所以脸上表情丰富，不时地眨巴一下眼睛，不时地抽动一下嘴角，不时地吸一下鼻子，不时地伸出舌头来舔一舔嘴唇……

在此，我想谈一谈我的父亲老潘。在这座小城，我父亲老潘也曾是一个"人物"。应该说，我父亲成为一个"人物"，是从他退休以后开始的。并且，过了好长时间，我才知道我父亲成了一个"人物"。在这座小城，除了每天广场大屏幕上晃来晃去的那几位，能称上"人物"的人并不多。没想到，我父亲还能算一个。

人物是什么？人物就是能让人经常念叨。念叨好也罢，念叨不好也罢，反正念叨来念叨去的，便成了人物。大伙凑在一块儿喝酒，喝着喝着，不知谁想起我父亲老潘来，使劲一拍大腿，说一声：哎呀，这个老潘呐。人们就龇牙咧嘴地笑，边笑边讲我父亲老潘，边讲边笑。且不说这伙喝酒的，那边还有一伙打麻将的，另一边还有一伙打牌的，人们在眼皮子"打架"或者为牌争得脸红脖子粗时，如果谁一说我父亲老潘，那气氛立刻变得不一样，

当代中国最具实力中青年作家书系

大伙哈哈一笑，一切都会烟消云散。

那么我父亲是个什么人物呢？我父亲没当过什么大官，退休前，还是小商品城的主任，副科级，再往前推，我父亲是一个乡镇的财政所所长，股级干部。人家说：老潘，你厉害啊，当了半辈子财神爷。我父亲眯缝着他那对小眼睛，抖动着头顶上仅有的几根头发，哈哈一笑，自嘲说：马马虎虎，九品开外。为什么这样说呢？我父亲掰着手指头跟人家说：你看吧，如果县长是七品的话，那么副县长就是八品，乡镇长就是九品，那我，不是九品开外是啥？我父亲说得倒不错，但作为九品开外，比芝麻粒还小的官，尽管喝酒也有些名气，但无论如何，还真算不上个人物。

后来我经过了解，我父亲出名，成为人们在饭局和牌桌上谈笑的对象，还真是退掉了那比芝麻粒还小的官以后的事。

我父亲这个人，长相挺面善，个不高，圆脸，一笑，一对小眼珠便眯上了，所以他给人留下的印象蛮喜相的。我父亲喜欢喝酒，跟他有过交往的人，没有不知道的。跟他认识的人，都知道他喜欢热闹，喜欢斗酒，总是抓桌上最重要的那个人斗。但我父亲斗酒不是乱斗，他有步骤有规律有策略，你在不知不觉中，便进了他设下的套子。

就说他在乡镇干财政所长的那些年。官不大吧，管钱的，找他的人多，请他吃饭的人也不少。有人请他吃饭喝酒，他高兴。他的优点是不吃独食，他挥着大手，吆三喝四的，每次都把所里的年轻人喊上。所以跟着他干过的人，没有说他孬的。我父亲往酒桌上一坐，马上就进入角色，他抱着胳膊，抬着脸，那眼如同探照灯似的在乡镇饭店黑乎乎的天花板上扫来扫去。人家给他敬烟倒茶，他打着哈哈。他这一招很厉害，这叫先把对手搞蒙。人家敬他酒，他缩脖子，跟不能喝似的，口里说着：这两天嗓子不好，我慢点喝，你们先喝你们先喝。实际上我父亲的酒量呢，那叫白酒一斤不倒，啤酒十瓶不醉。但这是我父亲的策略，他习惯后发制人。所里的人都知道，所以就吆喝着跟请客的人喝。等到大伙都表示得差不多了，请客的人也多了几分酒意，我父亲清清嗓子，端起酒杯轻轻碰两下酒桌，你再看他，小眼珠贼亮，圆脸也变得红润了。我父亲说：喝，今天真他奶奶的高兴，谁要不喝谁是孙子。说完，一仰脖子，一杯酒进肚子了。我父亲开始喝酒了，他喝酒，请客的人那得陪着喝啊，否则这叫失礼。再说了，想要钱，还得我父亲点头签字呢。砰砰，不是六杯就是八杯。再看请客的人，什么样子都出来了，哭的笑的，手舞足蹈的，一口喷出来的，梗着脖子嗷嗷叫的，一头杵在桌子下面的，横在地上睡大觉的……这时候，我父亲咧开嘴乐了，他的脑门上，汗珠儿跟一盏盏小灯似的亮起来。他似乎等的就是这一刻，他拍着大腿说：奶奶的，这才叫喝酒嘛。

这是跟人家请他的人喝。他把人家灌趴下，他惬了。

那么县里来人呢？他也要把人家灌趴下，难度当然大，但我父亲自有办法。县里的书记县长科局长来到镇上，他老潘只能坐下首，坐在主陪副陪位置上的肯定是书记镇长，或者副书记副镇长，一般轮不到我父亲，这是酒桌上的规矩。我父亲心里明白，他也习惯自己的角色，他坐在一个不起眼的位置上，笑眯眯地听着领导们吹牛聊天。我父亲蜷缩着身子，不显山不露水，大家端杯时他也抿一口。我们这个地方，喝酒的规矩都是行政化了的。敬酒得按次序，当然是书记镇长先敬，然后是副书记副镇长。轮到我父亲敬酒时，县里的领导已经喝到了七八分，脸红了，舌头变硬了，官架子虽说放了下来，但手摇得跟拨浪鼓似的，连说喝不动了喝不动了。我父亲这才直起身子，一手提着酒瓶，一手端着酒杯，往领导面前一站，说：领导，我敬杯酒吧。领导一扭头，像刚发现我父亲似的：呦，还有个老潘呐，咋喝？我父亲说：给您端一杯。领导一瞪眼，说美得你。我父亲连忙弓腰，说跟您碰一杯。领导眉头一皱，说还是随意吧，已经喝多了。我父亲也装着舌头直了，斜着身子说：这样吧领导，我喝两杯，您喝一杯。领导把眉毛挑一下，心里肯定正掂量着这个酒喝不喝。我父亲不给领导留思考的余地，一咬牙说：我喝三杯，行不行？别人一听，呱呱鼓起掌来。掌声一响，领导劲头也来了，说好个老潘，痛快。我父亲端起酒杯，砰砰砰，三个酒下肚了。领导也一仰脖，一饮而尽。我父亲说：领导，咱好事成双啊，我再喝三个。砰砰砰，三个酒又下肚了。领导咧着嘴，在众目睽睽之下，只好再喝一杯。我父亲没事。领导的脑袋就竖不直了。

我父亲高兴了痛快了。可领导把他记住了。我父亲在乡镇上一待就是多年，据说与他的酒风有很大的关系。每次到了换届提拔干部，我父亲的资料来到县里领导的手中，领导只看一眼，就扔到一边去，面无表情地说：这个老潘！我父亲到了五十好几，再过两三年就要退休了，还是待在乡镇里没有动静。他自己也不是不着急，就说退休后的待遇吧，科级和股级能一样吗？退在县里和退在乡镇上能一样吗？那肯定不一样。我父亲急得抓耳挠腮也没办法。我父亲说：喝酒嘛，就是解个闷儿，闹着玩儿，领导咋能当真呢。我母亲说：谁跟你闹着玩儿，你拿谁解闷儿不成，非得拿领导解闷。

没想到还是我母亲帮了大忙。我母亲在楼下开了块地，有二分地大小，每年春天，她在里面种上韭菜、茴香苗、黄瓜、茄子、辣椒、西红柿、南瓜、冬瓜、西葫芦……地不大，种的东西不少。我母亲会种，细心，种得好。整个夏天和秋天，我们家不但没买过菜，而且还吃不了。就送一些给左邻右居，没想到楼上那个不起眼的张老太太，竟然是刚到任不久的县长的岳母。我母亲知道这个消息后，高兴得蹦起高来。我母亲是个心细的人，专门买了一堆崭新的纸箱子，隔三岔五的，就把一箱搭配齐整的新鲜蔬菜给张老太太搬到楼上去，说张阿姨啊，这可是真正的绿色蔬菜、有机蔬菜。张老太太笑眯眯地说：我知道，这是真正的无公害蔬菜。据说有一次县长来岳母家吃饭，一个劲儿夸岳母包的韭菜水饺香。张老太太一本正经地说：这得归功于老潘家里的韭菜种得好啊。县长问：哪个老潘？张老太太说：就是那个一直在乡镇上干财政所长的老潘，五十好几了还没爬到县城里来。县长听罢，轻轻地点点头。

县长轻轻地点点头！我母亲用极为抒情的语调兴奋地跟全家人说。

那年冬天，我父亲果然调进了县城。官职是小商品城管理处主任，副科级。我父亲醉眼蒙眬地说：副科级不假，但主任是正的。

我父亲在小商品城干了不到两年的时间，却是他人生中最精彩最红火的一段时间。我父亲精力旺盛，善于搞宣传，善于利用各种节假日搞名目繁多的购物活动。小商品城可以说天天都是彩旗招展、鼓乐喧天，人气旺得不得了，业主的营业额也是节节攀升。来求我父亲的人不断地增加，很多人想在小商品城占有一席之地，原来的业主想增加营业面积，你说这还能少喝了酒？人们都知道潘主任是个好脾气，整天笑眯眯的，爱喝点酒。所以今天这个请一顿，明天那个摆一场，后来请客的人越来越多，我父亲忙不过来，又怕伤了人家的心，就串场子，有时候一晚上能串五六桌。每天晚上，我父亲回到家后，都是脸红脖子粗，并且出现了醉酒的状况，掰着马桶，嗷嗷地吐。这在前几年，是不曾有过的。我母亲看在眼里，疼在心里，说：你看看，我种了这么多绿色蔬菜你不吃，整天在外边吃那些垃圾食品，还天天往肚子里灌马尿，你都这把年纪了，少喝点不行吗？我父亲摇头晃脑地说：你懂什么？这叫春风得意。我母亲把牙咬得咯吱咯吱响，说：奶奶个头，得了病你就不春风了！

我父亲还没来得及得什么病，就退休了。

退休对于我父亲来说，才是致命一击。没退休的时候，他每天早上七点钟起床，七点半吃罢早饭，步行来到小商品城，再昂着头，挓挲着胳膊，像个国王似的绕着偌大的小商品城转上一圈儿，八点半准时坐在他的办公室里，开始他风风火火的一天。退休后，他还是七点钟起床，七点半吃罢早饭，步行来到小商品城，还是绕着偌大的小商品城转上一圈儿，不过，他已经没有办公室可以去了。他仰着头往商品城里瞅上半天，然后低下头又晃悠晃悠地回到家中。在家中，我父亲基本上是两种状态：一种状态是盯着窗户发呆；另一种状态是在离吃饭时间还有个把小时的时候，他就在客厅里来来回回地踱步，并且不时掏出手机来瞅一眼，可自从我父亲退休后，他的手机响的时候很少很少。他坐在家里的椅子上吃饭，屁股老是挪来扭去的，随时准备要离开椅子的样子。我母亲看他吃嘛都不香，就净做好吃的，且拿出好酒来放在他眼前。可我父亲跟没看见似的。我父亲退休不到一个月，竟然瘦了四五斤。

我母亲忧心如焚，喊我回家来商量对策。我有些心不在焉，说没事的，这叫退休综合征，过段时间就好了。果然，一个月后，我父亲的心情好了很多，原因是他在外面又不断地有了饭局，回到家来，脸红扑扑的，嘴里还哼着小吕剧。我母亲给我打电话，问我是不是在背后做了什么工作。我心想我能做什么狗屁工作，我只是文化馆的一个小创作员，只会画几幅小城人并不待见的油画。后来我父亲成了一个"人物"，我不得不检讨自己，我想如果在这个时候，我盯紧父亲，就不会有后来一系列的尴尬事情。

俗话说"家丑不可外扬"，可我父亲的故事，半个县城的人都知道了，也就不存在外扬不外扬的问题。现如今，我之所以要把我父亲的故事讲出来，是因为在这个问题上，我与小城人的看法有着根本的不同。我敢肯定的是，我父亲绝不是因为馋酒。我母亲把好酒放在他跟前他都不愿意喝。他只是喜欢凑个热闹。从这个角度说，我父亲才是一个真正的受害者。

我就按照小城人的说法来设计场景吧：有一天，我父亲在我们家客厅里来回踱着步子，踱着踱着，就踱到外面来，他似乎被一股熟悉的气息吸引着，被一种无形的力量拉拽着，不知不觉，身子竟然来到一家他所熟悉的饭店门口，他犹豫了一番，还是走了进去。大堂里暖烘烘的，流动着一股让他倍感亲切的气息。老板娘认识他，亲切地跟他打招呼：潘主任呐，你可好长时间没来了。他嘻嘻哈哈地应付着，坐在大堂内那宽阔的沙发上，不一会儿，客人开始多起来。熟悉的面孔那么多！一双大手伸过来：哎哟老潘，多久没见了，有饭局？我父亲支支吾吾着，眯着眼只是笑。又一双大手伸过来：哎呀呀潘主任，你怎么把自己藏起来了，走走，喝酒去，啥？约好了还没到，嗨，跟谁不是喝，走走。就这样，我父亲又回到酒桌上。

如果一次两次也就罢了，可我父亲对这种方式颇为受用，他不停地换着饭店，屡试不爽。后来人们发现，跟我父亲约好的人从来就没有出现过。巴掌大的小城啊！他哪里知道，他的这种行为已如燎原之火，在小城坊间弥漫开来，成为人们酒桌上的笑话和谈资。一不小心，我父亲出了名，不管认识不认识我父亲的人，都想在饭店里碰上他。

直到有一天，我父亲碰到他的一个老业主，他原先请我父亲喝过酒，让我父亲灌得不赖。如今在酒店大堂里撞见了，亲热得不行，招呼了一大桌子人，把饭店里的好菜都点了，出奇的丰盛。并且把我父亲放在最重要的位置上，大伙轮着敬他酒，我父亲高兴。一轮下来脸红耳热，两轮下来，脚下的地板就不平了，我父亲抢着胳膊闭着眼高谈阔论，当他睁开眼时，发现人家一个个都走掉了，开始他认为都去了洗手间，可过了半天，一个回来的都没有。他还纳闷，这酒咋喝得半截忽哒的呢。我父亲显然没过瘾，不过他也只好捏一根牙签边剔牙边斜着向外走。还没走到门口，就被老板娘叫住了：潘主任，不好意思，您还没埋单呢。我父亲愣一下：埋单？老板娘说：对，结账啊。结账？我父亲酒经常喝，但埋单结账的时候却很少，所以我父亲的脑子转了半天才拐过弯来。我父亲说：不、不是我请客啊！老板娘笑着说：对不起了潘主任，人家都说是您请客嘛。要不这样，您打个电话问问？我父亲打着哈哈说：都是朋友，谁请都一样。我父亲握起笔来，想一想，他现在已经不能签单了。再看酒水菜金，共计两千多，我父亲一个月的退休金才一千六百元呢。我父亲忙掏出钱包，可带的钱不够。我父亲颇为尴尬地说：你看，身上的钱不够，回头我给你送过来行不？老板娘皮笑肉不笑地说：没事的潘主任，您是老熟人了，把身份证押在这里就行。

我父亲放下身份证，扭身便向外走，可没走几步，就蹲下身来。我父亲是躺着离开酒店的。我父亲被救护车直接送进医院。我父亲得的是脑血栓，"栓"住了半个身子，也"栓"住了他通往酒店的路。可我父亲作为一个"人物"，还一直在被小城人口口相传着。即便是现在，人们在酒桌上牌桌上，还时常说一段我父亲老潘的故事，用来调节气氛。

如今，我父亲天天坐在家里看电视，不看电视的时候，他就坐在窗户前，把脸贴在玻璃上，看我母亲侍弄她的菜园。他每天唯一期盼的，就是晚饭后让我母亲搀着去广场。他坐在广场一角，盯着远处的大屏幕，看那几个晃来晃去的人影。有认识他的人跟他打招呼：老潘，走啊，找地方喝一杯去。他不好意思地笑一笑，脸上露出儿童般的羞涩，伸出那只尚好的手，抚摸几下自己光秃秃的脑门。

母亲的菜园

小城也有小城的好处，就说我母亲住的那个家属院，一共有六幢楼，都是五层的，楼与楼之间的距离却足有五十米长。我们家刚搬进来时，楼间长满荒草，草丛中堆积着乱七八糟的东西，木板子、破箱子、水泥袋子、咸菜缸子……应有尽有，夏天，孩子们在里面捉蟋蟀扑蚂蚱，有时候，还有蛇在里面出没，吓得孩子们哇哇大叫，像小兽一般逃窜。

母亲说：等我退休后，在院子里整块地出来，种个小菜园。

母亲说这句话的时候还年轻。那时候，家属院的墙外，还是一片绿油油的庄稼地。我记得我母亲是站在窗前，盯着外面的庄稼地说的这句话。那时候我还在上高中，我瞅着母亲满头的乌发，心想：哼，等你退了休，那得猴年马月呀……

实际上，猴年马月很快就过去了。母亲的菜园也种了十年。我呢，在省城读了几年大学，转了个圈儿，又回到小城。我学的是美术，先是在一所中学教书，后来因为一幅作品参加省里的美展，并且获了个不大不小的奖，便调进文化馆搞创作，结果十年过去了，却一事无成。我心里倒坦然。我明白，我画画流的汗水并不比我母亲为菜园流的汗水多。

我还记得那年春天，柳絮飘得到处都是，春风中还夹杂着一丝寒意。我从汽车站朝家走。我刚从省城回来，包里塞着荣誉证书，身上觉得有股使不完的劲儿。我走进家属院，远远地就看到母亲的身影。她穿着一件红色的羊毛衫，正挥动着铁锹，翻动我们家楼下东墙根下的那块地。母亲看到我走过来，便说：一会儿你借辆三轮车，帮我把这些垃圾拉走。一股潮霉的泥土味儿钻进我的鼻孔，我打一个喷嚏，然后满眼疑惑地盯着母亲。母亲笑了，说：看什么看，我想种上点菜。我这才有些明白，说：你费这劲儿干什么呢？菜能值几个钱。我说的也不错，那时候市场上的菜价便宜，也没出现过什么质量问题，再说，我们家就这么几口人，父亲还吃住在乡镇。母亲轻叹一口气，说：这不，我马上就退休了吗？再说我一身的毛病，不是这里疼就是那里痒，我种点菜，活动活动筋骨，权当锻炼身体。我愣一下，猛地想起母亲曾经说过的话。我仔细看一眼母亲，这才发现，母亲的头发早已变为灰白色。

　　母亲当了一辈子小学老师，从民办教师、代课老师到转正，一直兢兢业业。用母亲的话讲，是吃了一辈子粉笔沫子。到头来，却换得一身毛病：颈椎病、腰椎间盘突出、肩周炎、偏头疼、血压高、视力下降……每当母亲痛苦呻吟的时候，父亲便用揶揄的口气说：古人说得好，家有三斗粮，不当孩子王。论说这是往伤口上撒盐，可我母亲并不生气，说我还就愿意干这个孩子王。母亲说的是真话。她披星戴月，往返于家和学校之间，送走一茬又一茬的学生，最高兴的莫过于她教的班上多出了几个尖子生。那是她最大的收获。

　　后来，我突然有些明白母亲的心理。她如此认真仔细地侍弄这个菜园，活动身体只是一个方面，还有一个方面就是，她还是在寻找那种收获时的感觉。她把满园子的蔬菜看作她的班级，用她批改作业的手去施肥、间苗、锄草、浇水、嫁接，替西红柿扎篱笆，为茄子苗掰枝杈，给南瓜花授粉……她把它们看成是一个个的孩子。当它们硕果累累的时候，有谁能理解我母亲内心的愉悦？有一点可以证明我的猜测，多年来，母亲总喜欢把新鲜的蔬菜送给左邻右舍尝尝鲜，她最喜欢听的不是那几声感谢的话，而是人家夸她菜种得好。这个时候，母亲喜悦的脸上还会掠过一丝的羞涩。

　　可是，十年来，母亲的菜园种得并非多么顺利，甚至可以说是磕磕绊绊。

　　刚开始种的那一年，虽说在地里撒了些化肥，但地还是薄，再加上种子是我母亲让她的乡下侄子带来的，不够纯正，还有，我母亲的种菜经验也缺乏，所以，尽管我母亲下的劲儿不少，各种菜却长得都不旺。西红柿结得跟乒乓球似的；茄子不如苹果大；辣椒基本上没长出来；萝卜苦得没法吃；大白菜拼命地长，也没长过筷子高，第一场雪便落下来……

母亲的菜种得很失败。那年，我记得只吃过母亲自己种的嫩南瓜。母亲炒的南瓜条，脆生生的，还不错。母亲一个劲儿往我碗里夹南瓜条，边夹边问：咋样？还好吃吧？我猛点头。母亲说：这是咱自己种的，多吃点儿。我父亲就不像我这么体贴母亲，他咯吱咯吱地嚼着南瓜条，拿筷子指着盘里的南瓜说：就这两个小南瓜，市场价也不过两三毛钱，看你使的劲吧，跟牛耕地似的，都快把老骨头弄折了。母亲一摞筷子，说：你才是牛耕地，不愿意吃给我从肚子里吐出来。

母亲总结了上一年的教训，专门跑到农业局咨询了有关专家。这一年，我母亲讲究多了。蔬菜种子是从种子公司的销售部买来的。地里也不再施化肥，用的是鸡粪。鸡粪是我父亲帮的忙，我父亲是乡里的财务所长，给一家养鸡专业户打了个电话，人家当天就用机动三轮车把鸡粪拉来了，满满一车斗子。这本来是一件让我父亲显摆、让我母亲高兴的事儿，没想到还引起一场鸡粪风波。原因是这样的：人家养鸡专业户拉来的是新鲜鸡粪，据农业局的专家说，最好是把新鲜鸡粪堆成堆儿，用铁锨拍结实，放个十天半月，让鸡粪发发酵，这样跟地里的泥土混到一块儿，肥力才最有效。我母亲自然是听专家的，便在菜园边上，把鸡粪堆成一个坟状。

乍暖还寒时节，我母亲忍着鸡粪的臭味儿，干得热汗直流，当完成她的坟状杰作时，她长长地吐了口气。我母亲倒是舒心了，可别人家却开始堵心。我们家住二楼。住在一楼的徐阿姨，第二

家庭成员 107

天一大早就上来敲门。徐阿姨快人快语，说：你们家种菜就种菜呗，还弄一堆大粪来，臭得我一宿都没睡好，你得赶快处理掉，咱楼上楼下住着，可别闹出什么不好。我母亲赔了半天不是，说了一大堆好话，回过头来问我怎么办。我说赶快把鸡粪撒进地里算了。我母亲使劲儿摇摇头，说：这样就可惜了这堆鸡粪。她翻箱倒柜，找出来一块透明的塑料布，说儿子你帮我一下忙。我们来到楼下，用塑料布把粪堆盖得严严实实，又用几块砖头压结实。我母亲使劲儿抽几下鼻子，笑了，满意地说：这下没味了。

没想到，没过两天，我父亲打电话来，没鼻子没脸地把我母亲骂一顿，说：你以为这里是你家自留地啊，这里是财政局宿舍！你赶快把你那菜园给我处理掉，省得我动胳膊动腿。原来，是住在西边楼洞里的一个不大不小的领导，看着这个坟状的东西不顺眼，走近一闻，才知道是个粪堆，一打听，才知道是我们家的。领导不会到家里来敲门的，直接把电话打给我父亲了。

我母亲也害怕了，害怕保不住自己的菜园，连夜把鸡粪撒进地里。又盖上一层薄薄的土。本来我母亲觉得这样算应付过去了，结果天不作美，连落三天缠绵的春雨，太阳一出来，鸡粪发酵，整个家属院里飘游着一股鸡屎味儿。我母亲一边往地里撒着种子，一边提心吊胆。她又买来几块塑料布，让我帮着她，几乎把那二分地盖严了。好在那几天我父亲没有回家。那些日子，我母亲就像做错什么事似的，见人躲着走，实在躲不开，便点头哈腰地赔笑脸。不过，付出的代价还是有的，比如那根浇菜用的胶皮水管，是从我家厨房里穿过后阳台伸到楼下去的，就是在那几天，被拦腰截断。关键是，我母亲换了一根新的，没过两天，又被腰斩。我母亲就明白了。

可她浇菜园，不能天天往楼下提水呀，别说她，就是换了我，这身体也受不了。我母亲一咬牙，也没跟我父亲商量，花了三百多块钱，请来专门打井的，没用一上午，便打好一眼压水井。轻轻一压，水哗哗地淌出来，乐得我母亲合不拢嘴。可到了周末，我父亲回到家，一看这阵势，跟我母亲急眼了，说你这是顶风而上得寸进尺啊，你这是把我的话当耳旁风把领导的话当放屁啊，你这是……我父亲的话还没说完，我母亲也急了，说你个老潘，你少给我"点眼药水"，我不吃你这一套，我不就是种两棵菜嘛，我招谁惹谁了，领导有意见让他找我，你害什么怕？你在乡镇上挣拽了三十多年，你还没爬进城，你说你害什么怕！我母亲一下子戳在我父亲的死穴上。我父亲的脑袋瓜子立刻耷拉了下去。

那一年，母亲的菜园大丰收。只要有人过来参观，母亲就不会让人家空着手走，茄子南瓜的，顺手摘两个，塞进人家手里。我们家还是吃不了，便左邻右舍地送一些。楼下的徐阿姨，因为鸡粪的事，开始还不好意思，后来发现我母亲人实诚，就说：我离着菜园比你还近呢，缺啥，我可要自己动手了。我母亲爽快地说：徐老师，你还客气啥，尽管自己摘。我心里倒是有些不舒服，心想，那胶皮管子多半就是你干的。我曾经把我的想法跟母亲说过。母亲说：不要乱猜，更不要乱说。

这块菜园，确实陪着母亲风光过两三年。当然，期间也遇到过雹灾和风灾，但只是小有损失，总的说还算不错。主要是这几年，食品卫生方面的问题越来越多，大家越来越注重食品安全。绿色环保的食品深得人心，所以我母亲自己种的蔬菜也深受欢迎。母亲种的蔬菜在大伙心里的分量是越来越重，这是让她未曾想到的。最让我母亲觉得自豪的是，她给县长大人的岳母送了几箱子蔬菜，竟然帮着我父亲调进城里，并且当上了小商品城的主任。这让我父亲无话可说，嘴皮子只能服软了。

接下来的几年，母亲的菜园种得就不那么顺当了。这一年开春后，母亲一直在菜园里忙活，松土、施肥、浇水，细心地把种子埋进泥土里。贴着东墙根，是去年她栽种的几棵香椿树，嫩红的小芽刚生出来，那浓郁的香味儿就藏不住了。母亲说：不用一个星期，你们就可以吃上喷香的香椿芽炒鸡蛋了。我儿子巴蒂最高兴，因为香椿芽炒鸡蛋是他的最爱。我儿子说：奶奶，我自己要吃一大盘子。母亲笑着说：吃两盘子都没问题，吃不了咱看着。

可是，我儿子和我母亲都高兴得太早了。第二天一早，家属院来了一伙施工队，他们在楼前楼后划上一道道的白线，还专门在我母亲的菜园前站了一会儿，在靠近东墙根一侧，穿过菜园，也留下一道宽宽的白线。我母亲忙问画线干什么用。施工队的人说：单位好就是不一样啊，这不要给你们铺花砖，安装体育器材，让你们锻炼身体嘛。我母亲傻眼了，说：那我的菜园咋办？那个人这才有些明白，说：这个我们不管，我们只管施工。结果可想而知，东墙下三米范围内被处理得干干净净，我母亲的菜园被眼睁睁地侵蚀掉三分之一。那几根香椿树没等长出叶子来，便夭折了。后来，我母亲盯着橘红色的花砖和蓝黄相间的体育器材，嘴里嘟嘟囔囔地说：年龄大了，少种点就少种点吧。

转过年来，又是一个春天。菜园虽说少了三分之一，我母亲却种得更加精致仔细。这一年春天安然无事，夏天很快就来到了。第一茬韭菜割下来后，我母亲包了韭菜馅的大肉包。专门打电话招呼我们三口人过来。一家人吃高兴了，我妻子小白一向对吃不感冒，这一次竟然掰着手指头掐算下一茬韭菜啥时候割。母亲感叹说：下一茬韭菜就没有这么香喽。可是她老人家哪里知道，再也没有下一茬韭菜可以割了。我们肚子里的韭菜还没消化干净，家属院又来了施工队。我母亲立刻产生一种不祥的预感，便凑上前去问。这一问不要紧，我母亲差点哭了。原来，因为汽车在不断增多，家属院的楼与楼之间要增建两排车位。这就是说，我母亲菜园的南北两端，要一端给切掉五米。这等于把菜园的一多半给切掉了。我儿子说：奶奶，好悲催啊！可又有什么办法呢？

母亲尽管心里难受，但心态摆得还好，说：我已经多种了好几年，现在能保住这块地，就不错了，你看他们那些刚弄的，都还不如我这块大呢。这两年，家属院里退休的老人多起来，有的就跟我母亲学，在楼下找块地，捣鼓一下，撒点种子，长的蔬菜也够尝个新鲜。如今，家属院的楼间空地，差不多都变成了菜园子。这时候我父亲已经退休，他对种菜可没有兴趣，听我母亲说完这句话，嘴一撇说：能保住这块地？我看悬。

不幸被我父亲言中。建好停车位不久，家属院的管理交付给一家物业公司。物业公司对整个院子进行了统一规划，铺了草皮，修了凉亭，建了花园，又植上一些女贞和白玉兰树。来年春天，院子里的花花草草蓬勃生长，确实比原来漂亮多了，只是再也见不到那一块一块的菜园。这就苦了我母亲，她种菜园已近十年，猛地没啥做了，心情可想而知。

不过，我母亲还是想出了办法。这一天，我来到母亲家，猛地发现前阳台上多出一排花盆，足有十几个，还有四五个长方形的白色泡沫箱子，占去阳台上一大半空间。这些盆子、箱子里面，盛满新鲜的泥土。母亲兴奋地说：下边不让种，咱就在家里种，看谁还再管咱！母亲把菜园搬到阳台上来了！看着母亲的一头白发，我的眼窝有些潮热。

妻子的烦恼

我的妻子叫小白，在小城的一个局做财务人员。这是一个很重要的局，有一幢很气派的大楼，出入这个大楼的领导个个穿着讲究、气度不凡，伴随他们身影的是一辆辆闪着青幽幽光泽的黑色轿车。楼内的大厅里铺着深色的瓷砖，给人威严的感觉，当然，也让人感到压抑。这话可是小白说的。大楼我一次也没进去过，有两次跟小白路过这里，我说：还是你们单位牛，你看这大楼，多气派！小白淡淡地说：牛什么牛，怪压抑的，大厅里的瓷砖都是黑色的。

小白说这句话，至少是在两年之前。因为在一年前，小白成为这个大楼上的财务科长。小白成为财务科长后，就没再说压抑。小白心里到底压抑不压抑，也只有小白知道。不过，最近一段时间，小白的老毛病又犯了，老是被梦纠缠着。

小白是个爱做梦的女人。小白做梦很有特点，她总是在相当长的一段时间里，做同一个梦，当然，她每天晚上做的梦就跟一部电视剧似的，会有新的内容补充进来，情节会有不同的变化和发展。小白有一个习惯，喜欢早晨一睡醒就跟我讲她夜里做的梦，在她穿衣服、吃早饭、梳头化妆的时候，她会嘟嘟囔囔地讲个不停，也不管我听不听。可小白不是一个话多的人，除去在有梦要讲的早晨，她很少说话。我们虽说是十多年的夫妻，从某些方面说，我对小白了解得并不太多。我必须承认，小白是一个不简单的女人，她的内心如同一眼深湖，幽蓝幽蓝的，有时候我真的看不透。所以每次，我都会认真地听小白讲述她的梦境，这可是我了解她的一个重要窗口。说得有些惨兮兮的，但确实如此。

这一天夜里，大概才是凌晨的两点多钟，我迷迷糊糊跑了趟卫生间。上床时才发现，小白并不在身边。我立刻醒了大半，忙来到客厅，借着窗外朦胧的光线，发现沙发上果然蜷缩着黑黑的一团。还没等我说话，小白的声音便传过来，先是一声叹息，接着说：我正在琢磨，我曾经可能真的杀过人。我忙说：别胡思乱想，你又不是不知道你做梦的习惯，走，上床去。我扶着小白来到床上。小白的身体就跟面条一样软。我打开床头灯，拉开床头柜，拿出一片安眠药，说：快吃上吧，离天亮还早呢。我把小白揽在怀里，却听到小白的抽泣声，我伸手一摸她的脸，全是泪水。这是以往不曾有的。小白哭着说：有个人在不断地提醒我，说哪年哪月在哪个地方，你是怎样杀害的那个人，我越想越觉得是真的，朦朦胧胧好像是有这么回事儿，你看我现在是醒着，可还是觉得有这么回事，你让说具体一些，我又说不上来，我心里又害怕又难受，觉得这事儿早晚要败露的，一个杀人犯，罪孽不小啊，我会被枪毙的。你可要照顾好咱们的儿子啊。

小白断断续续地说着，搞得我哭笑不得。我只好说：你连个鸡都没杀过，还杀人呢，快，好好睡觉吧。

这段时间，小白老是梦到自己杀过人。她做了财务科长后，睡眠变得不好，每天躺在床上，身子翻来覆去，没有一两个小时的"烙饼"时间是睡不着的。近来做上这个杀人的梦，睡眠就更加糟糕。她白天还要去那个气派的大楼里上班，那里离不开她，她是个重要角色。本来小白长得很不错，皮肤白，又有风度，在小城，这是很满足我自尊心的一点，不过这段时间，小白明显瘦了，皮肤发暗，眼圈儿都是黑的，化浓妆也遮挡不住她的疲惫和憔悴。我也忧心忡忡，我很想带她去看看精神医生，但在小城，这可是很冒险的事情，一旦有人知道了，传出去，那可不仅仅是小白前途的问题。我冷静一想，也可能过一段时间就好了，因为在此之前，小白有过多次这种情况，只不过就是，这个梦做得有点儿长。

小白身上，本来就有一些与众不同的东西。我和小白是通过别人介绍认识的。我们相处不到半年就结婚了。后来我跟几个大学同学谈起此事，他们都觉得不可思议，有的说好像读大学时，你也不是一个老实本分的人；有的说你一个搞艺术的，不留下几道情感痕迹，哪能这么容易就被招安就范？我苦笑一声，自己也觉得莫名其妙。心想，当年是不是鬼迷心窍？也有这个可能。大学毕业后，我回到小城的中学教书，心里一直很苦闷，母亲当了一辈子孩子王，我可不想重蹈覆辙。当时跟小白一见面，眼前只觉一亮，小白偏瘦，浑身上下都是那么清爽爽的，戴一副眼镜，羞答答的模样，用现在的话说，就是挺文艺范儿，很合我的口味。她从财校毕业后，分到这个局干会计，当时正在读财经大学的函授，急着拿本科文凭。她天天热衷于学习，我却时不常地去骚扰人家。有天晚上，我们俩都心情不错，加上我又喝了点酒，把不该办的事儿都办了。第二天我心情有些小失落，心想这有些简单啊，觉得小白应该是另外一种风格的人。这事儿一旦有了，便如同决堤的水，不好控制，没想到小白更爽快，有一天她问我：你觉得我这人还行吧？我忙点头。她说：你要是觉得行，咱年底就结婚吧。这让我倍感突然，我眼珠子半天没动，说：这，我得跟我父母商量一下。小白笑了，说：当然了，我也得跟父母商量呀。

我一直觉得我这婚结得有点容易，几年后我问过小白，我说：你当时那么急着跟我结婚干什么？小白很纳闷，抬着天真的脸说：谁急着跟你结婚了？我说：咱谈了还不到三个月，你就提出要结婚，你忘了？小白说：我没忘，你这是占了便宜还卖乖，你都把人家那个了，你还想咋着？我龇牙笑了笑。小白接着说：你很烦人，人家当时工作学习都那么紧张，你天天来骚扰，麻烦得很！你不知道在我们这样的单位必须要进步嘛，否则你就得做一辈子人下人，为了不让你给我添乱，干脆结婚算了。再说你吧，好歹也是个正儿八经的大学生，当时社会上都看重这个，所以人长得寒碜点儿也就罢了。

小白这么一说，我挺泄气的，这一点儿都不文艺，也太实际了吧？尽管我不认同小白的说法，但有一点小白说得不错，那时候我心里没着没落的，确实经常去找她。而小白确实有强烈的上进心。特别是婚后，小白把心思全部用在工作和学习上，我甚至觉得，就连我们做爱，她也是在应付。她几乎年年是单位的优秀呀先进的，还代表单位去省里争夺荣誉，总是满载而归。那几年小白做的梦，多与飞有关，她总是梦到自己在天上飞。有时候是绕着山腰飞，老是想飞越山顶，却总是飞不过去；有时候是沿着河水飞，看到小鱼不时地跃出水面，击起点点白色的浪花，而像水雷般大的巨鱼则深潜在水的深处，瞪着汽车灯般大的眼睛，窥视着河水外面的世界；有时候是贴着树梢飞，却时常被突出来的树枝戳疼肢体；有时候飞掠城市的楼顶，而密密麻麻的电线却无法让她飞得更高……

小白说：你说我上辈子是不是一只鸟？

我倒是不这样认为。我觉得都是她的上进心惹的祸。小白是一个有进取心的人。她心里有明确的目标，不像我这么懒散。她对我是一种"恨铁不成钢"的态度，觉得我画画有才华，干吗不勤奋不努力？我一笑了之，心想，你这么勤奋，我要是再那么努力的话，谁来管教孩子？当然，这也有我给自己找台阶下的嫌疑。不过，前几年，我对小白那些飞行梦的解析还是得到了她的认可。小白露出她那雪白的牙齿说：小潘同志，还是你最了解我。我心里像吞了黄连一样苦，我想说：小白同志，我了解你真的不多。

这都是小白前几年常做的梦。近几年，小白也做过不少梦，但我大都忘掉了，印象较深的有这么两三个。有一段时间，大概是三年前吧，小白老做一个迷失在大楼里的梦。她说，梦中的情景就像黑白电影一样。

……她面前伫立着一幢特别大的大楼，好像就是他们单位那幢大楼，但在梦中，这幢大楼要庄重肃穆得多，进出大楼的人都跟木偶人物一样，动作机械，表情呆板，人们说话的声音都是低低的，跟蚊子叫似的，像是害怕什么。小白不知道自己的表情和举止是什么样子，但她觉得她对这幢大楼很熟悉，她都是很轻松地走进这幢大楼。小白的办公室在六楼，她走进电梯，按下标着"6"的楼层按钮。电梯停下后，她走出来，来到办公室前，拿钥匙开门。门却无法打开。她正纳闷，门开了，局长站在门前。她瞅一眼门牌，正是局长的办公室707。这让她很是尴尬。她总是盯着局长高大的身躯和威严的面孔不知所措，最终在局长注视下落荒而逃。她胸中如同揣了一只兔子，心脏几乎从嗓子眼里蹦出来。她绕着楼梯一圈一圈地转啊转，她穿过一个又一个幽暗而深长的楼道，可就是找不到自己的办公室，她焦急疲惫、口干舌燥，累得气喘吁吁……

当代中国最具实力中青年作家书系

小白所描述的梦中情景，应该是真实的。有两次我在她剧烈的喘息中醒来，漆黑而寂静的黑夜中，我能听到她心脏怦怦的跳动声。我想这时候，小白大概正在局长的注视下落荒而逃……

小白的这个梦首先让我想到卡夫卡的《城堡》（学会计的小白未必知道卡夫卡），但很快我就觉出它们的不同，《城堡》中的K始终没能进入城堡，而小白在梦中却很轻松地进入了大楼。小白很清楚自己的办公室在六楼，而她总是来到七楼开局长的办公室。她为什么让这种尴尬在不断地重复呢？我甚至猜测小白野心太大，是不是盯上了局长的位置呢？但我很快否定了这个猜测，因为这时候，小白连财务科长还不是呢。小白应该有这个自知之明。那她为什么一次一次地去开局长的门呢？我猛地有些明白：小白是有求于局长呀。

那一段时间，小白非常烦恼，她夜里睡觉还要穿楼道爬楼梯的，搞得身心疲惫。我说：小白，你是不是有什么事要求局长办？小白杏眼一翻说：这还用说吗？这不是秃子头上的虱子明摆着吗？我能不求他吗？换了别人，人家老公早就帮着去跑去打点了。小白一激动，竟然红了眼圈。我却低下头，后悔不该提这个茬儿。跑关系送礼的事儿我从来没做过，所以我在小城，就跟个怪物一般。

后来有一天，小白早上跟我说这个梦的时候，口气突然变得有些不一样，说：挺怪的，局长打开门，竟然笑着让我进了他的办公室，哦，他的办公室里有股浓浓的兰花香气……

后来，小白就没再跟我提这个梦。

还有一个梦，也让小白烦恼了一阵子。实际上那一阵，小白在单位上很顺心，又是全省系统内的先进工作者，又是三八红旗手的，领导特别重视她，她在家里都有些春风得意的感觉。可夜里，她还是做那个让她烦恼的梦。

……她走在某一个地方，这个地方不固定，有时候是在大楼的楼道内，有时候是在一座废弃的工厂车间里，有时候是在一条乡间小路上……四处总是静悄悄的，她好像是在躲避什么，果然，一个巨大的阴影慢慢地笼罩过来，她惊恐、慌乱，步子越来越快，她嗅到了一股男人的气息，她开始奔跑，慌不择路，就像一头受惊的小鹿。她沿着楼梯跑到楼顶上；她跨过一根根乱七八糟的管道，绕过一个个巨型金属罐；她在庄稼地里钻来钻去，她听到脚下的庄稼发出咔咔的断裂声……可是，不管她跑得多快，那个巨大的黑影总是尾随着她，直到她筋疲力尽，再也跑不动了。她只好停下来，喘着粗气。那个黑影在逐渐缩小，渐渐地变成一个强壮的男人。这个男人的面目无法看清，却一步步朝她走来。她内心充满着恐惧和绝望，身体却无法动弹……

后来呢？我问小白。

后来，我就让尿，憋醒了。小白说。

每次都让尿憋醒了？

小白点点头，目光却总是躲躲闪闪的。我也不好再追问什么。还好，这个给小白带来很大烦恼的梦让她职务的提升给冲开了。我记得正是这时候，小白被提为财务科长。

本来我认为，小白成为财务科长后，这些让她烦恼的梦会渐渐变少的。没想到还会变本加厉，竟然在梦中杀了人，觉得自己会被枪毙掉，真是越来越有意思了。不过，我很庆幸自己没带小白去看精神医生，果然如我所料，没过多长时间，她的这个梦也就过去了。

有一天我跟两个朋友喝酒。有一个朋友问：你老婆他们单位到底出啥事了？我一头雾水，说不知道啊。朋友笑笑说：你真够孤陋寡闻的，那个局长被弄进去了一段时间，查了半天，没查出问题，又出来了，继续干他的局长。另一个朋友很激动地说：你说，他能没事吗？

那天晚上，我原本想问问小白，可一看小白的心情很好，一口一个老公叫着，还不时给我和儿子削水果，一边削还一边哼着歌。我犹豫再三，最终没问，心想：小白不跟我提这事，自有不提的道理。让我忧虑的是，小白的下一个梦会是什么呢？

儿子的日记

5月30日　多云转阴

放学后，我和英英约好，去桥北的礼品店给老师买礼物。六一儿童节快到了，老班说：今年是你们小学的最后一年，还有一个月，你们就小学毕业了，咱们搞个联欢会吧。大家很雀跃。英英说：六一儿童节是咱们的节日不假，可老师最辛苦，咱们去给老师买点礼物吧。英英很认真的样子。英英说得有道理，我们是大孩子了，应该懂事了。

我们买好礼物往回走。英英说：巴蒂，到我家玩一会儿吧，离爸妈回来还早呢。英英家住在我们家前边楼上。我和英英来到她家里。我说英英你们家有游戏机吗？英英摇摇头。我说那就看电视吧。我和英英坐在她家沙发上看电视。不是海绵宝宝就是灰太狼，我都不喜欢看。我打了个长长的哈欠。

英英给我拿来一罐可口可乐。我们喝可口可乐。我觉得英英挺好的。英英的嘴唇上沾着一层紫色泡沫，好可爱的样子。我说：英英，我 Kiss 你一下好吗？没想到英英一咬（撅）嘴说：你不要占我太多便宜哦。英英怎么能这样说呢？是她原来先让我 Kiss 她的。她的嘴唇凉冰冰的，有点橘子味，跟块橡皮一样，没意思。可英英比燕燕强多了，燕燕一张嘴，一股子韭菜味，能熏死人。我不愿意在英英家玩了，我背起书包，站起来。英英说：要不，你就 Kiss一下吧。我说我要回家了。拿起给老师买的礼物，我从英英家走出来。

　　上面是我儿子巴蒂写的日记，这个小子今年十一岁。我得承认，如果不说内容，日记能写到这个份上，我该满意才对。这都是我坚持让他写日记的结果，从上小学三年级开始，我便对他说：巴蒂，你识字不少了，从现在开始，要养成写日记的习惯，字数多少没关系，但每周至少写三篇。我教给他如何观察生活中的细枝末梢，比如一棵树、一朵花、一根草，比如飞鸟、夕阳、彩虹，等等。

　　巴蒂小时候很乖，他妈妈工作忙，晚上还经常加班，所以巴蒂对我很依赖，也很听我的话。巴蒂很努力地写日记，写完后便交给我看。那时候，巴蒂还真写出不少的好句子，比如写天空，"天空是那么高那么远，天空又是那么亮那么蓝，半天过去了，天空却一动不动。我想，天空是不是睡着了？这时候，一只鸟儿飞过天空，接着，又是一只、又是一只，追着鸟儿飞来的，还有几朵漂亮的云彩……哦，天空醒来了。天空变得活泼又可爱。"八九岁的巴蒂，能写出这样的句子，我无法不激动。我的老婆小白回来后，我拿给她看。小白看后也很激动，捧起巴蒂的脸，一边亲一边喊着亲爱的巴蒂。小白一喊亲爱的巴蒂，我的心里便有些不舒服。巴蒂这个名字是小白起的，因为她最崇拜阿根廷球星巴蒂斯图塔。她一说到巴蒂斯图塔便面露陶醉，说：你看巴蒂，长发飘逸，目光深邃，跑起来如同猎豹，浑身上下充满着野性。所以儿子出生后，她坚持让儿子叫巴蒂。然后她就亲爱的巴蒂亲爱的巴蒂地又亲又喊，亲得名正言顺，喊得投入陶醉。她根本不管别人的感受。

巴蒂的作文一直在班上名列前茅，我觉得是他坚持写日记的原因，这也是让我自豪的事情之一。但是前段时间，有一天巴蒂回到家来，嘴巴噘得老长，他向我严肃地宣布：老爸，从今以后，你不能再看我的日记了。我说：为什么？他说：你这是侵犯别人隐私！我们老师说了，日记属于个人的私密空间，个人的权利不容侵犯，老师和家长都没有资格看。我笑了，说：好啊巴蒂，你也懂得维权了。可巴蒂一脸严肃，说：老爸，你得向我保证，以后不能再看我的日记。我连忙高举双手，说：我保证我保证，可是你让我看的时候除外。巴蒂说：那当然。巴蒂像个胜利者似的，有些趾高气扬。

从那以后，巴蒂再也没有主动让我看过他的日记。我心里还真的有些失落，毕竟看了两年多，猛地不看巴蒂的日记，总觉得哪里不对劲儿似的。我把这事儿跟小白讲。小白说：你这人真有意思，还挺有原则的，他一个小屁孩，说啥就是啥？你一个当爹的，偷着看看咋了？我忙摇头，说：不行不行，这叫尊重，孩子也需要尊重，从小就应该让孩子知道尊重别人和自尊，你偷看他的日记，一旦让他发现，这对他刺激很大。小白说：你呀，年龄不大吧，又迂又腐。

我不想跟小白抬杠，反正她从来不看儿子的日记，她就知道喊亲爱的巴蒂。可是我想看，我知道巴蒂一直在写，我想看看他在语言文字和观察问题的能力上有没有进步。我白天在家，没事就跑到儿子的房间里转转，跟个小偷一样，不留痕迹地到处翻翻，却一直没看到儿子的日记本。巴蒂的写字桌上有一个抽屉是锁着的，不用说，日记本肯定在里面放着。每次我都要拉拉抽屉。抽屉总是上着锁。钥匙放在哪儿呢？我一直没有找到，不用说，肯定是巴蒂随身带了。我不得不佩服，我儿子巴蒂是一个心很细的孩子。可是有一天，我再次拉这个抽屉时，突然想到，当时买来这个写字桌，是有好几把钥匙的。我猛一拍大腿，扭身来到客厅里，一把抄起博古架上那个蓝色花瓶。我们家所有用不着的钥匙都放在这里面。

钥匙果然在里面。我又扭身回到写字桌前，想都没想，便把抽屉打开了。

我惊讶于我的急切。

2月16日　阴

今天是大年初七。大龙约着鹏鹏、大梦和我去他家做客。做客就是吃饭，这是大龙说的。妈妈问哪个大龙，我说就是那个他爸爸是大老板的谢大龙。妈妈点点头说：我开车送你过去吧。耶，我好高兴。没想到老妈这么痛快！大龙的爸爸是董事长，他家住在物华园的一幢别墅里，前后都有花园，还有小湖和假山，非常漂亮。这是

当代中国最具实力中青年作家书系

全城最好的房子了，妈妈羡慕地说。妈妈送我过去时，鹏鹏和大梦都已经到了。

　　大龙的爸爸妈妈都没在家，他们拉着大龙的爷爷奶奶到很远的一个寺庙烧香还愿去了。他家里只有保姆在家。我们几个非常高兴。大龙家装修得太漂亮了，头顶上的水晶灯闪着金子般的光，我的眼睛都转不过来了。大龙说：你们都是我的铁哥们，今天咱们好好玩儿，我妈妈都给保姆交代好了，中午给咱们弄几样大菜。然后，大龙带我们来到他家的车库，让我们看他爸爸刚买的一辆新宝马。大龙拍着车灯，神气地说：我们家两辆宝马，我老爸说了，宝马买两辆，开一辆，看一辆。大龙又带我们来到后面的一间很大的屋子里，嚯，这间屋子里有一张长长的台球案子。大龙说：这是斯诺克，兄弟们，来几杆。说着，大龙从酒柜里给我们每人拿出一罐红牛来。我们拿起杆子戳了几下，都打得不好。只有大梦把一个黄球打进洞里，大梦摸摸头发，不好意思地说：我是蒙进去的。大龙带着我们来到地下室，他推开地下室的一间门，拉开灯说：来，参观一下我们家的酒窖。哇，太壮观了，一排排的，全是酒。大龙说：这里面，有的酒一瓶就一万多。说完，他搞了个鬼脸。鹏鹏和大梦张着嘴瞪着眼，跟傻瓜似的。鹏鹏说：大龙，你们家太牛×了。我们又爬到三楼，来到宽阔的平台上。平台上有一个用木头建的小亭子。亭子里还有几个圆圆的石凳子。我们坐在石凳子上，看到远处的楼房都是灰扑扑的。外面太冷，我们进屋，来到大龙的卧室里。大龙悄悄地把门反锁上，回身朝我们嘘了一声，迈着猫步拉开抽屉，拿出一个黄色的烟盒，低声说：兄弟们，九五至尊，来一只吧，别让保姆看见，她会跟我老妈告状的。烟很呛，我们一个劲儿咳嗽。不知不觉到了吃饭的时间，保姆给我们做了一桌子菜。老天爷，那大虾，跟一根筷子那么长！吃饭的时候，大龙说：将来我肯定要做老板的，子承父业嘛。

从大龙家回来，我暗下决心，将来我也要当老板。我才不要像我老爸那样，整天弄着一堆油彩，往板子上胡涂乱抹的，真没劲！

看罢这篇日记，我无语。我在客厅里转了好几圈儿，像丢了什么东西似的，有点儿失魂落魄的感觉。接着，我猛地又产生一种强烈的挫败感。我拼命追求的东西，在孩子的眼里，竟然是"胡涂乱抹"。你能说什么呢？那个谢大龙我知道，他爸是三梦集团的老板，巴蒂常在我耳边念叨，说大龙又穿了一件什么牌子的衣服，说大龙玩的是什么样什么样的玩具。我知道大龙学习很差，可他跟巴蒂的关系很好。我心里对这件事一直不太满意，所以时不常地敲打一下巴蒂。我说：巴蒂，老爸不反对你交朋友，可你能不能交些学习好的朋友？巴蒂不屑一顾，说：学习好的有什么好玩的，我们班学习最好的张楠，他爸是卖菜的，他们家连电脑都没有，房子是租的。张楠除了知道学习，其他都是白痴。

2月27日　雾霾

今天是新学期的第二天。大家好像还没从假期中缓过劲儿来，一个个哈欠连天。老班把黑板擦啪地一拍，说：我们的副班长林浩同学转学去了省城，今天下午第二节课，我们要选出新的副班长。班主任说：为了给大家提供一个公平竞争的机会，我们搞民主选举，上午先利用课间时间，各小组组长召集一下，每个小组选出一个候选人，每个候选人做好充分准备，下午要做三分钟的竞选演说，然后，大家投票选举，票最多者胜出。

一下课，教室里顿时炸了锅。大龙来到我身边，低声说：巴蒂，你学习好，哥们帮你，这次你上，你可要自己投自己一票哦。我和大龙在一个小组，可我们组长小白云学习比我好，她当候选人才对。这时候，小白云召集着大伙投票。我犹豫一下，看到大龙朝我眨眼睛，我就写下自己的名字。我们组七个人，我得了四票，小白云只得了两票。大龙过来跟我击掌相庆。小白云的眼睛立刻就红了，我没敢多看她。

下午竞选演说，我们八个候选人都要上讲台。我站在讲台上，吭哧半天说：我如果当了副班长，一定要为同学们服好务……大龙在下面喊：我肩膀疼了，要为我按摩呦。全班"哄"地大笑。我脸涨得通红。下面说的啥，自己都想不起来了。真丢人！

票数出来了。我竟然和王灿然都得了最高的十五票。我不敢相信。论学习成绩，我和王灿然不相上下。可大家都知道，王灿然的爸爸是教育局的领导。班主任说：没想到会出现这样的结果，我回去跟其他老师商量一下，明天再宣布。

尽管我学习不差，可我从来没进过班委，没当过班干部。想到这里，我心里有些飘飘然。耶，要相信自己！期待明天！

我很吃惊。巴蒂从来没跟我说竞选副班长这件事。显然最后他落选了。对于他来说，这应该是一件大事，他内心受了多大的委屈呢？这件事肯定伤了他的自尊。后面，他有两个多星期都没写日记。我真想立刻去找他们的班主任，可现在已经是六月中旬，马上就要小学毕业考试了，还有必要吗？

我接着往下看，有一篇日记立刻吸引了我的眼球。

4月20日　小雨

小城处于危险之中，它正被一种邪恶的力量笼罩着。乌云越积越厚，一道道的闪电划过小城上空，要把小城撕碎的架势。城里的老百姓人心惶惶，家家关门闭户。街上空空荡荡，城门早已关闭，只有几个守城的士兵立在城墙上，他们怀里抱着长枪，脑袋缩得跟乌龟一样。突然，一阵黑风滚滚而来，遮天蔽日。一个巨大的黑影出现在黑风之上，他伸手朝小城一指，一串球形闪电立刻在小城上空炸开。紧接着，倾盆大雨倒向小城。不一会儿，小城变为一片汪洋，浑浊的水面上漂浮着飞鸟和动物的尸体。有的人家的房屋开始坍塌。小城岌岌可危！

我本来是天上一位将军的儿子，练就一身本领，此时正在后花园里舞剑，忽觉脚下震颤，侧耳一听，似有阵阵呐喊之声。我问管家是怎么回事。管家说：回禀巴蒂少爷，黑风侠和乌云怪正在下面惩罚人间的作恶之徒。哦，我顿觉新奇，趁管家不注意，一个跟斗翻出府外，我跟那哪吒一样，脚下踩着一对风火轮。从高处往下看去，只见下面乌云翻滚，黑风猎猎，大雨如注。那小城如同一堆积木一般，早已是风雨飘摇。只见黑风侠和乌云怪扭动着身子，舞动着胳膊，还没有罢手的意思。我有些看不下去，一股豪气在胸中升起，禁不住大喝一声住手，接着冲下天空。黑风侠和乌云怪一看是我，忙拱手道：巴蒂少爷，这里危险，你赶快回到天上去吧。我说：你们不罢手，我就不回去。他们说：我们是受玉皇大帝之命来惩罚恶徒的。我说：那也不能毁掉小城啊，我要拯救小城。说着，我挥舞宝剑，跟黑风侠和乌云怪打了起来，一时间，刀光剑影，电闪雷鸣。我毕竟还小，怎敌得过这两个恶煞。一不小心，一只风火轮脱离我的脚掌，向小城落下去。我忙去追，无奈风火轮落得很快，它像一团火球似的掉入河中，而我却落在一座楼的楼顶上，像一只受伤的大鸟，飞不起来了。

这时候，我听到楼下有人喊：英雄！英雄！声音越来越大，我探头朝下一看，好家伙，人山人海，鹏鹏、大龙他们都在人群里，竟然还有老班！他们都朝着我喊英雄。

我真的是英雄了。我好幸福啊！但愿这不是梦！

可不是梦又能是什么呢？我闻到老妈煎鸡蛋的香味，接着就传来又尖又细的喊声：巴蒂，起床了巴蒂。

是啊，这是我昨天夜里做的一个梦。我想，我的前世可能真是天上的一个人物。

　　看完日记，我心里酸酸的。巴蒂的想象力出乎我的意料，语言文字也不错。我只是非常后悔，后悔偷看巴蒂的日记。我把这本黑皮的日记本照原样放进抽屉里，再轻轻地锁上。我把钥匙重新扔进博古架上的蓝色花瓶里。

大寒

母亲七十大寿，正逢端午节假期。弟弟全家也从外地赶回来。我在一家四星级酒店安排了一桌寿宴。全家老老少少聚在一起，热闹极了。我们端着酒杯，纷纷给母亲送上祝福。母亲高兴，多喝了两杯酒，脸色也变得红润起来。弟弟感慨地说："尽管如今交通非常方便，但能聚在一起，还是不容易。"母亲说："你们工作忙、生活压力大，我们做老人的已经很知足了。"说完这句话，母亲盯着一大桌子花花绿绿的菜肴，眼神儿有些凝滞，脸上的笑容也消失了。

肯定是弟弟的话让母亲想到了一些什么。我正想把话题引开，母亲却突然问我和弟弟："你们还记得来福舅吗？"弟弟摇了摇头，我点了点头。我比弟弟大四岁，管用。再说，我小时候在姥姥家住的时间也比弟弟多。母亲看着我说："你来福舅死了，去年夏天就死了。我一直不知道，前段时间跟你小姨通电话，聊得多，才听说的。"

我说："来福舅也快八十了吧？"

母亲说:"差一点儿活到八十。"

弟弟说:"这样的岁数,也行了。"

母亲叹口气说:"可他死得惨呀。"说完。母亲挥一下手,笑着说:"不说了不说了,你看我这老婆子,这么好的日子,说这些干什么?"可我在母亲的眼窝深处,分明看到有亮光一闪而过。

来福舅,多么遥远的一个名字。但来福舅那张苦巴巴的面孔,在我的大脑深处,却是如此清晰。我算了算,我们家从农村搬到省城来,已经二十八年了。我最后一次看到来福舅,肯定是在一个冬天。不错,就是在三十年前那个遥远的冬天。

那个冬天很奇怪,北方的腊月,天空中飘下来的竟然是小雨,淅淅沥沥的如同深秋。雨水打在黑黄的玉米秸上,噼啪作响。街筒子里弥漫着潮霉的气味。那时我在镇中学念初中,期末考试已经结束,我还得去学校领寒假作业和成绩单。母亲让我顺便拐个弯儿,去姥姥庄上一趟,给来福舅送去五斤白面馒头。马上快过年了,母亲还惦记着她这个哥。"去吧,你正好在你来福舅那里住一晚上,跟他说说话儿。你来福舅人可好了,你姥姥姥爷去北京前,多亏他一直照顾着。可好人不见得有好报,他的命苦啊。"一说起来福舅,母亲除了感恩戴德,就是长吁短叹。

我披着塑料布雨衣,沿着泥泞的土路,顶着刺骨的寒冷,穿过一片片田野。我有种感觉,冬天里下雨比下雪还要冷,扑哧扑哧踩在泥水里,从脚跟往上冷,从心里往外冷。这鬼天气,我不时地骂一句。我的心情也是冷冰冰的,甚至有些抱怨母亲,心想,不管咋说,人家来福舅有两个儿子呢,人家用得着咱送这几斤馒头吗?

我姥姥住的村庄叫杨程赵。那时候,我姥姥已经跟随我亲舅去了北京。来福舅不是我亲舅，是我大姥爷的儿子。我拐进杨程赵村的街筒子时，从街筒子深处传来两声猪叫，我立刻闻到猪粪的臭味。猪粪的臭味和烂柴火的潮霉味搅和在一块儿，却无法驱走寒冷。一座座半圆形的猪圈都模具似的摆在街道的两边，灰黑色的粪堆堆在猪圈之间，挤得街道只剩下一道窄路。天空黑沉沉的，就像压着铅块子。小雨变成了小雹粒子，直直地落下来，打在脸上麻酥酥的。街上一个人没有，鸡呀狗呀猫的也都不知道去了哪里，只能偶尔听到两声猪哼哼，可是看不到猪，这么多的猪圈都看不到猪，猪都躲进了猪圈的最里面。

自从我姥姥离开杨程赵村以后，我是第一次走进这个村庄。在那个冬天，织着小雨的冬天的下午，我冒冒失失地闯进来，带着一种陌生的异样的感觉。我想，我是不是来到了另一个星球上？

我胡思乱想着，脚下猛地一滑，低头一看，鞋子踩在一摊不知是什么动物留下的粪便上，粪便是黄色的，我冻僵的心一下子活了。我呕了两下，差点把心吐出来。我在粘腻的泥土上来回搓几下，抬起头，看到来福舅正朝我这边走过来。

即便是我能忘掉那个冬天，也忘不掉来福舅当时的一身打扮。来福舅左手牵着一头牛，右手里提着一只水桶，头上戴着一顶毛几乎掉光的破狗皮棉帽子，一半遮着耳朵，一半朝天。黑棉袄紧裹在身上，胸前是喝粘粥时留下的一串玉米面嘎巴。黑棉袄的两只袖口和袄领子上，油光闪闪，竟然在铅灰色的暮空下，光灿灿地泛着黑光。来福舅看到我，高兴地说："外甥来了，快回家吧，我去饮饮牛，一会儿就回。"我说舅我跟你一块去吧，说着接过来福舅手里的水桶。牛打了两声喷嚏，脖子上的铜铃发出好听的叮当声。我一手提着水桶，一手提着馒头，跟在来福舅和老牛的身后。我突然觉得，我身上似乎暖和了一点儿。

庄子的南边，有一片大湾，在我儿时的印象中那片水很大，是大海。那个冬天，织着小雨的冬天，我和来福舅到井边饮牛。我发现大湾其实很小。来福舅说冬天饮牛得用井水，井水热。井里没有结冰，大湾里结着一层冰，看上去很薄。杨程赵村最奇怪的东西，就是这眼井。这眼井在大湾的中间，一条高高窄窄的土堤伸进湾里。后来去青岛，一看到青岛的栈桥，马上想到杨程赵村的这眼井。我们走在泥泞溜滑的土堤上。来福舅说小心，小心，外甥小心。一两步一个小心，我们来到井边。来福舅从我手里要过水桶，叫我站在离井口远点的地方，自己撅着腚吭哧吭哧地在井口上晃悠几下绳子。我在一旁，看着来福舅肥嘟噜的棉裤裆，我的感觉是来福舅已经很老了。实际上，那年他还不到五十岁。我想起小时候，住在姥姥家，来福舅爬树给我掏鸟蛋，我记得来福舅如同走到树上去的一样。拴桶的绳子绷得紧紧的，来福舅的双腿微微一颤，当他直起腰时，一桶水便出来了。水冒着白气，牛嘴就扎进去。牛喝水没声音，只能看到水面下降。我不知牛当时冷不冷，我记得那个冬天的傍晚，我盯着牛喝水，冷得直哆嗦。

来福舅住的还是那两间小土房子。我走进屋里，屋里黑咕隆咚的，待我适应了光线，我看到灰黑的墙上，贴的全是烟卷盒。当时我对烟的价格很熟悉，因为我爷爷抽烟。我一张接一张地看，发现没有一盒烟的烟价超过一毛钱。我问来福舅："舅，这些烟都是你抽的吗？"来福舅笑笑说："外甥，舅哪抽得起这些好烟，舅抽的是自己烤的老旱烟。这些烟盒，都是舅舅捡来的，贴在墙上，你看多漂亮。"

我把馒头放在桌子上的饭筐子旁边，顺便往来福舅的饭筐里瞥一眼，里面只有几个黄黄的玉米面窝头，我偷偷地摸了摸，冰冷，邦邦硬。来福舅拴好牛，跺跺脚下的泥，走进屋来。

"外甥，外面冷，快，里屋来，点上灯。"来福舅搓着手。

"舅，我娘给你送来五斤馒头，快过年了。"我说。

"还是妹妹好啊，每年都送馒头来。"来福舅声音低低的，眼神儿有些落寞。

来福舅抖着手，划着火柴，点上墨水瓶做的煤油灯，火光豆粒大，屋里却有了些暖意。"外甥，你上炕，盖上被子，舅给你做面疙瘩汤吃。"来福舅笑着说。我听到面疙瘩汤，心里有点热乎乎的。来福舅屋里冷得出奇。在腊月寒冬里，我坐在来福舅的炕上，揣着手，在豆大的灯光下，看来福舅在下边笨拙地和面。

我心里酸酸的木木的。我真不知道来福舅会是这般的境地。要知道，来福舅不是个孤老头啊。用子孙满堂来形容来福舅一点儿都不为过。

有关来福舅的事儿，后来我还是知道了一些。

聪明了一辈子的大姥爷跟我姥爷等几个兄弟分家时，只分到了这两间土房子。大姥姥就在这两间土房子里生下了来福舅。来福舅又在这两间房子里娶了安徽妗子。还是在这件土房子里，安徽妗子给来福舅生了两个儿子。儿子长大了，得娶媳妇。来福舅是个要强的人。大儿子娶媳妇前，来福舅就下定决心，决不叫孩子们再住这破房子。于是，在烈日炎炎的夏日里，人们躲在家里避暑时，人们躺在炕上睡午觉时，在杨程赵村南的荒地里，来福舅一个人挥动着铁锨，一锨锨地把黄土装上牛车，一颗颗的汗水浸入土中，来福舅的皮肤被晒得黝黑黝黑，像一个从非洲来的黑人。秋天里，来福舅白天在地里打着滚儿收庄稼，几亩地的玉米棵子是他用两只手一根一根地放倒的，晚上回到家，借着月光，来福舅光着脚丫子，在那撒满麦秸的泥土里扑哧扑哧地踩着。第二天早晨，一排排的新鲜泥坯就出来了。寒冷的冬天，西北风刀刃般地刮着，来福舅手上裂着一道道的血口子，把一块块的泥坯垒成墙，三间漂亮的新房盖了起来。年后大儿子娶了媳妇，高高兴兴地住进了新房。来福舅身上脱了一层皮，那是夏天晒的，秋天闷的，冬天冻的，到了春天就脱了下来。儿子娶媳妇借了钱，来福舅说不愁，咱慢慢还。来福舅就去外边打小工赚钱。账还上了，小儿子又大了。既然给大儿子盖了新房子，小儿子当然少不了。

　　来福舅为小儿子准备盖房子时，小儿子还在镇中学念高中，也就是我念的那所中学。有一天是镇上大集，来福舅赶着牛车去买盖房子用的木椽子。妗子说你给小二带上这瓶咸菜，小二爱吃咸菜。来福舅带上那瓶咸菜，来到镇上。镇中学的大门是砖垒的。上面刻着五角星，飘着红旗。来福舅停下牛车，犹豫了一会儿。问看大门的老头，说："牛车能进吗？"看大门的老头看来福舅满脸的憨实，便点了点头。来福舅把牛车赶进校园，把牛缰绳拴在篮球架子上，问了几个老师模样的人，终于透过明亮的玻璃窗，看到了正在琅琅读书的小儿子，就推门进去了。来福舅的突然闯入，让教室里的读书声一下子停下来。小儿子一看是来福舅，脸腾一下红了。跑出来后，冷着脸，鼻子不是鼻子脸不是脸凶来福舅说："你来这里干啥？还把牛车赶进学校里，丢不丢人？"

　　来福舅从来没遇到过这样的场面，他让儿子凶蒙了，忙从怀里掏出那瓶咸菜来。同学们在教室里窃窃地笑着，嘀咕着。小儿子扔下一句："我不要，你自己留着吃吧。"扭头就钻进教室。来福舅站在那里愣了半天，心里不是滋味。来福舅把咸菜举过头顶，思量思量，又放下来。来福舅不想盖房子了，觉得没意思。那天，他集都没赶，赶着牛车就回去了。但后来，房子还是盖了，三间漂漂亮亮的新房子。来福舅又脱了一层皮。最不幸的是妗子死了，人们都说她是累死的，南方的女人，能吃苦，妗子和小伙子一样，干起活来风风火火的，五十斤重的土坯和来福舅比着搬。妗子一死，来福舅便老了许多。

所有这些，都是后来我在北京听姥姥讲的。姥姥没有牙的嘴嘟囔着："唉！来福这孩子，一辈子不容易，年轻时因为家庭成分，二十好几了找不上媳妇，后来又背上个不干不净的名声，忍气吞声受了一辈子累，活受罪啊。"接下来，姥姥又讲了一件让我吃惊的事。

大姥爷是一个很讲究的人。能吟唐诗背宋词，会写毛笔字，很酸气很迂腐。那年月，杨程赵村识字的人不多，谁家有白事红事啦，都来请大姥爷。大姥爷倒是痛快，扔下粪筐，换上一身长袍大褂，迈着四方步去了。那场合也是很讲究的，说话得谨慎。大姥爷之乎者也一番健谈，人们都竖大拇指。久而久之，大姥爷的之乎者也，就不分场合了。赶着牛车，锄着玉米地，拾着大粪，大姥爷依旧之乎者也。这时候，人们听起来就好像喝了一瓶山西老陈醋，倒牙。再说，早就是新社会了，土改时，本来就给他划了个富农，是改造的对象，所以说，大姥爷这样的做派，就是不识时务。

来福舅从小常挨大姥爷的板子打，屁股血肉模糊的，走路撇着腿。大姥爷说他不懂事理，不会说话。

来福舅十七八岁那年。大姥爷家穷得揭不开锅。来福舅下面还有四个妹妹，大姥爷要送来福舅去参军。可由于成分不好，来福舅去不了。大姥爷又想把来福舅送出去烧砖窑，可来福舅不愿意去，又从二十里外的地方跑了回来。大姥爷摇头晃脑，说也罢，在家里也好，啥人啥命，由他去吧。

尽管来福舅长得好，却因为成分问题不好找媳妇。二十四五岁时，发生了一件事。这件事给来福舅留下了一生的阴影，伴随着他一直到死。

来福舅跟一个寡妇好上了。寡妇模样不错，大不了来福舅几岁。起初别人都不知道，是在一个夏天，杨程赵村南的大湾周围长满了芦苇，灰白色的苇穗子一起一伏的，像波涛。两个孩子在芦苇丛里找粗壮的苇秆做芦笛，猛地听到了一种奇怪的声音，像人的喘气声。两个孩子悄悄地拨着芦苇，顺着声音向前走。在绿色的芦苇荡里，看到了两片白花花的肉体，滚动在绿色的芦苇上。两个孩子看得清楚，胆战心惊地跑出芦苇荡，他们都认得来福舅和寡妇，回家就跟父母把看到的事儿说了。在当时的村里，这样的事情是最刺激人心的，杨程赵村的男人女人们把这事儿叫谁跟谁过了、谁跟谁好上了。寡妇跟来福舅过了，寡妇跟来福舅好上了。这是严重的作风问题。大姥爷是什么人？于是来福舅便在村南的一棵树下度过了一生中最难过最为羞辱的一天，大姥爷的鞭子是牛皮的，牛皮的鞭梢扫过人的皮肉，留下的是一道道渗着血水的紫红杠子。寡妇在村里没法待了，就改了嫁，嫁得很远。来福舅是惨了，所有的人都认为，这辈子不可能再有女人给他当媳妇。如果不是天灾，来福舅就真的不可能娶上媳妇。从安徽逃荒来的姑娘，被大姥姥留下来，成了来福妗子，就发生了我前面说过的那些事情。

现在，我该说说我那两位表哥了。我两个表哥命不错，赶上了改革开放，土地承包到户，先后娶上媳妇，独立门户，接着有了孩子。在那个冬天的下午，我最后一次看到来福舅时，他们都已娶妻生子。政策放开后，我大表哥开始贩牲口，驴啊牛的都贩，凭着三寸不烂之舌，东西南北一倒换，两年后成了万元户，在村南边盖起村里首屈一指的红砖大瓦房。我二表哥高中毕业后，学会了木匠活，家具农具都会打，一集空赚几十块钱稀松平常。那么，为啥在我最后一次看到来福舅时，在那个下雨的冬天，我一走进来福舅的两间黑洞洞的房子，却感到浑身冻得直哆嗦呢？为啥来福舅的饭筐里是黄黄的玉米面窝头，并且冻得邦邦硬呢？来福舅给他们盖好房子，娶上媳妇，他们咋能连起码的孝顺心都没有呢？我问姥姥。姥姥说："还不是因为来福年轻时犯下的那件蠢事，这两个孩子从小就知道，他们为此在村里抬不起头来。"

是吗？我似乎有些想通了，但同时又更加迷惑。我并不完全认同姥姥所说的话。

姥姥继续说："农村啊，就怕这事。这叫名声。谁要是戴上个坏名声，不是影响一代两代人，是好几代啊。你那两个表哥找媳妇，你知道来福费了多大的劲。还有来福一辈子没死没活地干，还不是为了洗刷年轻时犯下的过错。你看那些年，那些地主富农的，人真的坏吗？真不见得，你看一家子一家子的，孩子连个媳妇都讨不到，惨着呢。你知道你来福舅有多喜欢他那两个小孙子吗？他自己舍不得吃舍不得喝，攒下点小钱给孩子们买糖买瓜，可是孩子们不买账，甚至见了他就跑，这还不是你表哥表嫂们调教的吗？"

我又想起那个冬天的雨夜。来福舅高兴得要命，他说："今天有个说话的了。"来福舅拿出他那把紫红色的小砂壶。那是他年轻时去张店买的，从不轻易用，其实他没有茶叶，他把白开水倒进砂壶里，用酒盅般大的紫红色小砂碗给我倒上一碗，然后自己倒上一碗。他端起来喝上一口，眯眼笑着说："不错，味道不错。"好像喝的是西湖龙井。我也喝一口，没品出什么味道来，只感觉到有股子碱味。我只是心里热了一下，因为那屋子里太冷。我闻到来福舅被子上发出的油泥味儿。来福舅说："外甥，我给你唱一段吕剧，你舅我年轻时就喜欢吕剧。"来福舅清清嗓子：

> 你拉东我拉西拉得为父无力气
> 二子孝心都不差
> 只是爹爹受不地
> ……
> 爹爹受冻我心酸
> 你快去把咱火盆端
> 端上火盆忙下炭
> 爹的肚里还没饭
> 二两烧酒加鸡蛋
> ……

在静静的黑夜里，来福舅的声音越发凄凉、悲怆。我向窗外看一眼，外面飘飘洒洒地下起大雪，院子里已是白花花一片。豆粒大的煤油灯光，晃晃悠悠的。我看到来福舅的两腮上，有光亮一闪一闪。

我说："舅，外面下雪了，好大呢。"

当代中国最具实力中青年作家书系

"是吗，今年还没下雪呢。"说着，来福舅端起灯，来到挂在墙上的月份牌前，说："外甥，你过来看看，今天是啥节气呀？"

我把眼凑上去，看了半天才说："舅，今天是大寒。"

来福舅点点头，然后慢慢地扭过身子，有些踉跄地走两步，把灯放在桌子上，啥话也没说。

那个遥远的寒夜，恍恍惚惚，却又清晰如昨。

母亲在自己七十岁的寿宴上，挥了挥手，不愿意说来福舅是如何死的，我当然也不好再问。我知道，母亲会很快就告诉我的。她只是不想破坏当时全家人聚在一起的欢乐氛围。果然，从酒店一回到家中，母亲就跟我说了。

除了来福舅自己，可能没有人知道他是怎么死的。只听说是在夏天最热的时候，来福舅的门几天没开。周围的邻居闻到一股死老鼠的臭味儿，并且这难闻的味儿越来越浓，再加上几天没见到来福舅了。人们觉得奇怪，就去喊我大表哥。大表哥正躺在竹椅上睡午觉，睡得正香呢，在梧桐树的阴凉下，白白的肚皮上还摆着他孙子的图画书。他懵懵懂懂地跟在人们身后，嘴角上的口水还没有擦掉。

人们砸开门，屋里的臭味如同波涛一样涌出来。大表哥没有任何思想准备，被臭味呛了一口，屁滚尿流地跑出来，蹲在地上嗷嗷地吐起来。这使我想起那个织着冬雨的下午，杨程赵村的街筒子里就是飘着这种气味。来福舅躺在土炕上，脑袋旁边放着那把紫红色的砂壶，一条条白色的蛆虫在砂壶上蠕动着。

我真不知道这三十年，来福舅是如何活过来的？

早春图

　　窗外灰蒙蒙的，冯宝才便醒来了。他是在哑巴的舀水声中醒来的。哑巴起得更早。多少年了，都是这样，哑巴总是比他起得早。年轻的时候，冯宝才贪着睡个懒觉，可随着年龄增长，这种想法就淡了，但他还是不如哑巴起得早。冯宝才记得哑巴刚嫁过来的那几年，他从来不知道哑巴是什么时候起床的。每次他起来，却总能闻到锅里饭菜的香味儿。哑巴虽然不能说话，但事儿能做到冯宝才心里去，因此哑巴跟了冯宝才三十多年，冯宝才从没有嫌弃她。有时候冯宝才觉得，做一个明明白白的哑巴倒也不错。这几十年来，哑巴从没有因为嚼舌头根子什么的给他惹过是非，反而别人家有了这样那样的事情，都找他冯宝才去调解，这一点让冯宝才觉得脸上很有面子。哑巴为他冯宝才生了两个儿子，那些年，冯宝才整天提心吊胆，害怕他们的儿子也会变成哑巴。可如今，他们的孙子都已经十岁了。想想这时间，可真够快的。

　　冯宝才把棉袄披在身上，坐在被窝里点着一袋烟。他吸一口，猛地咳嗽一顿。咳嗽得很厉害，有两口浓痰从嗓子眼里跳出来，他扭头啐在地上，便觉得胸口豁亮了许多。这时候，冯宝才猛地听到黑乎乎的墙角里传来哏哏的笑声，这笑声有气无力，像一只老母鸡叫似的。冯宝才弓着身子，朝屋角那里仔细瞅了瞅，原来是母亲。老太太脸色苍白，张开的嘴巴和两个深陷的眼窝如同几个窟窿，黑洞洞的，像一个骷髅头。冯宝才浑身禁不住抖动了一下子，烟袋差点掉到被子上。冯宝才"哦"地叫一声，那心便迅猛地跳动起来，如同鼓槌似的砸在他的胸口上。冯宝才半天没缓过劲，他磕着烟袋锅，手指还在轻微地颤抖。

"宝才，你说这天，咋这么热，热得我一宿都没睡好，一会儿你去给娘买根冰棍吃吧。"

母亲的声音有些含糊，除了上面的一颗门牙，她的牙全掉光了。冯宝才看到母亲腿上捂着厚厚的被子，身上穿着厚厚的棉袄，还满嘴里喊热，这心里就不是滋味。冯宝才想起母亲年轻的时候在台上唱戏，母亲演的是《杨门女将》里那个舞烧火棍的丫头杨排风，母亲把那手中的烧火棍舞得像一团花似的，让人眼花缭乱，引来下面一阵阵的叫好声。这些事儿，在冯宝才的脑子里，就像刚过去不长时间似的。可实际上，母亲已经八十多了，老糊涂了。

冯宝才来到院子里，他看到哑巴已经把院子扫得干干净净，心里便顿时有一种没着没落的感觉。他站在光秃秃的枣树下面，揣着手愣了片刻。初春的天气有一股潮乎乎的寒气，再加上灰蒙蒙的晨雾，给人的感觉就是阴冷潮湿。冯宝才捏了捏酸痛的鼻子，朝偏房走去。

老骒马听到冯宝才的脚步声，头一下子昂起来，脖子上铜铃便急促地响成一串，它咴咴地叫了几声。冯宝才拍拍老骒马的脖子，说道："歇了这么长的时间，今天咱可得干活了。"老骒马像是听懂了似的，它拿蹄子使劲地敲了几下地面。

年也过了，十五也过去了，地里的麦苗开始有了泛青的迹象。冯宝才想给小麦浇上这开春来的头一茬水。这茬水对于小麦今后的长势，是很重要的。如果碰上好年景，再落下两场春雨，那就再好不过。但落不落雨，那是老天爷的事，这茬水，却是他冯宝才的事。

冯宝才套好马车，来到窗户下面喊二厚。

"二厚，该起了，二厚，天不早了。"

冯宝才竖了半天耳朵，也没听到屋里传出二厚的声音。哑巴抱着柴火，跺了跺脚，她瞪着眼，拿手比画了两下。哑巴的意思是，你喊什么，你进屋把他从被窝里拽起来。

冯宝才正犹豫着，看到他的孙子明明从外面跑进来。明明穿着一身新衣服，满脸是灿烂的笑。他进门先喊了声爷爷。

冯宝才说："明明，你起这么早，还穿了新衣裳，跟爷爷说说，什么好事这么高兴？"

明明说："爷爷，你真糊涂，今天不是爸爸开汽车来接我们嘛，我要进城去了。"

冯宝才一拍脑袋，心想，你看我这脑袋瓜子。不错，大厚是说今天要回来搬家的。

冯宝才说："明明，那你就不用去上学了？"

明明说："我要进城上学去了，我还在这里上什么学？"

冯宝才说："好，明明，进屋，把你叔叔从被窝里拖起来。"

明明答应了一声，蹿进屋去。

冯宝才又站在院子里愣了一会儿。今天大厚搬家，这麦子还浇不浇呢？冯宝才最后决定，麦子还是得去浇。冯宝才估摸着，

当代中国最具实力中青年作家书系

大厚来到家也得快中午的时候。这一上午的时间，也不能白白浪费掉啊。再说，二厚这两天也要走。前两天，人家包工头就跟他打了招呼，让他这两天不要到处乱跑，说不上哪一霎就走。二厚一走，明明他妈一走，好嘛，就剩下他冯宝才一个能干活的人了，这十来亩地，也够他忙活的，毕竟也是快六十岁的人了。

冯宝才正想着，二厚从屋里走出来。明明跟在他身后，不停地拍着他的屁股。二厚的头发乱蓬蓬的，像一团老鸹窝。二厚显然还没睡醒，他一手揉着眼睛，一手拨拉着身后的明明。二厚走过冯宝才身边时，说："天这么早，喊起人家来干什么？"二厚倔头倔脑的，满脸的不高兴。

冯宝才一听二厚说的话，就火了，"天还早，要不是雾挡着，早就烫着你屁股了。活儿都是往前赶，狗日的你们一炮蹶子都跑了，剩下这十来亩麦子，让我浇到猴年马月？"

冯宝才越说越生气，一巴掌拍在身边的枣树上。也许用劲太大了，粗糙的枣树皮把他的手掌硌得生疼。那褐色的树枝轻轻地抖动了几下，便趋于平静。

薄雾渐渐地散开了消失了，橙色的太阳也明亮起来。接近正午时候，太阳变成一个闪着光的白瓷盘，它使冯宝才觉到身上棉袄厚了。冯宝才把簸箕扔到麦垄上，伸手解开棉袄扣子。阳光一下子钻到他怀里。他听到贴肉的秋衣发出一阵扑哧哧的声音。风也确实有了春的味道，柔软无力，伸进冯宝才的腋窝，像极了孙子明明那胖乎乎的小手。不错，明明的小手。冯宝才的嘴角向里抽动了两下。

远处的河沟边上，二厚正端着铁锨，不时地弯下腰，挖一锨土培一培淌着水的沟沿。抽水机的马达声一会儿高一会儿低，像跟谁赌气似的。冯宝才后悔一大早跟二厚发脾气，年轻人嘛，正是贪睡的时候，自己年轻的时候不也是这样。再说，二厚就要跟着包工头进城打工去了，听说在城里，这么冷的天，二厚他们都是搭地铺睡帐篷，哪能睡个囫囵觉？但这有什么办法，冯宝才当然不会指望二厚留下来帮他种地，不是现在的年轻人学野了，是你不进城赚几个钱回来，那今后的日子怎么过？二厚定亲一年多了，今年冬上就到了结婚的年龄。本来冯宝才想让他早点把婚结了，可二厚脾气倔，一拧脑袋，甩出来一句：不盖好房子我就不结婚！二厚就是这么个脾气，跟头毛驴子差不多，小时候没少挨冯宝才的巴掌，可现在人长大了，什么事得商量着来。

冯宝才还不知道二厚他们是去济南还是去天津。他想过一会儿问问二厚。有件事一直在冯宝才心里搁念着，他想要是二厚去天津的话，别忘了让他临回来时，买回一斤狗不理包子，给他奶奶尝尝。冯宝才从小就听老太太念叨，那天津卫的狗不理包子多么多么好吃。冯宝才记得自己当时说，娘，等我长大了，一定给你买狗不理包子吃。可几十年过去了，冯宝才根本就没到过那天津卫。如今老太太八十多岁了，老糊涂了，那狗不理包子还没有尝过。冯宝才一看到老太太那张瘪瘪的不停地抖动着的嘴，就想起她说过的狗不理包子。

泛青的麦苗在春风和阳光的抚慰下，不停地摇摆着身子。进入冯宝才鼻孔的，是麦苗那阵阵的清香。远处，星星点点的人们正在忙碌，这仅仅是一年的开始，无数的忙碌还在后面等着呢。

冯宝才愣愣地站在麦地里，猛地觉得有人拿什么东西在他头上敲了一下。冯宝才急忙回身，前后左右看了个遍，除了麦苗，什么都没有。

"娘的。"冯宝才骂道。

今天不知道为什么，冯宝才总是隐约地感到有点什么事情压在心头上，让他心里踏实不下来。仔细想想，有什么事呢。要是有事的话，就是大厚要把明明和他妈接到城里去了。大厚在城里搞安装，搞了也有七八年了，如今生意越来越红火，这不，又开了个门市部，而且刚在城里买了房子。这次过年回来，大厚便跟冯宝才把明明和他妈接进城去的想法说了。冯宝才说："这可是打着灯笼也找不到的好事呀，如今咱冯家也有了城里人，给祖宗脸上贴金不说，我冯宝才再跟人家说话，那底气也足啊。"再说，进了城，明明能进更好的学校，用大厚的话讲，叫接受什么更好的教育。明明他妈也闲不着，帮着大厚照管门市部，也能接送上学的明明。听大厚说，人家城里的孩子，上学放学都得由大人接送，城里车多，不安全。人往高处走嘛，想想这些，冯宝才心里高兴还来不及呢，还能有什么事儿压在心头。冯宝才琢磨了半天，也琢磨不透。

"爹，你愣着干什么，像根树桩子似的，化肥撒完了没有？"

二厚从远处走过来，他只穿着件秋衣，全身上下泥了吧唧的，那头发像一团大热草似的向上竖着，还没等冯宝才说话，便一把抄起麦垄上的化肥袋子，他掂了掂，一下子瞪起眼来，"让你多撒，你就舍不得撒，你不多撒点儿，这麦子能长好才怪呢。"

"还没撒完呢。"冯宝才说。

冯宝才想骂二厚两句，狗日的你跟谁说话，可冯宝才没骂出来。

"没撒完愣在这里干什么？真是。"二厚说着，甩了下头，一屁股压在地垄上。

二厚把一根烟卷扔过来。冯宝才急忙蹲了个马步，把烟卷接住。

接下来是一阵沉默。抽水机的叫声时近时远。不远处的柏油路上，不时地有拖拉机和马车经过，有人也不时地朝这边打一声招呼，冯宝才也打声哈哈，挥一下手。

"你们去济南还是去天津？"冯宝才问道。

"当然是天津，天津活儿多。"二厚吐了口烟。

冯宝才的眉头禁不住往上一挑，说："你回来的时候买上一斤狗不理包子，你奶奶还没吃过狗不理包子呢。"

"狗不理包子有什么好吃的，现在的包子到处都一样，再说，二三百里路呢，带什么不好，非带个包子回来，压烂了不说，味儿也不是那味儿了。"

"让你买你就买嘛。"冯宝才说。冯宝才不想跟二厚说得太多，那些陈芝麻烂谷子的事，也根本进不到他耳朵里去。

"要买你自己买去。"二厚没好气地说着，一骨碌身从地上站起来。

这一下把冯宝才噎得够呛。本来，他今天这心里就疙疙瘩瘩的，二厚这么一使性子，冯宝才压不住火了。

"你吃枪子了是不是？娘个巴子的，你跟谁说话，你眼里还有我这个老子没有？"冯宝才从地上蹦起来，他一边骂着，一边拍着屁股上的土。

这时候，一辆蓝色的汽车停在公路上。冯宝才眨巴一下眼，看到大厚从车上跳下来。

大厚站在公路上喊："爹，地浇完了没有？"

当代中国最具实力中青年作家书系

"快了快了。"冯宝才的声音还有些火剌啦的。

大厚回身把头探进驾驶室，把火熄了，然后慢慢地朝这边走来，一边走，还不时地踢一下脚下的麦苗，像县里下来的干部似的，装着多么懂行。实际上，这地里的庄稼活，大厚没做过多少。人家明明他妈那是一个顶俩。冯宝才佩服的人不多，明明他妈算是一个。这十来亩地，要不是明明他妈帮着，他冯宝才一个人，还不知道得费多大力气呢。明明他妈人长得壮实，能吃能干，听话不说，那活儿也细。在冯宝才眼里，做农活跟绣花织网没什么区别，也是细发活儿。可人家明明他妈有福气，在庄稼地里摸爬滚打了十几年，这下子算是熬出了头。想起这些，冯宝才心里五味俱全。明明他妈这一走，把他闪得不轻啊，也是快六十岁的人了，瞅着眼皮底下这十来亩地，不打怵是假的。可如今这庄稼地里的活，不都是老人干吗？

大厚走到冯宝才跟前，从兜里掏出一盒烟来，那烟盒金光闪闪的。大厚拿食指一敲，便弹出来一根，他递给冯宝才。冯宝才不知道这是什么牌子的烟，但拿手一摸，跟他抽着的这根就不一样了，硬实、光滑。冯宝才再把它放在鼻子底下一嗅，那味道，就更不一样了。

"借了人家一辆车，趁着有点功夫搬了算了，明明转学的事也办妥了，人家城里的学校都开学半个多月了，再不去明明的功课就赶不上了。"大厚说。

"那你先回去吧，零七八碎的东西不少，你们先准备准备，一会儿浇完地，我和二厚回去帮你搬。"冯宝才跟大儿子说话，口气客气多了。

"下午我得赶回去，明天一早还有事。"

冯宝才"哦"了一声。

这时候，二厚从不远处喊："哥，烟带来没有？"

大厚一拍脑瓜子，说："你看我这脑子。"

前几天，大厚答应给二厚带两条云烟回来。二厚准备送给包工头一条，这样跟包工头的关系就可以拉近一些。

二厚一看大厚那样子，心里失望极了，他使劲儿朝地里啐一口痰，说："我就知道你带不回来。"

"下次，下次一定。"大厚一脸尴尬。

"走吧，快走吧。"冯宝才挥挥手说："狗日的还想抽好烟。"

这兄弟俩只要凑到一块儿，便吵吵闹闹的。冯宝才觉得他们哥俩在性格上差别太大。二厚脾气像头毛驴子认死理。冯宝才说过他多次。冯宝才说你这种驴脾气，将来会吃亏的。可二厚改不了。本来，冯宝才想让他跟着大厚干，大厚那里缺人手，是一百个同意，可二厚这小子不领情。他说还是个人干个人的吧，免得将来闹出过节来。

一个人一个命，这话一点都不假。

冯宝才和二厚回到家时，太阳已经偏西。毕竟是正月的天气，温度猛地降下来。冯宝才赶着马车，把棉袄扣子系上了。阳光透过光秃秃的树枝，落在灰乎乎的柴垛上，反射出清冷的光泽。马车一拐进村子，远远的，冯宝才就看到一家老少像拆戏台似的正忙得团团转。哑巴前面抱着一席领子，明明端着洗脸盆在后面跟着，明明他妈手里提着两个暖水瓶。大厚站在车斗里，手一个劲儿地比画着，嘴里还吆喝着什么。他们的脸盘被阳光镶成金色，舒展得像一个个大葵花。

明明看到了马车，他把脸盆往他妈怀里一蹾，呼呼地朝这边跑来，他一边跑一边喊着爷爷。哑巴站在门口，嘴里呵呵地叫着，她几乎从地上跳起来。冯宝才知道哑巴是怕明明摔倒。冯宝才说："别跑，明明，吓着牲口。"可明明已经跑到马车边上，他双手拽住车帮，一下子跳上马车。"狗日的，抢死呀。"二厚骂了他一句。他根本不在乎，跨过抽水机，来到冯宝才身边，说："爷爷，我，我要进城里去了。"他大口喘着粗气，说话都结巴了。冯宝才满脸的胡茬子立刻便张开了，他伸出粗糙的大手，按在明明的头上。冯宝才觉得自己的鼻子酸了一下。

冯宝才把马车停在靠墙的地方，卸下牲口，又把缰绳拴在马桩上，这才喘一口气。老骒马似乎知道这一天的工作要结束了，于是它使劲儿抖了抖身子，然后又咧开嘴叫了两声。

大厚从车上跳下来，说，"爹，你上去吧。我和二厚把那两件大的抬出来。"

冯宝才撅着屁股，费了半天劲儿，才爬上车斗，还是明明在后面推了他一把。冯宝才觉得脸上很没面子。我还不老啊，冯宝才想，咋就这么笨了？

站在车上，冯宝才抬头看了看大厚家住的那四间房子。房顶上的红瓦在阳光下显得清新干净，看上去像新铺上去的，比起后面他住的那四间，要好得多，这趟房子是前些年大厚结婚的时候盖的，这也是他冯宝才平生干的第一件大事。现在冯宝才正在想一个问题，就是大厚一家子走后，等明年二厚要是结婚，能不能结到这趟房子里呢？要是能的话，那可就省老鼻子劲了。当然，冯宝才并不是让大厚把这趟房子送给二厚，因为它毕竟是属于大厚的。冯宝才只是想让二厚在里面先住几年，也好让二厚和他这老头子有个喘气的机会。要知道，如今盖一趟新房子，可不是件简单事。但这事儿并不急，等大厚一家在城里安下脚，稳住后，再跟他商量也不迟。

大厚和二厚撅着腚，明明他妈和哑巴在侧面扶着，他们吭哧吭哧喘着粗气，汗水闪着亮光，不时从头发缝里淌下来。这些床橱大衣橱立柜什么的，都是用上好的红松木料打的，很结实，也很沉，所以，也把大厚和二厚累得够呛。

床橱、大衣橱、写字台、床头柜……冯宝才嘴里嘟嘟囔囔，正数叨着，听到大厚在车下喊："爹，完事了，你接绳子吧，捆上就行了。"冯宝才想了想，问道："床呢，你不把床抬上来？"大厚说："抬床干什么，把床抬走了，我们回来咋睡觉？我已经在城里买好了。"

冯宝才想了想，觉得也是，大厚他们毕竟还要回来的。

冯宝才站在车上勒着绳子，看到村东的马三向这边跑来。在离这儿百十米远的地方，马三停下来，喊道："冯二厚，冯二厚。"二厚竖直着身子答应了一声。

马三在那面喊："汽车在村委会门口等着呢，就差你了，赶快赶快，包工头快急了。"

二厚一听，撒腿就往家里蹿，那速度像一个野兔子似的。这时候，哑巴也明白过来，扭身往家里跑去。

一眨眼的工夫，二厚便从屋里蹿出来，他用一根绳子捆住了被窝卷，一边跑着，一边把被窝卷抡到后背上。他刚蹿出门，哑巴便从屋里跑出来。哑巴手里提着一个破提包，哑巴跑起来的样子很笨，身子一扭一扭，脚上也像生了鸡眼，一颠达一颠达的。哑巴朝着二厚哇哇地叫着。二厚停下来，一把拽过哑巴手里的破提包，头也没抬，话也没说一句，便一跳一跳地向村委会的方向跑去。哑巴站在那里，盯着远去的二厚，胳膊还那么朝外伸着。

“急什么，熊玩意儿。”冯宝才骂了一句。但冯宝才的心里，却很不是滋味，他想到二厚从一大早起来就忙活，刚才又撅着腚跟他哥搬了半天家具，气都没喘一口，这不，就像兔子似的蹿跑了。

冯宝才从车上下来，趁着大厚一家子收拾最后一点东西的工夫，他拿起扫帚，扫了扫老骒马身上的草屑和泥块。老骒马兴奋地踏着蹄子。冯宝才把它牵进偏房里，上好草料，然后摸了摸它的脑门儿。冯宝才盯着吃草料的老骒马，点着一袋烟，回过身，正准备离开偏房，却猛地发现母亲站在他面前。老太太也不知道什么时候进来的，站在黑乎乎的牲口棚里，两眼紧盯着冯宝才。还没等冯宝才说话，她一把便抓住冯宝才的手，说：“宝才，咱哪里都不去，咱在这里住一辈子了，咱可哪里都不去。”冯宝才差点笑出来，心想，老娘哎，咱哪里也去不了。冯宝才知道老太太是糊涂了，便说：“娘，咱哪里也不去，咱回屋。”老太太乐了，但接着，她又把瘪瘪的嘴巴凑到冯宝才的耳根底下，有点儿神秘兮兮地说：“那外面的大汽车，是干啥的？是不是咱家大厚在外面惹祸了？”冯宝才哭笑不得，拽起母亲的手道：“你家大厚没惹祸，人家把明明和他妈接进城，过好日子去了。”

老太太仰着满头白发的脑袋，瞪着空洞洞的眼睛，站在那里，呆愣半天，才点了下头，她好像听懂了。她拉着冯宝才的手往外走。身后，那匹灰骒马猛地叫了一声。

大厚拍打着身上的土走过来，他身后跟着明明和他妈。明明背着书包，身上的新衣服也弄脏了，脸上一道道的，像一只小花猫。明明他妈满脸的疲惫却挡不住眼睛里的兴奋，她换上了一件新呢子大衣，看上去确实像个城里人了。

大厚来到冯宝才和奶奶跟前，说："爹，没什么事我们该走了，时间不早了。"

　　冯宝才点点头，他歪了歪脖子，看到太阳已经偏西一大块了。

　　大厚握住了老太太的手说："奶奶，你多保重身体呀。"

　　老太太歪着头，目光掠过大厚粗壮的身子，她在看身后的明明。明明正龇着牙跟他奶奶扮鬼脸呢。明明他妈推一把明明，说："还不跟爷爷说再见。"

　　明明马上来了个立正，说："爷爷，有空我肯定回来看你。"

　　冯宝才笑了，他走两步，把一只大手放在明明的脑瓜皮上。冯宝才想说句什么，但一时没说出来。

　　这时候，哑巴从屋里急急地走出来，她手里提着一个方便袋，方便袋里是几张新烙的油饼。她把方便袋放进明明他妈手里，又哇哇地比画了两下。大家都明白她的意思，她是让明明他妈晚上热热再吃，别吃凉的。

　　明明喊一声奶奶。哑巴的眼圈便红了。冯宝才挥了挥手，跟大厚说："快走吧快走吧，时候不早了，路上开车慢着点。"

　　大厚答应一声，一家子便转过身子，朝汽车走去。

　　冯宝才和母亲还有哑巴，他们站在门口，目送着汽车拐上公路，才扭过头去。冯宝才松了口气，老太太脸上的表情麻木木的，露出一丝恐惧感，而哑巴的脸腮上早已是泪水涟涟。

　　中午饭没吃，冯宝才饿了。这一天晚上，哑巴给冯宝才切了一盘猪皮冻，又用油煎了一盘小糟鱼，这让冯宝才胃口大开，那散装的老白干便多喝了几盅。

　　老太太坐在一旁看电视，老太太身子一动不动，眼珠子似乎粘到电视上了。不知道从什么时候，老太太迷上了电视，你看什么，她就跟着看什么。电视里哭，她就跟着哭；电视里笑，她就跟着笑，反正只要有声音有画面就行。现在，电视里正有一个人唱着河北梆子。冯宝才的感觉也慢慢地像水一般溢出来，他开始摇头晃脑，跟随着电视里的戏腔也咿咿呀呀地发出声音。

后来，冯宝才把碗向桌中间一推，欠了下腰，从桌面上拣起一截火柴棒，拿食指和拇指来回撸两下，身子向后一靠，把头稳稳地放在后面那软软的被摞上，他那瘦小的身子骨便舒展开来。他开始抱着嘴巴子剔牙缝了。

冯宝才微闭着双眼，尽管不时有口水顺着火柴棒往下淌，但他嘴里那哼哼唧唧的戏腔仍不时地流出来。有那么片刻，他觉得自己的身子呼地一下飘起来，像风筝似的掠过一片片枣树林，火红的晚霞把他的衣服镶成了金色，整个村庄都在他眼皮底下，他看见了池塘中正在扇动着翅膀的鸭子，看见了正慢吞吞走在乡路上的老牛，看见了像云彩一样雪白的羊群，看见了他家的老槐树下正在打把式练武术的孩子们……冯宝才似乎又回到了几十年前的一个春天。就在这一瞬间，冯宝才感到了幸福。

平原的梦魇

　　刚下来汽车，汽车就好像从背后消失了。我拐过一个路口，来到小镇那条主要的街道上。小镇变化并不大，比起前些年，不能说一点变化没有，整体的轮廓似乎还在，只是房屋陈旧多了，残破的房屋在灰蒙蒙的天空下泛着土青色的光，空气中有一种呛人的烟味儿，就像谁家多年的老宅子着了火一样。街上几乎看不到人影，偶尔有个人从巷口闪出来，也显得鬼鬼祟祟，面孔也不清晰，给人的感觉总好像是镇上刚刚发生了什么事情。我想拦住一个人问问，可我不管走多快，总是赶不上前面的人，他们轻飘飘的身子，就像皮影似的在破旧的院墙上摆来摆去，忽然就在一个路口上不见了。后来我打消了这个念头，还用问吗？这个边缘小镇能发生什么事情？人们肯定都躲在屋子里消夏呢。这时候，空气中那种特有的辛辣味儿更加浓烈，它让我的眼睛潮乎乎的，睁不太大。

　　似乎过了中午。肚子咕咕地叫起来，我停在镇北面一个小吃部门口，门上面的几个字已经残缺不全，是几个写在白粉子墙上的红字，房子显然是有了年头，墙皮一小片一小片地脱落下来，当然，红字也在劫难逃了。小吃部的门虚掩着，张开一条窄窄的门缝，就像野兽的嘴巴，我轻轻推一下，想不到小门吱一声，发出很大的声音，有一些尘土缓缓地飘落下来，它们在我头顶上形成一团薄雾，所有的尘埃都像太空中的物体一样缓慢而自由地翻滚着，我惊讶地张大嘴巴，有几粒灰尘已经飘进我的嘴里。接着，我把头伸到小吃部里面，迎面而来的是一股霉涩的土腥味，里面光线很暗，几乎没有光从外面射进去，几张饭桌上落满灰尘，墙上有一张画，一个角已经张下来，悬在空中，图案和色彩都已看不清楚，屋里没有任何人，显然，这间屋子早就被弃用了。我抽回身，看看周围，再也没有其他的小吃部。我想，只好再走上十里路，到了齐周雾，让奶奶做我最爱吃的东西。

我背起包，重新向北走，不一会儿，就出了小镇。眼前出现的是大片大片的玉米地，一条窄巴巴的土路向远处伸去，路的左边是一条水沟，水沟里的植物特别茂盛，叶子肥大，花朵如同玻璃纸做成的一样，噼噼啪啪地闪着幽暗的蓝光，我突然看到一条蛇在草窝里蠕动着，接着又看到一条，这使我心里特别紧张，于是我加快了脚步。我从内心里反感被这些茂盛的植物包围着，它们不动声色地喷吐着热气，就像蜘蛛网似的纠缠着你，让你浑身上下难受极了。到后来，我几乎跑起来，背包一下一下地拍打着屁股，衬衣也像旗帜一样飘得很高，风声在耳畔逐渐形成，发出呼呼的声音。不过，这时候，玉米开始变得稀少。前面是一片开阔地，从高处望过去，它如同一个巨大的锅底，遥无边际，稀稀拉拉地长着一些紫红色的野菜，一片片白色的盐巴闪着碎银似的光泽，透明的热气弯弯曲曲地蒸腾着，形成一团团雾状的东西。

对于这片盐碱地，我应该是熟悉的，它足有几里路长，小时候，我记得每次来镇上赶集，都是坐在爷爷赶着的马车上，穿过这片盐碱地的。还有，跟着村里的女人和孩子，来这里扫盐巴，用独轮车推回家去腌制咸菜。想到这些，心里不免有些兴奋。此时，我已经走进了无边无际的盐碱地里。

就是这时候，从后边赶过来一辆马车。一会儿，它就追上了我。赶马车的是一个中年汉子，红脸膛，胡子乱糟糟的，显然很长时间没有刮过了。一开始我觉得他有些熟悉，但仔细再看，他的面孔就变得恍惚。我想如果这人也是齐周雾村的，那么我就可以搭一下便车。我心里正想着，那人却说话了。他说：这不是石头吗？于是我就一惊，石头是我的乳名呀，有好多年，没人再这样叫我。这个中年人又说：你这孩子，愣着干吗，还不上车？他肯定是齐周雾人，这不用多说，可他脸上并没有露出多年不见的那种感觉，就像我几天前出一趟远门刚回来一样。我坐在马车上，摸摸车辕，滑滑的，凉丝丝的，我又看一眼拉车的黑马，我想我面前的这个中年汉子是不是黑二叔呢？我不敢吱声，我怕认错了本村的人，会让人笑话的，也许他刮掉那堆胡子，我就能认出他来。马车悄无声息地向前走着，碱地里始终充斥着一股苦涩咸腥的气味，这里的人们早已经习惯了，也许我是刚刚回来，竟然被这种气味熏得头昏脑涨。我靠在车帮上，疲惫之感慢慢袭来，几乎就要睡着了。这时候，他突然回过头来问我：石头，怎么样？学习紧不紧张？问这话时，他脸上既平静又严肃，并不像是开玩笑的样子。学习？我有点发懵。因为我不敢认他，所以我并不想做太多的解释。于是，就顺水推舟地说：还行吧。我想，他肯定不知道我已经在省城里工作了十多年，他还把当成镇中学里的中学生呢。有时候，时间会把人搞晕的。可我并不想跟他说得很多，并不想把这些都说出来，以及这次回来只是想看看年迈的爷爷奶奶，还有姥爷姥姥。要知道，我这老家，也只剩下这四位老人了。他们过惯了乡下的生活，不愿意进城去。后来，我们又不疼不痒地说了一些话，无非是庄稼呀学杂费呀之类的东西。

天慢慢地暗下来，盐碱地也到了尽头，道路两旁开始出现一些稀疏的豆科植物，似乎还有高粱，因为天空变成了青灰色，所以，前面的物体就愈加地模糊。这时候，马车开始爬坡，坡道上尘土很深，黑马的蹄子踩进去，立刻就被淹没了。我回头瞅了眼后面，浓黄的尘土早已封堵了来时的道路，我已经分不清哪是灰蒙蒙的天空，哪是飞扬的尘土，它们早已浑然一体，形成一个巨大的土球，似乎马上就要吞没马车和我。当爬到坡路尽头的时候，眼前就有了一种豁然开朗的感觉。在黄昏的迷蒙之中，有一些房屋隐隐约约地出现在视线里，它们被蒸腾起来的热气熏得摇摇晃晃。难道这就是齐周雾村？是不是过于安静了？缺少了多年前的那些鸡鸣犬吠的声音。我正要问问中年人。中年人却说话了，他说：该下车了，石头。于是，我就从马车上跳下来，我想说一声谢谢，但转念一想，齐周雾人是不喜欢说谢谢的，如果一客气，对方就认为这是见外。我在想这些的时候，马车已经消失在黑暗之中。

天完全黑透了。

我拍拍身上的尘土，就沿着胡同走进去。我发现这里的房子是那样矮小，随手摸一把，墙皮就软绵绵地滑下来，随即而来的是一股霉透的气味，我还发现一些断墙残壁，在黑暗中，它们如同一只只孤独的野兽，或蹲着，或坐着，或趴着，或仰着，就像被猎人射杀后的样子。同时，我的脑袋里正在搜索着我们家的老宅子。应该说，在我的头脑里，它的一砖一瓦依旧无比清晰，那是四间土坯房子，屋檐上扣着青瓦，方正的木椽子上有燕子建的泥窝，青砖打的地基，柳木做的门窗，还有那干干净净的院子，整整齐齐的偏房，以及那两棵硕果累累的枣树，当然，还有院子里的爷爷和奶奶。想到这些，心里便急切起来，毕竟多年没有看到两位老人了，我的脚步就快起来。可是，不知道为什么？这条巷子却如此长。我已经走了好长时间，还是没有走出去。心里未免有些急躁。此时，前面突然走过来一个人。在黑暗中。他的身影如同戏台上的青衣似的，虽然走得很快，但脚步很轻，并没有丝毫的声音。我的心里禁不住兴奋了一下，不管怎么说。终于碰到了一个人。于是我就站下来。看着这个人逐渐地走近。他似乎没有看到我。当他走到我的眼前。我就乐了。这不是三爷爷吗？就连他走路时脖子一梗一梗的姿势都没有变。

我说：三爷爷，我是石头。

三爷爷好像没有听见，他仍然脖子一梗一梗地向前面走。这么近的距离他都没有听见，是不是他的耳朵聋了？我想抓住他的衣角，可我伸手的时候，他已经走出两三步去了。我想你为什么不理我呢？我非得追上你不可。于是，我回过身来跑了几步，就在我离三爷爷很近的时候，他拐过一个墙角。紧接着，我也拐了过去，没想到，眼前是一条宽阔的街道，可是，三爷爷突然不见了踪影，刚才，他只不过在我前面两米远的地方，瞬间的工夫，他能跑到哪里去呢？呆愣的同时，我看到了那盘石磨，它还是老样子，就像这些年没有任何人动过它似的，它在黑暗中发出青幽幽的光泽。我长出一口气，心想，总算找到家了，于是，三爷爷带来的不快之感立刻便消失殆尽。

　　来到石磨跟前，我停下来，推一把横着的枣木棍子，石磨竟然无声地转了一圈。我有点儿兴奋，看一眼我们家的大门，那黑漆漆的大门还是多年前的老样子，一对铜片打制的狮子头镶嵌在大门两侧，它们的口里各衔一个铜环，我轻轻地拽一下铜环，拨开了门销，大门就无声地开了。

　　院子里亮堂许多，地面上的光泽，竟然有点儿像月光照进来的样子，这使我看得更加清晰。我看到奶奶光着脊梁，坐在院子中间的一个蒲团上，手里摇着一把蒲扇，两只干瘪的乳房垂在胸前，闪着清冷的光。我知道这是平原上的习惯，就是到了夏天，上了年纪的妇女，可以光着脊梁在院子里或大街上乘凉。这是她们一生换来的自由。我看到奶奶闭着眼睛乘凉的样子，觉得奶奶一点儿都没变，她几乎没有见老。虽然是这样，但我还是很难控制自己的情绪，毕竟多年没有见面，我禁不住兴奋地喊了一声：奶奶，我回来了。

　　奶奶的眼皮轻轻地撩一下，说：这么大声音干什么？你想把人吓死？

　　奶奶说话的口气，明显地带有责备的意思，并且她的脸上异常平静，不但没有大惊小怪，而且连最起码的喜悦之色都没有流露出来。这使我心里非常难受。我想奶奶呀，我们毕竟这么长时间没有见面了，这次回来，说句实话，就是为了看望你老人家的。

　　我心中有些不甘，就又说：奶奶，我还没有吃饭呢？

　　奶奶说：这么晚了，你回来干什么？路上要是碰到个坏人歹人的，你说你个小孩子，你可怎么办？

　　我心中就不免想笑，在他们眼里，我怎么还是个孩子？我都快三十岁了，在城里娶了妻生了子。难道我一回到老家，就变小了不成？

　　这时候，爷爷从屋子里走出来。他手里晃着一把蒲扇，太阳穴上的那块黑痣似乎更为突出。虽然是夜晚，但我还是看到了爷爷松弛下来的肚皮，以及土灰色的肚皮上那几颗小小的红痦子。爷爷似乎没有看到我，他径直地从我身边走过去，把蒲扇放到偏房的窗台上，然而摘下挂在窗板上的锄头，蹲下来，拿起地上的一块瓦片，打磨起闪着幽冷光泽的锄刃。我来到爷爷身边，也蹲下来，看爷爷粗糙的手来回地拉动着，看上去，爷爷的胳膊依然很有力气。我说：爷爷，你还能锄地？爷爷头也不抬，就说：我锄了一辈子的地，怎么现在就不能锄了？你简直越长越不会说话。爷爷好像有些生气。我自讨没趣，只好自己进屋，却发现屋里什么都没有，空荡荡的，地面上的尘土发出青灰色的光，似乎很长时间没有扫过。借着从窗口射进来的微弱的光，我看到炕上好像有一张残破的席子，四个角如同被虫子啃过一样，留下一些斑斑点点的细碎的竹片。屋角上，几个泥坛子歪歪扭扭地排在那里，似乎陷进土里很深了。我想爷爷和奶奶怎么能住在这样的地方？我的心里就有点发酸，我们在城里过着美好的生活，他们却还在这里受苦受罪。我从屋里走出来时，看到院子里又多了几个人，我都能认出他们来，他们都是我们家的左邻右舍，有老九奶奶、世方爷爷、青柱爷爷……他们也许是听到了我的脚步声，就抬起头来看我一眼，脸上的表情却是无动于衷的，他们和奶奶爷爷正说着什么，声音很低，并且不时地抬起头来朝我这边瞥一眼。我站在枣树下面，心里有点儿失落，我毕竟也是一个三十岁的人了，又这么多年没有回家，他们不应该对我这么冷漠。这时候，天开始变凉，空气中流动着一种木头腐烂时的怪味儿。我抱着膀子，感觉到阵阵袭来的凉气。我想，他们对我冷漠，我不能对他们冷漠呀，他们都是我的长辈，是我的奶奶爷爷们。岁月和苦难也许削弱了他们的热情。我没有必要这么小肚鸡肠。于是，我从包里拿出我带来的糖果和点心，来到他们面前，我说我回来看看你们，你们吃块糖，吃块点心。他们一边伸出鸡爪似的手指，拿起糖果和点心，一边开始跟我说话，说一些莫名其妙的话，搞得我晕头转向的，也不明白。世方爷爷问我：那个黑胖子叫什么？我说哪个黑胖子？世方爷爷说，就是那个给学生上完了课，就去推着车子卖豆油的黑胖子。我摇摇头，我根本就不知道什么黑胖子白胖子的。青柱爷爷说：那个没了一条腿的大麻子脸，还在那里卖糖人吗？我说哪有什么大麻子脸。青柱爷爷说：你记性不大吧，忘性还不小，那次赶集我不还给你买了一个糖人吗？我发现他脸上露出怪异的笑容。世方爷爷又说：唉，徐家铺子的油炸糕，好几年没有吃过了。这时候老九奶奶问我：镇上的那个马戏团走了没有？我说：我没有看到马戏团呀。老九奶奶把头扭过去，她对其他几个老人说：那个玩皮球的狗熊是个孩子呢，他一边流着泪，一边给人们磕头鞠躬。老九奶奶说话的声音很低，她的脖子向前抻着，下巴努力地向上仰着，她说：马戏团的头子是个安徽人，心狠手辣，他用杀猪的刀子把孩子的肉皮豁成一条一条的，再把狗熊皮缝上，慢慢地，孩子的血肉就跟狗熊皮长在一块了……几个老人一边听着，一边唉声叹气地抹眼泪，他们说这简直是作孽呀，你说要是人家孩子的爹娘知道了，还不得疼死。老九奶奶的乳房耷拉着，就像一对破布袋子。我猛地想起三爷爷来，就说：刚才在胡同里碰到三爷爷，我喊他好几声，他都不理我。

几个老人齐刷刷地把脖子扭过来，他们的眼睛鼓得高高的，盯着我问：谁？你三爷爷？我说对呀。这时候爷爷站起来，说：见鬼了吧，你三爷爷早已死去好多年，你怎么还能看到他呢？听爷爷这么一说，我的头皮禁不住发起麻来，头发梢直直地竖起来。我坐在凳子上愣了片刻，待回过神来，发现几个老人已经不见了，其中老九奶奶的裤腿角在大门口摆一下，如同一阵风似的，便消失在门后。我回头再看，我们家的屋子已经面目全非，屋檐上的青瓦所剩无几，更看不到燕子所建的泥窝，我看到奶奶站在破旧的窗子后面看着我，她的头发凌乱不堪，面孔冷漠僵硬，就像看一个陌生人似的。我想我应该离开这里，也许奶奶爷爷已经不认识我了，想到这里我的鼻子就开始发酸，是啊，他们肯定是不认得我了，他们错把我看成了别的孩子。还是到杨程赵村去看一眼姥爷姥姥吧，既然来了，我是无论如何也要去的。马上就走，我实在受不了奶奶爷爷的这个样子。可我并不是责怪他们，我想他们已经老了，老得连孙子也认不出来了。

迈出大门的时候，我还回头瞅了一眼，如果这时候奶奶能喊我一声石头，我就会回去的。可我看到的仍然是残破的窗板后面奶奶那张冷漠的面孔，令我胆战心惊。我轻轻地带上门，转过身来，看到了蹲在磨盘上抽烟的爷爷。我悄悄地来到爷爷身边，闻到了爷爷身上散发出来的那股熟悉的味道，那是一种汗水的酸臭和烟草的辛辣混合在一起的味道，那就是爷爷的味道！我在爷爷跟前来回走了两趟，想让爷爷跟我说句话儿，可爷爷好像根本就没有看到我，他依然抽着烟，眼睛固定在一个地方一动不动。后来，我在靠爷爷很近的地方坐下来，我想像小时候一样，伸开手掌摸一摸爷爷潮热的脊梁。于是我闭上眼睛，伸出手去，轻轻地，缓

当代中国最具实力中青年作家书系

缓地，触摸到的却是一片石头般的冰凉。我慢慢地睁开眼睛，看到的只是孤零零的磨盘。不知道什么时候，一轮弯月出现在西边的空中，使得夏夜愈加清凉爽利。

我想，我真的该离开这里了。于是，我拐过一个墙角，下了一个土坡，沿着水沟上面窄窄的土路，向东，向杨程赵村的方向走去。

月光下，庄稼和树木形成各种各样的形状，不时有猫头鹰在头顶上盘旋飞过，发出一些莫名其妙的声音。走出不远，我回头又看了眼齐周雾，整个村庄没有点滴的灯光，房屋也像是卡通片中的一样，歪歪扭扭，飘忽不定。

我记得，齐周雾村离杨程赵村有五里路，也就是说，如果我到了杨程赵村，正是深夜时分，我是否还要叫醒我年迈的姥爷姥姥为我开门呢？这使我犹豫不决。我一边想着，一边感觉到肚子咕咕的叫声，于是，我就从包里掏出一块糖来，塞进嘴里。我想起小时候，每到星期天，我总会沿着这条土路，从齐周雾跑到杨程赵去，因为我又馋了，吃了一个星期的窝窝头咸菜，想吃姥姥做的大包子。姥姥家条件好，舅舅们都在城里工作，家里只有姥姥和姥爷两个人。因此，每到星期天，姥姥总是做了好吃的等着我，而我最喜欢吃姥姥做的大包子。想到这里，我嘴里生出了许多口水。月光似乎更加明亮，我突然发现，路两边的田地里，似乎有很多人影在晃动，他们直一下腰，接着又弯下去，酷似锄地的动作，又像是在祈求什么，不过，有的人影弯下去后，就再也没有起来。我的心里就开始有些紧张，我不知道他们是人还是鬼，他们的样子模糊极了，似乎只是一些影子。在这样的紧张之中，我看到了树木后面露出来的屋角。我想，杨程赵村到了。我拐过一个墙角，穿过一条胡同，接着又穿过一条街道，令我感到意外的是，这是一个我十分陌生的村庄。村庄显然比齐周雾阔气多了，在这里很少再见到土房子，一排排的全是青砖灰瓦，古色古香，在月光之中，我感到自己如同走进了一个宋代的村庄。再也找不到我脑袋中的那个杨程赵村，如果能碰到个人就好了，我可以问一下，这到底是不是杨程赵村呢？可深更半夜的，哪里能见到人影？于是，我仍然在村子里徘徊。我想找到一个记忆中的点，哪怕再小，再模糊，我也会抓住它，让它牵着我的记忆，去寻找我姥爷的宅院。后来，我几乎失望了，我沿着村庄静谧的街道和胡同，不停地走着，我没有找到熟悉的水塘，我没有找到姥姥家胡同南面的磨坊；也没有找到姥姥家院子西面的学校，以及挂在一棵大槐树上的铁钟……

后来，我站在一排靠街的房子前停下来，因为我不但发现这是一排旧砖房，而且发现了这排房子上有几个十分模糊的大字，当然，字迹早已残蚀不清，只剩下了隐隐约约的轮廓，但还是能感觉或猜测出几个字来，比如"斗争""阶级"之类已在现实中不经常被谈起的词，正是这几个词，使我的大脑深处产生了一点隐约的反映，因为姥姥家的胡同北面，正对着的就有这么一排房子，那排房子是曾经最引人注目的地方，村子里的百货商店。我经常跟着姥姥来买东西，当然，最大的愿望是能得到几块水果糖，我记得站在商店里，穿着干干净净衣服的那个年轻人叫三羊。姥姥让我喊他三羊舅。于是我在这排房子前站下来，沿着墙根，我缓慢地走着，一股砖瓦被腐蚀后的潮气不时地钻入鼻孔。伴随着这股潮气，我来到房子东边的一个门前，门是暗绿色的，当我仔细地端详它的时候，发现了从门缝里露出的那一条线似的灯光，淡淡的，却令人兴奋无比。

我弯了食指，轻轻地扣一下门。在深夜之中，门板"嘟"地响一声，听起来空洞极了。片刻后，里面传来一个模糊而黏稠的声音：推。我推一下门，门便无声地开了。原来这是一家小卖部，一只十五瓦的灯泡挂在屋子中间，微弱的灯光使得屋子里恍恍惚惚，货架上的各色商品，也在这样的灯光下显得脏乎乎的，给人一种出土文物似的感觉。一个老头坐在屋子中间，光着膀子，正在喝酒。因为电灯在他身后，所以也看不清他的面孔。他好像抬头瞅我一眼，然后低头吃了一口东西，嘴里含含糊糊地说着话儿，好像是问我要买点什么。我站在门口，一时不知道怎么说好，又看到他狼吞虎咽的样子，肚子不免难受起来。

我说：有吃的东西吗？我饿了。

他头也没抬就招了招手，说：过来，陪我喝两盅，随便吃，随便喝，都是免费的，今天不要钱。钱算什么，钱算王八蛋。

他似乎有点醉意，但我还是坐在了他的对面。他把一瓶"衡水老白干"蹾在我面前，说：喝。

我托起瓶子，口对口，轻轻地抿了一下，火辣辣的，如同一颗滚热的子弹，沿着我长长的食道，进入我空荡荡的胃里。啊，我咂摸咂摸嘴唇，接着，又抄起筷子，来了一块厚厚墩墩的牛肉。此时，我望着对面这个邋邋遢遢的老头，心中已经充溢着幸福之感。对面的老头盯着我，突然笑了，说：来劲吧？伙计。

我并没有理他，而是连吃带喝，一口气忙活了足足有五分钟，肚子里这才有了点底儿，脑袋瓜子也开始发热。

我说：这个村是不是叫杨程赵？

对面的老头梗了下脖子，拿眼睛瞪了我足有一分钟，似乎嗓子眼被什么东西卡住了，他的脖子和脸膛也呈现出紫红色，加上锃亮的脑门和乱蓬蓬的头发，就像是庙里的罗汉一般。我正要问他有没有事，他的腮帮子却动了起来，如同一头老牛愣了片刻之后，又开始转动起他那宽阔的嘴唇。

他说：不错，这里就是杨程赵，不过，由于赵姓的衰落，后面这个赵字早就没人再提了，就连交提留时打的白条上，就连村委会的公章上，也都只有"杨程"二字。来，先不说这个，咱干一杯。

我们把杯中的白干酒一饮而尽，我的话猛地多起来。

我问：村南的那个水塘呢？

老头说：水塘？什么水塘？噢，也许是有个水塘，可早就被填死了。

我问：西边的那个学校呢？

老头说：学校？镇上盖了新学校，早就搬走了。这还用问吗？

说这些话的时候，对面的老头肯定已经神志不清，他垂着头，摆着手，晃着身子，说话颠三倒四。说实在的，就连我，脑袋也开始大起来。

我说：你认识赵平原吗？

他说：赵平原，赵平原，谁不认识赵平原。

我心里涌起一股自豪感，我想赵平原那可是我姥爷呀。接着，我开始想问他一些其他的东西，自然也包括姥爷家的老宅子。可是，我突然发现对面的老头已经趴在桌上。他拱了几次身子，还是没有拱起来。可他最后还是勉强把头抬起来，他说：伙计，我怎么听，怎么觉得我们今天拉的全是些陈芝麻烂谷子的事。说完，他的脖子就像断了似的弯下去，桌子发出"咣"的一声响。同时，我把瓶中的最后一滴酒灌进脖子。我听到老头的嘴里还在嘟哝着：多少年前的事了，谁他妈的还提起这些东西。

我挣扎着站起来，走出小卖部，却突然发现，外面的天似乎亮了，天空的颜色是一种令人心里空空荡荡的白，空气中流动着一股槐花似的香味儿，远处传来很细的声音。可我的眼前，并没有什么宋代村庄一样的房屋，而是一个土坡。我费了很大的力气才爬上去，当我直起腰来的时候，我突然发现了姥姥家的房子。它就在离我不远的地方，它是如此清晰地出现在我面前。可此时，我心里却失去了应有的激动，我慢慢地走过去，站在四间土房的下面。土房依旧，墙皮好像是刚刚腻过，发出淡黄色的光泽，显得非常平滑。屋檐下面，依然是一排鸽子窝，不过，周围并没有鸽子出现；还有西边的草篷子，那是姥姥做饭的地方，就是在那里，姥姥蒸出了一个个我喜欢吃的包子，可是，我不知道为什么，姥姥家的房子这么好，为什么周围却如此的荒凉。我看到了土坡下面那一片片的荒草，以及荒草中隐约出现的断墙残壁。实际上，我的心里也隐隐约约地明白，也许正如那个醉酒的邋遢老头所说，所有的一切，都是多少年前的事了。

跟你说说话

我叫王大手

我叫王大手，今年十一岁，是齐周雾村小学五年级的学生。说实在的，我的手并不大，一开始，我的名字可不是这个大手，是元首的首。"王大首，"我叔叔捧着一本小学生字典，翻过来翻过去，最后骂了一句，"妈的，多大的官，我有了儿子，那得叫什么？"我叔叔有点气愤愤的。半年以后，我叔叔果然有了个儿子。我叔叔在院子里上蹿下跳，还不时地朝我爷爷我奶奶发脾气，"妈的，他叫王大首，那我儿子叫什么？"我叔叔是个要强的人，从小脾气暴躁，我爷爷我奶奶都不敢惹他。可我娘心里不愿意，她说："老二，你这嘴巴子别粘儿咯叽的，你骂谁人家都笑话你。你想想吧，大首也好，大脚也罢，不就是个官嘛，你那心里，还不是想给你儿弄个官当，干脆，就叫大官。王大官，这名字多脆生。"听着听着，我叔叔的嘴巴便咧成一朵喇叭花儿。于是，我就有了个弟弟叫王大官。

可我那些伙伴，他们根本不知道什么元首啊首脑的，他们只知道每个人都长着两只手。我叫这个名字，他们便寻思我的手大。他们从小就偷偷地打量我的手。就连我弟弟王大官，也不时地搜过我的手去跟他比，当发现我的手并不比他的手大时，他便哧哧地朝我笑，像是发现了多大的秘密。再说一上学吧，偏偏又是什么"上中下人口手大小多少"这些字儿，弄得同学们很快学会了这三个字，于是墙上树上地上课桌上黑板上到处都是歪歪扭扭的"王大手"。他们上了三天学，以会写王大手这三个字而感到骄傲。最后，连我们老师，也写起了"王大手"。我多次声明，但谁也不听我的。前几天，我刚收到我弟弟王大官从城里写给我的信，信封上"王大手"那几个字写得特别流畅。当然，我早就不在乎了，管它什么"王大手"还是"王大首"，反正也伤不到我的皮肉。

我曾经多次问过我娘，为什么给我起个这样的名字？我娘总是支支吾吾，像做了什么亏心事。这可不是我娘的性格，平时，我娘说话直来直去的，像个炮筒子，她干过好几年的牲口经纪。你想想吧，一个女的，干牲口经纪，把卖牲口的和买牲口的都说得心服口服，那得多威风。可我一问她这事儿，她就变得前言不搭后语。到后来，还是我姐姐把真相告诉了我。我姐姐比我大八岁，人家在城里打工已经二三年了。人家比咱大八岁，一些事情自然知道得多。不过，也确实没什么大惊小怪。我听我姐姐讲完后，觉得我娘把这事情弄得支支吾吾遮遮掩掩的很没意思。不就是我当过几年的小"黑"人吗，再说，村子里的小"黑"人也不只我一个，罚了款交了钱，不就又变"白"了吗？书也没耽误读，饭也没耽误吃，户口不户口的，对于我来说，的确没什么感觉。你看我弟弟王大官，人家生在齐周雾村，长在齐周雾村，如今不也去了城里的好学校？当然，人家我叔叔有钱。可我总觉得，凡是事儿，里面肯定包含着很多道理。我搞不懂，可我知道人家我叔叔在外面干活就发了大财，我也知道，我爹在外面干活却进了监狱。我搞不懂，但我总觉得这里面有很多的道理。

话又扯远了，还是先说说我名字的来历吧。用我姐姐的话讲，我还没生出来，就享了大福。我姐姐说她在十六岁之前，根本没见到过真火车。可我还在娘肚子里的时候，便开始跟着我娘又是坐火车又是坐汽车的去了东北，当然，我爹就跟在我娘身后。那时候，我娘的肚子已经很大了，大得跟电视里那个肚子上塞枕头的宋丹丹似的。他们去投奔在东北的姑奶奶家。也就是咱爷爷的姐姐家，咱爹的姑姑家，我姐姐怕我搞不清，又特别强调了两句。可我并没在乎什么姑奶奶舅奶奶的，姐姐讲到这里，我脑子出现的不是我爹我娘，而是宋丹丹演的那个超生游击队，可我娘要比宋丹丹胖得多，我想那时候，她的肚子也肯定比宋丹丹塞枕头的那个肚子大。他们下来汽车，天已经快黑了。东北那地方人烟又稀，所以走半天，也没有看见村子。待天黑透，我爹不敢走了，毕竟人生地不熟，脚下磕磕绊绊不说，要是碰到什么狼豺贼寇的话，弄不好会闹个"赔了夫人又折兵"。他们便在路边一个瓜棚里住下来，那时候已是深秋，东北冷得早，瓜棚虽不能御寒，但可以挡风，再说，我爹，还背着一床被子呢。可就是那天夜里，你在娘肚子里呆烦了，非得要出来，这下子，可把咱爹咱娘折腾苦了。说到这里，我姐姐的口型有些夸张。不知道为什么，我的脸也红了。再说我爹吧，多亏还没急糊涂，他跟我娘说，这里有瓜棚，说明离村子不会太远，你千万别着急。那可是一个伸手不见五指的黑夜呀！我爹也豁出去了。他走出瓜棚，蹦着脚地喊救人，我想当时我爹的声音，肯定又尖又细，跟一匹北方的狼似的。但实际上，他们所在的瓜棚离村子并不远，只不过隔着一片大大的树林，树林不但遮住了村子的灯光，也挡住了狗的叫声。我爹一喊，树林那边的狗也齐声叫起来。我爹便知道了村子的方向，他不管三七二十一，拽起我娘就往村子的方向跑。那个村子叫大首。

我听我姐姐讲着，如同听一段传奇故事。我不知道我姐姐讲的是真是假，但那一年，我姐姐十六岁了，她已经去城里给人家做了半年多保姆。那是她回家来过年，就神得走了样，擦胭脂抹粉儿不说，那腰身儿也一扭三花。不过，说心里话，那是我姐姐最漂亮的时候，皮肤白里透红，大眼睛一忽闪一忽闪，锃亮，那长头发甩来甩去的，气得我娘背地喊她小妖精，我娘当然不是真的生气，她是看到自己的女儿越长越漂亮，心里高兴呢。但那时，姐姐最吸引我的，是她身上那股好闻的味儿，淡淡的，暖暖的，也说不上那是一种什么味道。说到这里，我心里就不是滋味，去年年底，我姐姐坐着小轿车再回来的时候，她身上的那股好闻的味儿却没有了。我使劲嗅了半天，也没嗅到那种好闻的味儿，就像那蒲公英的花瓣似的，风吹过来，便消失得无影无踪。再看她的眼睛，也没有原来明亮，像在上面糊上了一层塑料纸。除了那件闪着光泽的皮大衣和那股浓浓的香水味儿，我再也记不起别的东西来。

我姐姐给我讲完父母在东北的遭遇，然而又说了句："所以，你就叫了王大首。就凭咱爹那点儿墨水，他根本不知道'首'是什么意思，不过，就你这个没户口的小'黑'人儿，还是让咱家的日子有了奔头。"

我不知道为什么有了我这么个小"黑"人儿，就让家里的日子有了奔头？但我隐隐约约地知道，我爹欠下的一屁股债，都是跟我这个小"黑"人儿有关。这让我心里特别难受，要是我爹手上掉下的那三个指头和在城市里蹲监狱，也都跟我这个小"黑"人有关的话，我宁愿一辈子做个小"黑"人。

说了好半天，说的全是我，就像我王大手多么自私似的。好了，不说了。也许你想知道我现在在什么地方，那我告诉你，我正在地里跟爷爷给烟叶擗杈儿。给烟叶擗杈儿，是想让烟叶长得更好，是为了秋后卖个好价钱。没想到的是，今年又碰上这样的鬼天气，别说庄稼，就是人，也好像搁了多少年的木头，浑身干巴巴的，一点就着的样子，旱呐。你看我爷爷种的这二亩烟叶吧，黄恹恹的不说，你闻闻这味儿，如同放在火上烤了半天。刚才，我爷爷拽下一个杈儿，拿在手里揉巴揉巴，卷进纸里，一点，竟然着了。你看我爷爷喷出的蓝烟里裹着的太阳，那分明是一团火。

我现在正坐在地头上。我跟爷爷说我累了，然后我一屁股坐在了地头上，屁股下面像烧了半捆柴火的锅底子似的，快把肉皮煲焦了。我拿着一根草叶儿，斗弄着爬来爬去的蚂蚁，禁不住想了上面那些事儿。我不时地抹着脑门上的汗珠，羡慕起在城里念书的大官。从一开始，我就觉得我的名字不如大官的好。大官喊起来脆，大手叫上去笨。可大官这名字是我母亲起的，因此，我便讨厌那个叫大首的村庄。

此时，我爷爷正蹲在烟地里擗杈儿。要是往年的这个时候，烟叶早已没掉他的身子，可是今年，这一棵棵的烟草，却像病了许久的女人，黄焦焦的，耷拉着头，一丝儿精神也没有。我爷爷一会儿站起来，一会儿又蹲下，偶尔掂起身边的铁锹，培一下烟垄上的土。汗珠沿着他深深的皱纹，如同河里流淌着的水，却被

当代中国最具实力中青年作家书系

那树枝似的白胡茬子挡住了，停一下，便旋起来，噗一声，落在烟叶上。

　　无风，不远处是成片的玉米和大豆，它们同样也打不起精神，整个平原上，连只鸟儿都没有，好像只剩下了我和爷爷。实在是无聊，还是让我跟你说说话儿吧。说什么呢，那就先说说我正在劳作的爷爷。

我爷爷

　　在我的记忆中，我爷爷好像天天都在干活。不，是每时每刻每分每秒都在干活，他就像家里那台老座钟上的秒针似的，整天"吧嗒"个不停。他已经六十多岁了，背有点驼，瘦得那样子，如果他往墙根下一靠，活像一把干柴火。他胳膊上的肉皮松了，像一块麻袋片，但一干起活来，肉皮便紧了，又变成了的确良。

　　说起我爷爷，真不知道从何说起。有一件事儿，当然，我从没有跟别人说过，包括大官，那就是爷爷年轻的时候是不是跟我爹一样怕老婆？这样说爷爷是很没礼貌的，但说实在话，我爷爷好像一辈子都在受我奶奶的气。我奶奶爱唠叨，一边收拾着家里的东西，一边唠叨。我奶奶的脸整天耷拉着，手里的东西还不时地摔摔打打，像天天都在跟谁怄气似的。除了指挥我和大官在院子里挖银子的时候，我奶奶脸上难得露出笑容，当然，银子还没有挖出来。可大官走了，不过，我奶奶说这样也好，等挖出银子，就没有大官的份了。我们做什么事儿，我爷爷都像是没看见。比如说我和奶奶还有大官在院子里挖银子，我爷爷就蹲在房檐底下打磨农具，他低着头，躬着腰，绷着嘴，耷拉着眼皮子，手中的瓦片在亮闪闪的锄刃上磨来磨去，发出"嚓嚓"的声音，他根本不往这边瞅一眼。我和大官挥动着铁锨，嗓子里发出吭哧吭哧的声音，我爷爷跟没听到似的。我奶奶跟我和大官说："你们看，你们看，他整天就知道干呀干，天生一个牲口命。"我奶奶斜楞着眼，还使劲儿咬着牙。有时候我奶奶生气，站在我爷爷背后，跳着脚地骂，可我爷爷连头都不回一下，脸上更没有表情，像是个木头人。在他眼里，似乎只有地里的庄稼和家里的农具，当然，还有那头上了岁数的老黑牛。你看吧，他只要往那里一蹲，那里不是庄稼就是农具，就是走在街上，身后也肯定跟着那头老黑牛。当然，也只有在他干活的时候，才看出他手脚的利落劲儿。就说现在吧，我爷爷蹲在烟草地里，眉毛向上挑着，一只手里掐着烟杈儿，另一只手里薅下一根大热草，那脚步也跟戏台上唱戏的似的，挪动起来很有节奏。可我奶奶还是瞧不起我爷爷，我奶奶撇撇嘴说："什么人什么命，他就是个牲口命。"这一天到晚，我奶奶要是不把我爷爷数落二遍，那好像这一天跟没过一样。可我从没看到爷爷朝奶奶发一次火。噢，我记错了。有一次，也许仅有那么一次。

那正是我叔叔跟我婶婶闹离婚的时候。"离婚"两字，对我爷爷来说，简直就是天方夜谭，虽然是我叔叔闹离婚，但在爷爷心里，如同受了奇耻大辱，我爷爷坚决不同意，我爷爷说："这个狗日的，没良心，人家大官他娘又是带孩子又是下地，容易吗，你在外面挣了两个不干不净的臭钱，就不知道天高地厚，想离婚，没门。"那一段时间，我爷爷像一只没头苍蝇似的，不知道干什么好，有一天，他提着桶，牵着牛去饮牛，结果绕着村子转了好几圈，最后把牛牵回来了，桶却是干的。见了我婶婶，我爷爷便把地踹得咚咚响。他站在我婶婶面前，低着头，眼珠子盯着脚尖，像是一个犯了错误的小学生，"大官他娘，这日子该咋过还得咋过，有我呢，有我在这里，这狗日的别想翘尾巴，翻天了他还。"我婶婶的个头比我爷爷还高，她站在那里，光知道哭。我叔叔要跟她离婚这事儿，整个村子里哪有不知道的？虽说现在离婚也不是什么大不了的事儿，就跟电视里演的一样，离就离呗，但我婶婶接受不了。她受不了人家瞅她时候的那种眼神儿，她受不了人家在她背后指指戳戳的。这个时刻，还是我母亲挺身而出，我母亲跟我婶婶说："老二是让皮狐子迷住了心，过一段时间，他掂量掂量，心就回来了。"夜里，我母亲搬到婶婶家里，陪着婶婶过夜。

可我奶奶的表现便有点说不过去。谁都知道她跟我婶婶合不来，我奶奶说我婶婶是个阴种，整天哭丧着脸，跟下雨似的。后来，我听母亲说，我奶奶跟我婶婶有意见，主要是我婶婶嫁过来后，从来没喊过她一声娘。我叔叔跟我婶婶闹离婚闹得不可开交的时候，我奶奶对我婶婶的表情总是不咸不淡，甚至有点儿幸灾乐祸，好像我婶婶欠了她很多钱似的。

一开始，我爷爷急归急，但并没有意识到事情的严重，他也寻思我叔叔是让皮狐子迷住了心，但当他捧起法院下来的传票时，他的整个身子禁不住抖动起来，我爷爷的脑门黢黑，灰白而稀疏的头顶像是一片盐碱地，汗水在沟沟坎坎似的皱纹里跳跃闪烁。我爷爷跟我奶奶说："给我准备件干净衣裳。"

"你干什么去？你看你急得那样。人家离婚你掺和啥劲儿。你个当老人的你要稳重点儿。"我奶奶冷嘲热讽，她瞥都不瞥爷爷一眼。

"我日你个娘，我要进城，我要进城把那狗日的劈了。你光知道嘟囔嘟囔，再嘟囔我把你个臭嘴封上。"我爷爷的脖子突然长出了许多，青筋像一根根的绳子似的凸出来，他把脑袋贴在我奶奶的头皮上，舞夯着手，像是要掐死我奶奶似的。是的，那一刻，吓得我奶奶气都没敢喘。那是我第一次看到我爷爷发脾气，当然也是最后一次。

虽然我爷爷发了脾气，也进城去找了我叔叔，但我叔叔还是跟我婶婶离了婚。我还能清楚地记起我爷爷从城里回来的那天下午。说是下午，实际上天已黑透。我和大官骑在村委会的院墙上玩儿，实际上我们是在等从城里回来的汽车。我们的眼睛不时地掠过奇形怪状的电视天线，落在远处的柏油马路上，我们看到一辆辆三马子和拖拉机像木偶似的变来变去，但就是没看到那辆白色的小客车，后来天快黑透了，远处的柏油马路看不到了，我和大官只好坐在墙头上玩"击剑"，我和大官每个人手中挥着一根紫穗槐条子，口里发出"啊啊"的叫声。我们正杀得昏天黑地的时候，突然停止了喊叫。我们听到了汽车喇叭声。大官反应极快，他纵身一跃，跟燕子李三似的，便从墙头上飞下去。

我们果然看到了爷爷的影子。他从汽车上走下来，我们喊他，他好像没有听到似的朝前走，他脚步踉跄，身子晃晃悠悠的，慢慢地往前挪动，跟一团漂在水里的棉花似的。这时候，天已黑透，家家户户传出欢笑，飘出菜香。我们看到爷爷的样子，心里很害怕。我和大官手攥着手，跟在爷爷身后。没想到，爷爷直接向大官家走去。我婶婶给我爷爷打开门。我爷爷像梦游似的跟着婶婶来到里屋。刚一进屋，我爷爷"扑通"一声，便跪在了地下，把我婶婶吓得叫了一声，就连门外的我和大官，也都吓得哆嗦起来，在电灯底下，我爷爷老泪纵横。

"大官他娘，爹对不住你，爹心里难受啊。"我爷爷的脑袋像鸡啄米似的抖动着。我婶婶一边拽着我爷爷的胳膊，一边咧开嘴，"唔唔"地哭起来。我身边的大官，把头靠在我肩膀上，眼泪扑簌簌往下掉。我心里很害怕，我想去喊我娘，可我的腿却无法挪动。

后来我才听说，我爷爷进到城里，接待他的是叔叔在城里的年轻女人，那女人挺着个大肚子，对我爷爷热情无比。

蓝蓝的天上白云飘

不知道什么时候，我已经躺在地头上，枕着一块土坷垃，虽然身下的土地煲得皮肉生疼，但这样还是舒服。蓝蓝的天上白云飘，我盯着蓝天，猛地想起这么一句话，好像是一首什么歌里的词，我忘了。但蓝蓝的天上一丝云彩都没有，实际上我是想看到天上的白云飘呀飘，但白云不知道躲到哪里去了。也许它是怕太阳晒才躲起来的，谁知道呢？可我就不怕太阳晒，我已经在太阳底下待了整整一上午，一口水也没有喝，水壶里的水全是我爷爷喝的。这些都让我感到自豪。我确实不怕太阳晒。我瞅着天上，其实只是想跟白云说说话儿，可白云躲起来了。我的身边，除了烟叶，什么都没有了。看来我只能跟烟叶说了。

烟叶，烟叶，你们快长吧，我爷爷整天摆弄你们，你们还不快长？

烟叶唰啦唰啦响一阵，好像是在回答我的话。这让我有点儿兴奋。可我看到眼前的烟叶，它们一个个的，像是病了一样，耷拉着脑袋，脸色焦黄。

光说让你们长，天不下雨，河里地下都没有水，你们喝不上水，你们想长也没法长呀。

想到这里，我禁不住叹一口气。

"大手，大手。"

我吓了一跳。我想难道烟叶真的会说话了。稍一愣神儿，我便透过轻轻晃动着的烟叶，看到了爷爷的破草帽。

"你回家提饭去吧，活这么多，恐怕天黑都干不完，跟你奶奶说，让她煎几条小干鱼。对了，别忘了让她把牛牵到屋里去，这么热的天。"

正好回家浇浇我栽的那棵树苗。上个星期天，我跟爷爷在地里干活的时候，看到了它，当时它只有我膝盖高，爷爷说那是一棵桃树。可奶奶说是一棵梨树。明明是桃树，爷爷说。就是梨树，奶奶抬扛。管它什么树，反正我把它栽在窗前，每天早晚都给它浇水，一个星期，它竟长出一拃多高。管它什么树，只要能养活我就高兴。我侧过头，看到村子里升起的炊烟，像闻到了咸鱼的香味儿，好像看到了我的树上结满了果子，很快，口水便从牙缝里渗出来。我一跃而起，拍拍屁股上的土，向村子走去。

我爹

实际上，眼前的这两亩烟叶，是我爷爷为我爹种的。他想让烟叶来拢住我爹的心。我爹却一点也不领情，他的心对我爷爷跟对土地一样冰冷。当我爷爷把烟苗儿栽好的时候，我爹不辞而别，他又进城里去了，并且很快，便做下了事儿。

在我眼里，我爹是个老实厚道的人。我认为只有那些坏蛋才会去蹲监狱，他们全都长得尖嘴猴腮三角眼，可我没想到我爹也蹲监狱去了。我爹也变成了坏蛋？可人家都说我爹一笑，跟个大闺女似的，难道也有长得跟我爹一样的坏蛋？我爹不太爱说话，一年到头，除了秋收过年，他很少在家。实际上，一年到头不在家的不光是我爹。我的伙伴同学，他们的爹也不在家。拿现在说吧，整个村子里，你转好几圈儿，也碰不到一个小伙子。种地的全是些老人妇女，地种得不好，也不像前些年似的，会有人笑话。可一个小伙子，要是到了过年回家，没赚回钱来，那才让人笑话呢。所以一到过年，村子会猛地热闹起来，大人们更是比着法儿地玩。我和大官都盼着过年，我叔叔最会玩，他放的鞭炮总是最大最响，他放的烟花总是花样最多。可我爹不玩这些，他扎灯笼，竹条子高粱秸在他的手里鼓捣鼓捣，便成了一个灯笼架子，再用花纸一糊，就变成一个漂漂亮亮的大灯笼。我爹的手指头又细又长，最令人惊奇的是，他把手指头向后一掰，竟然能弯到手背上。每年过年，我和大官手里的灯笼，都是我爹亲手扎的。可是去年冬天，我爹右手上中间三个手指头，让压砖机给压掉了。当然，去年过年，我和大官手里便没有漂亮的灯笼可以提了。有时候，我调皮淘气，惹我娘生气了，她便会一只手叉着腰，另一只手伸出一根指头，使劲地戳我的脑瓜子，一边戳着一边咬牙切齿地说："都是你，都是你这个该死的小东西。"如果我姐姐在旁边，她便会把一根手指头塞进嘴里，哧哧地偷笑，像电影里的傻丫头似的。

"那干吗还要生我！"我急了便顶我娘一句。

我心里很不服气。他们不定是在哪里受了委屈，却总是回来拿我撒气。看我娘那架势，好像不好的事情都是因为有了我才发生的。

渐渐地，从我奶奶那里我好像听出点什么。我奶奶爱唠叨，她号召我和大官在院子里挖银子的时候，嘴里总是嘟囔个不停。

如果天好，她会坐在那把太师椅里，脸朝着太阳，眯缝着眼，跟我们讲老年间我们家过的那些好日子。她不停地摇晃着脑袋。有时候手会不自觉地舞起来，她似乎又回到了那个年代。当我们铁锹下面发出咔嚓的声音，我奶奶会突然睁大眼睛，太阳也似乎挪进她的眼珠里，她从太师椅里跃起来，一步跨到我和大官面前，弯下身子，用鸡爪似的手指掰开铁锹下面的土块。当看到只是一块破瓦片时，她便会叹一口气，接着回到太师椅里，跟我们讲起眼前的烦事。她总是用爱怜的口气说起我爹，说我爹这个人命不好。你看，那些年想要个儿子吧，偷着藏着总算有了大手，可还逃不过让人家罚那一万块钱，欠下一屁股债，做牛做马总算还得差不多了，这不，你看，头胎是丫头的，人家又让生第二胎，你说这气人不气人？我奶奶长叹一口气，又接着说："要是有那一万块钱，留下来摆弄摆弄房子有多好，哎，还是你爹那命不好。"我奶奶一边说着一边掏出手绢来擦眼泪。大官瞅瞅我，他忍不住光想笑。我奶奶看到我们又停下来，说："愣着干吗，还不挖。"声音猛地大起来。

可我总也笑不出来，隐隐约约地，我好像觉得爹娘起早贪黑受苦受累，全都是因为我。

去年冬天，我爹从城里医院里回到家，已是下午四点多钟。我放学回来，悄悄地走进屋，屋里坐着奶奶爷爷，还有母亲和婶婶，他们神色凝重，眼睛上挂着泪珠，她们只是坐在那里，都不吱声儿。我看到爹躺在床上，身上捂着两床被子，他的头伸在外面，跟猛地小下去一圈儿似的，他脸色蜡黄，嘴唇乌紫，下巴上的胡子，就如同刚生出来的黑山羊的毛一样湿软细长。也许我是被屋里的气氛吓坏了，我站了只有片刻，便"哇"一声哭出来，

当代中国最具实力中青年作家书系

说句实话，当时我心里什么想法都没有，也不知道为什么突然会哭。听到我的哭声，我爹睁开眼，他扭过头，笑了。他的牙很白，他说："这个傻小子，哭啥，我又没死。"我婶婶忙把我推出屋去，那时候，她刚跟我叔叔离了婚，实际上她也想哭。于是，我婶婶抱着我，我们俩便在院子里哭起来。现在想一想，这事儿怪丢人的。

这一年冬天，我爷爷天天都要来我们家一趟，他先是在院子里转上两圈，把农具挂在墙上，给咸菜缸子盖好盖子，再扫一遍院子，在粪坑里撒一层干土。他一边干着活儿，一边使劲咳嗽。有时候我觉得爷爷的咳嗽声过于勉强。我爹坐在床上，左手举着烟卷儿，右手缠着厚厚的白纱布，就像戴着手套的拳击运动员。我爹盯着窗外，脸上毫无表情，蓝色的烟雾团团地包住他的脸，他一动不动，直到我爷爷走进屋，坐在屋角的椅子上，他才慢慢地扭过头，把烟卷儿叼在嘴上，伸出左手，在窗台的烟盒里摸索上半天，摸索出一根烟卷，胳膊一用力，甩向我爷爷那边。烟卷在空中翻两个跟斗，便落在我爷爷手里。窗外是光秃秃的冬枣树，偶尔从外面传来几声鹅叫，院子倒显得无比宁静。

"明年春天栽上二亩烟叶，秋后能卖个好价钱呢。"烟燃到半截的时候，我爷爷说话了。

我爹又点着一根烟，他还是盯着窗外，他好像没听到爷爷说的话。

"明年好了，有你帮着我，轻快多了。"我爷爷把烟头扔到地上，又伸出脚去踩了踩，然后站起后，长喘一口气，拍拍屁股，走出屋。

我爹还是盯着窗外，烟灰断下来，落在被子上，他都没有看到。

我娘赶集回来，买卖好的时候，便会买一些猪下货。她看到我和爹吭哧吭哧吃得有劲儿，心情便好了许多。我娘是个乐观的人，脾气直，说话不绕弯儿。"该吃就吃，该喝就喝，欠下的账，咱慢慢还，大手才十岁，离找媳妇还得个十年八年的，不用忙，再说，孩子一大，就能挣钱。你看咱妮儿，甩手就是一万块……"我娘还没说完，我爹突然一摔筷子，不吃了。他瞪着眼，盯着屋顶，嘴里还嚼着猪头肉。一提到我姐姐，我爹总是这个样子。我娘一看，吓坏了，赶紧变了话儿，说："趁热，快吃呀，大手，给你爹添盅酒。"

我举着酒瓶子，正准备给我爹倒酒。我爹却猛地低下头，肩头一耸一耸的，竟然唔唔地哭起来。我呆在那儿，我娘也是惊慌失措。我们不知道如何才好。过年的时候，我姐姐只在家里待了一个星期，她变得不爱说笑，也不爱串门了。她一直待在我婶婶那边，跟我婶婶做伴儿，因为我叔叔和大官都没有回来过年。可以说，这个年是最没意思的一次。我还发现了一个秘密：姐姐抽烟。抽那种又细又长的黑皮烟卷。我姐姐那样子很贪，本来吐出来的一团烟，瞬间内又被她吞进肚子里，吓得我心都快跳出来了。这是我第一次看到女孩子抽烟，并且是我姐姐。当然，我不会跟任何人讲的，这毕竟不是什么光彩事。

我说这个年过得没意思，还有一个原因，就是一家子坐在一块儿吃饭时，话儿总是不多，好像都不会说话似的。我爹和我娘从来也不问问我姐姐在城里做什么。我姐姐也从来不讲，好像大家都不知道有个叫"城市"的地方。因为那是我感兴趣的地方，我只在电视里见过它，我喜欢那些高楼大厦，所以我问我姐姐城市好不好。我姐姐不理我。

我姐姐刚走，我婶婶那边便出事了，我姐姐不知道我婶婶出事，好像没有人跟她联系过。也许我爹我娘根本就不知道怎样跟我姐姐联系。半年过去了，我姐姐一次也没有回来过。

处理完我婶婶的事儿，我爷爷却没忘给我父亲栽这二亩烟苗。一场春雨过后，烟苗终于栽好，我爷爷兴冲冲地赶到我家里时，发现屋里空了。我父亲又进城去打工了，走的时候，他并没跟我爷爷打招呼。

鸟儿在空中歌唱

我走进家门，看到奶奶正眯着眼坐在枣树下摇蒲扇。院子有一股油饼的香味儿。

"奶奶，是不是烙的饼？"

奶奶一看到我，眼睛一下子便亮了许多。

"你爷爷呢？"

"爷爷说地里活多，不回来吃了，他让我把饭提到地里吃。他说让你煎上点小干鱼。""这个老不死的，整天跟馋猫似的。"我奶奶一边嘟囔着，一边又走进饭房。

我来到窗下，看到我的树像是一个小老头似的站在那里，树叶有些蔫。我知道是因为天热。我端起茶缸子，舀了满满一缸子水，浇在树下面，树下面是我培的一个圆圆的土坎儿，水在里面变浑浊，冒出一串串的泡泡来。我说树呀树呀你快长吧，等明年大官回到家来，我让他尝尝你结的果子，别管是桃还是梨，别管酸的还是甜的。我都高兴。

浇完树，我看到那头老黑牛正卧在南墙根下面，但太阳还是晒到了它多半个身子。老黑牛盯着我，一张大嘴不停地动着，鼻子尖红彤彤的，一线亮闪闪的口水淌下来，三五成群的牛蝇在它的头上飞来飞去，老黑牛不时地动一下耳朵，牛蝇也不时地飞起来再落下。

我走过去，摸了摸老黑牛的肚子，它的肚子硬邦邦的，身上的毛又干又涩，还一小团一小团地乍起来。我听我娘说过，牛有病的时候，不但乍毛，而且眼圈还变样呢，于是我又看了看牛的眼圈，牛的眼圈鲜红，有些水样的东西附在上面，果然跟以前有些不一样。我心里禁不住颤了一下。我想回到地里，先把这事儿告诉爷爷。

这时候，老牛伸出舌头，舔了舔我的手背，它的舌头凉丝丝的，有一股青草的气味。我解下缰绳，拽了拽它，它懒洋洋的，不愿意起来。我拍拍它的脑门，它只好站起来，在它站起来的那一刻，它的两条后腿一软，又要蹲下去的样子，但一挺，还是站直了。我想也许老牛真的病了。我拿不准，只好先把它牵进偏房里，又筛一筛子草料倒进槽里。我摸着老牛的脑门儿，想跟它说说话儿。

"大手，"我听到奶奶在厨房里喊我。

我走出偏房，闻到了咸鱼的香味儿。

"大手，明天是不是还不上课？"

我点点头。明天是星期天，这还用问吗。

"怪热的天，明天咱不下地了。没事在家里，跟奶奶挖银子。我就不信挖不出来，那坛子银圆，难道还能飞了？"

奶奶弯着腰，手里挥动着铲子。锅里传出嗞嗞啦啦的声音。

这时候，天上传来几声鸟叫，我抬起头，看到几只鸟儿追逐着从头上飞过。老师说什么，鸟儿在空中歌唱，可我听上去，它们的叫声难听极了，跟我娘叽叽喳喳的说话声一样。

我娘

这几天，我老是想起我娘。她进城也有一两个月了吧。她说去找我姐姐。可前几天，我听从城里回来的东升叔说，我娘蹲在城里的桥洞子里，给人家算命呢。你娘变成半仙了，东升叔笑着捏了捏我的耳垂。我心里很不是滋味，我娘这是在搞迷信，不管怎么说，搞迷信不是什么光彩的事。当然不如干牲口经纪好。可前些日子发生的那件事儿，把我娘给搞臭了。别人偷偷地跟我爷爷说，整个牲口市都臭遍了。"再碰到那个女经纪，都躲着点儿。"牲口市里的人们相互告诫着。

有很长时间，我娘都在为自己成为镇上第一个女牲口经纪而骄傲。每逢大集，我娘便早早地起床，给我做好早饭，然后换上干净的衣服，洗脸，抹美容霜，再拿无色的唇膏擦一擦干涩的嘴唇，一经打扮，我娘还真的年轻不少。临出门时，她总是拿香喷喷的两手捂在我脸上，然后使劲地撸两下，我的脸便也香了。

我娘心直口快，能说会道，在牲口市里人缘很好。有一次我跟着我娘去赶集，一边吃着我娘给我买的肉包子，一边看税务所里的那个张胖子跟我娘掰手脖子，张胖子龇着大牙，手脖子软耷耷的，老是往我娘怀里蹭。他一蹭，我的脸便红了。我娘不在乎，哈哈地笑，跟摸牲口似的摸张胖子的脑瓜皮。可那是在我娘没有买卖的时候。一有买卖，我娘立刻变了模样。她脸上的笑容没有了，两只手分别紧紧地攥住两个男人的手，他们来到一棵树下，蹲下来。围成一个不大不小的圈，背后是一头头的牛和一匹匹的马。这时候，我娘手腕子上总是挂着一个黑人造革提包。那几个男人蹲在我娘两边，一边抽着烟，一边脑袋抵着脑袋，嘴里还不停地嘀嘀咕咕，那样子，就像有天大的事似的。突然，我娘拿一只手把提包一翻，盖住了那只与另一个男人攥着的手，他们面对面的，紧紧地盯着对方，提包下面，他们手在做着各种各样的动作，他们是不是在挠痒痒？想到这里，我便像被挠了痒痒似的，笑了。过一会儿，那个男人点了点头，我娘也喘一口气。接着，我娘挪了挪脚，扭头又转向另外那个男人，我娘的手迅速地攥住那个男人的手，然后又把皮包盖了上去。又开始挠痒痒了，我想。就这样，反反复复，攥了这个攥那个，挠了这个挠那个，直到最后把他们挠笑了。他们一笑，我娘也笑了。大家高高兴兴地站起来，这说明，买卖成了。下一步就是钱，我娘跟买家来到大树后面，买家把钱数好，交在我娘手里，便一把攥住了牲口缰绳。接着，我娘又跟卖家躲在大树后面，我娘把钱点好，又交在卖家手中。然后，买家牵着牲口走了，卖家提着钱走了。我娘喘一口气，笑了，她的兜子多了几张票子。这叫割耳朵，割的越多，本事就越大。人家说我娘的本事最大，那些男牲口经纪背后骂：这个骚娘们，割耳朵太狠。

今年春天，我爹在城里犯下了案子。如果不是我爹在城里犯下了案子，让人家公安局抓起来，我想我娘也做不出那种丢人的事情。

还是先说说我爹吧。想到我爹，我的脸就发烫。他们三四个人，夜里在农村偷了牛，连夜便牵进城里的屠宰厂。春天的时候，农村的壮劳力都进城打工去了，剩下的全是老人和妇女。听人家说，我爹他们很猖狂，一只手里攥着明晃晃的刀子，另一只手里牵着缰绳，见一个捅一个，有的人听到牛被偷走了，却不敢出来去追。可你再猖狂，人家还有公安局吧。他们偷到第十三头牛的时候，便被公安局抓住了。后来才知道，事情还是出在我爹身上，他们在偷第八头牛时，碰到一个不怕死的老太太，她发现自己家的牛被偷走了，就疯了似的在后面追。我爹他们牵着牛毕竟走不快，可他们发现老太太追上来时，并不慌。他们一个扫堂腿便把老太太放倒在地，然后用胶带封死了老太太的嘴，把老太太捆起来，扔进旁边的沟里。事情出在我爹给人家老太太封嘴里，人家老太太看到了我爹的右手上缺了三根手指头。这就是线索。顺藤摸瓜。一牵一串儿。跑了和尚跑不了庙。我娘说这是团伙作案，罪加十等。

我娘跟着人家公安局的进了一趟城，这是她回来跟我说的。后来我听别人说，这事儿电视上都放过了。我不敢看，我怕看到我爹戴着手铐子的那双手。我娘说："冤有头，债有主，这是他自己做下的，狗日的自己受吧。不过，儿呀，落下的那屁股债，还得咱去还呐。"说着说着，我娘便放声大哭。当时我坐在一旁，跟个傻瓜似的，我不知道怎样去劝说我娘。不过还好，我娘哭罢，洗了洗脸，又擦上点儿美容霜，说道："有你，娘也不会想别的法儿，这日子，咱还得过下去。"第二天一早，我娘就进了牲口市。

没出半日，便有了那件事儿。这事儿我娘是不会跟我说的。我是听我奶奶讲的。我奶奶添油加醋了没有？我不知道，反正我奶奶一边说着，一边撇着嘴说丢人。可我爹犯了那么大的事，我奶奶却一直护着他，"还不是为了这日子。"我奶奶泪水涟涟地说。

我娘在牲口市里被人家扒光衣服，原因就出在一百块钱上。

本来，一桩买卖已经做成。买牲口的攥住了缰绳，卖牲口正在数钱，数着数着，却从里面提出一张崭新的大票，卖牲口的摸了几摸，使劲儿甩了甩，声音软沓沓的。

"假的，你怎么给假钱呀你。"卖牲口的很恼火，他一步跨到买牲口的面前，声音如同喷出的火药似的。

买牲口的不愿意了，说："爷们，咱不能血口喷人，我活到五十多岁，没做过这种缺德的事儿。"

你一言我一语，两个人肝火上升，骂了起来。买牲口的把牲口缰绳一甩，一拳砸在卖牲口的脸上。正赶上大集，那人是越来越多。这时候，两个人已经抱成团，就跟压场的碾子似的在牲口市里滚在一块儿。一个秃顶的男人走到两个人跟前，拍了拍正滚着两个人，说："唉，哥们，等等，我跟二位说句话儿，二位再接着打也不迟。"说着，那个男子便低声说了句什么。

那片刻，两个人虽然不动了，但还紧紧地抱着。可听完那男子的话，两个人如同烫着了似的推开对方。他们爬起来，眼睛瞪圆了。他们向周围的人群瞅去。他们在寻找我娘。

事情发生得突然，开始，我娘愣在那里有点不知道怎样才好。后来一看到那个秃顶男人，我娘猛地想到了什么，她忙转头，使劲儿向外挤，可人群太密。挤了半天，刚要挤出一道缝的时候，她的身子就像一只小鸡似的被抓了回去，两个汉子，四只手，他们把我娘举过头顶，然后使劲儿砸在地上，砰的一声，如同倒下去一堵墙。

骚娘们儿。浪货。破鞋。王八蛋。

拳头。唾沫。脚丫子。

我娘蜷着身子，那个人造革黑提包还紧紧地抱在怀里，头发乱蓬蓬地遮住她的脸。

扒光了，让大伙看看。不知谁的一嗓子。

对，扒光了。

周围的人群如同洪水似的咆哮起来，并且伴随着阵阵的笑声。那一根根拔长了的脖子，那一张张兴奋的脸，那排山倒海似的喝彩声，淹没了我裸露的母亲。

要交代一下的是，那个秃顶男子，也是牲口市里的一个经纪。

俗话说，同行是冤家，这下，让我娘撞个正着。

那天下午我放学回家，看到我娘躺在床上，捂着一床被子。那时候，太阳已经落了下去。我说："娘，天都黑了，你还不做饭？"

娘说："娘给你买的肉包子，热在锅里，你自己吃吧，娘身体不舒服。"

那天晚上，我吃了十个肉包子，很香很香。

小兔子乖乖，把门开开

很远，我就看到爷爷在烟地里起起伏伏的身影，他头发灰白，皮肤黝黑，穿着一件灰不拉叽的破汗衫，那样子像是非洲的那个叫什么拉的领导人似的。他是在领导这一地的烟叶吧，那一棵棵的烟叶却像打了败仗的士兵一样，一个个耷拉着脑袋，只剩下他这光杆司令还在精神抖擞地挥着大手。想到这里，我禁不住笑了。我想要是叫我爷爷王司令，他肯定会骂我的。

我提着饭筐子。筐子里放着大饼、小干鱼，还有两个咸鸡蛋。

"爷爷，吃饭喽。"我抹了把脸上的汗水，把饭筐子放在地头上。

爷爷扭过身子，撒了一泡长长的尿。他一边朝这边走，一边把手放在裤子上搓了几下。爷爷让我一块儿吃。我说我吃过了。我躺在离爷爷不远的一小块阴凉地里，耳朵里塞满知了的叫声。

　　怎么天说黑就黑了？我是什么时候回到家的？四周静得可怕，有几只小虫子在墙上爬来爬去，我正准备喊一声爷爷，却突然听到敲门声，并且一个声音像烟雾似的软软地飘进来：小兔子乖乖，把门开开……这不是狼外婆吗？我吓得蜷成团儿，听到心在怦怦地响。可透过门缝，我看到了一只牛角，这不是我们家那头老黑牛吗？我一想到这里，门便开了。正是我们家那头老黑牛。它来到我身边，伸出鲜红的大舌头，不停地舔我的脸，它的嘴里有一股青草的气息……我猛地醒来，心还在怦怦直跳。太阳已经偏西，阳光也变得黄澄澄的，如同金子似的，撒满一地。

　　"爷爷。"我喊一声。

　　爷爷直起身子，说："醒了。"

　　原来我睡着了。

　　"爷爷，"我来到爷爷身边，"咱家的老黑牛好像生病了。"

　　"胡说八道。"爷爷还是低着头，他一只手里攥着烟杈儿，另一手还在忙活着。他跟个机器人似的，也不知道累。

　　"真的，"我说，"它的毛都乍了起来，眼圈变得鲜红，站起来时，腿直哆嗦。我给它筛好草料，它也不好好吃。"

　　我连珠炮似的说了一通。

　　爷爷果真停下手里的活，他抬起头，并且站起来。

　　"真的？"爷爷伸着脖子说。

　　"这还有假。"我不服气。

　　"那你不早说！"爷爷把手里的烟杈儿一摔，脸上露出着急的样子。

"我，我睡着了。"我挠着头皮。

我没把刚才做的梦告诉爷爷。

"走，咱回家看看去。"

爷爷扛起铁锨，步子迈得很大。我提着饭筐，紧紧地跟在后面。这时候，天空中堆满了火烧云，什么样子的都有。我不知道，怎么天上就猛地出来这么多云彩？记得有一年，我姐姐领着我从地里回家，天上也是出来这么多火烧云，它们漂亮极了。我姐姐说："那里面有宫殿，孙悟空就住在里面呢。"我当时信了，恨不得立刻变成孙悟空，钻进云彩里。当然，现在我早就明白了。那是姐姐在哄我玩呢。我不知道姐姐在城里，是否也经常看到这一片一片的火烧云。

我姐姐

我还记得去年冬天那个灰蒙蒙的下午。天阴得厉害，要下雪的样子。北风打着旋儿，像盐沫子似的灌进我的脖子。我拿两手捂着耳朵，正走在放学回家的路上，书包啪哒啪哒地拍着我的屁股。这时候，汪小人从后面追上我，圆圆的脸蛋子冻得彤红，他的棉帽子又旧又脏，就像一个屎盆子似的扣在头上。他龇着牙，往我手里塞了一张纸条。然后便回过头去，一边嗷嗷地叫着，一边蹦高。

我展开纸条，上面写着一行字：王大手的姐姐是一只鸡。

血立刻便涌到我脸上。我不懂得鸡是什么。但我知道这是骂人的话儿，并且骂得非常非常厉害。

我把书包从脖子上撸下来，提在手里，疯一样跑起来。书包里面有课本和铅笔盒，铅笔盒里的铅笔还稀里哗啦地响个不停。汪小人也许听到了声音，他刚一回头，正好碰到我抡圆了的书包。砰一声，砸个正着。汪小人噔噔向后退两步，扑通趴在地。我一步跨过去，跃起来便蹲在他身上。我抡圆拳头，没头没脑地捶下去。身下的汪小人哇哇怪叫，他哭着说，"纸条不是我写的。"我不管，谁叫你把它塞到我手里。

　　"你说，你姐姐才是一只鸡。"我咬着牙。

　　"我姐姐是一只鸡。"汪小人声音细细的，软软的，就像压面机里挤出的面条似的。"再说。"

　　"我姐姐是一只鸡。"

　　"再大点声。"

　　"我姐姐是一只鸡。"

　　汪小人哭出声音来。我这才想到，汪小人他妈的根本就没有姐姐。

　　我回到家的时候，我娘和我婶婶正在屋里包饺子。我婶婶瘦瘦的，脸皮黄黄的，像是生病的样子。我知道那几天，正是我婶婶最难过的时候。本来，法院把大官判给了我婶婶，我叔叔也答应了。可他们离婚还不到一个月，我叔叔就回来要大官，说让大官进城去学习，那里的学校好。我婶婶死活不愿意。可有一天半夜里，我叔叔带着两个人，撬开了我婶婶的门，把大官抢跑了。当我婶婶穿好衣服跑出来时，她只看到了小汽车屁股上的灯光闪了一下，便消失得无踪无影。

　　我娘和我婶婶包饺子。我娘说："人家城里学习好，那就让他去吧，俺家大手想去还去不了呢。反正走多远，大官也是你的儿。"

我婶婶吧嗒吧嗒地掉眼泪。

正在这时，我们家的门咣咣地响起来，"大手他娘，快开门。"

我一听，吓得气也不敢喘了。正是汪小人他娘那个胖娘们。

"谁呀，这么急。"我娘说着，拍拍手上的面，便走出去。

我急忙爬上床，隔着窗玻璃，瞅着窗外。汪小人的娘颤悠着肥胖的身子，像一团火似的滚进门。汪小人跟在他娘身后，不敢抬头，汪小人的娘一把把汪小人提到前面，抹掉汪小人头上的棉帽子，指着汪小人的脸便叫起来："你看看，你看看，你家大手可真够狠，你看看把俺打的。"

我娘一看，真的急了，便喊："大手，你出来。"

我慢慢地，极不情愿地走出去，我婶婶也放下手里活，跟在我身后。

"你个王八羔子，你说，这是你打的吗？"

我娘瞪着眼，她的话如同火似的喷过来。

"他说我姐姐是一只鸡。"

我看到我娘的脸一会儿红一会儿绿，像隔着玻璃的水蒸气似的扭着弯儿。

汪小人他娘的腮帮子动一下，说："说你姐姐是鸡，你也不能这么狠呀王大手。"我娘说："他婶，因为孩子的事，别发这么大火，大手打人不对，一会儿我揍死这个王八羔子，不过，咱孩子也不能胡说八道呀。"

汪小人的娘说："你这个娘是咋当的，你家大手打了人你还护着他，再说了，我这儿说的一点也不错，不是鸡是什么。"

我娘气得浑身哆嗦，"你血口喷人。"

汪小人他娘乐了，说："你这一家子可真有意思，也有在外面包二奶的，也有跟人家当二奶的，多麻烦，还不如……"汪小人他娘还没说完。我身后的婶婶嗷一声便冲出去。我惊讶于我婶婶当时的速度，她几乎是飞了起来，她像一颗巨大的子弹撞在汪小人他娘身上。但汪小人他娘太胖了，她往后退几下子，竟然站住了。她一把薅住我婶婶头发，两个人厮打起来。我娘一看我婶婶挨揍了，便也蹿上去。她们三个像滚雪球似的在我家院子里滚起来。我和汪小人，眼睛直愣愣地盯着她们，吓呆了。我从来没看到这样的场面。汪小人也许跟我一样，他吓得哭起来。

我记得这事过了不几天，我父亲的三根手指头便被压砖机压掉了。我姐姐知道后，并没有回来看我父亲。她从城里寄来了一万块钱。我记得我娘双手捧着那张汇票，浑身抖个不停，泪水沿着她的面颊淌进嘴里。我不知道她是高兴还是悲伤。

年底，一辆红色小轿车突然停在我家门口，我姐姐从车上走下来，那件黑皮大衣在阳光下闪着冰冷的光泽。我发现不远处，人们的脸上都露出怪诞的表情，他们的目光让我无法理解。一块跟我姐姐下车的那个胖胖的男人，据说是我姐姐公司的经理，他坐在我们家屋里抽了一根烟，看了看我父亲裹着纱布的手。点头哈腰地说了几句过年的话，便又坐着小车走了。

我趴在我姐姐身上，闻到的是一股刺鼻子的皮革味和一股浓浓的香水味。

我凑到我姐姐跟前，看到的是我姐姐有些疲惫的脸和那对蒙着塑料薄膜的眼睛。"姐姐，城市里一定很热闹吧？那里的孩子是不是整天玩游戏机？"

我姐姐不理我。看上去，她总是很累的样子。她一个人待在屋子里时，就点着一根根长长的细细的黑皮烟卷。烟雾在她面前升起来。她只比我大八岁。

弯弯的月儿小小的船

我坐在我的树旁。黑影中，我的树如同一个伸着胳膊的孩子，像要抱住我的样子。天早已黑透，爷爷还没有回来。下午爷爷回到家，给老黑牛的饲料里撒上玉米面，可老黑牛只是伸出舌头来舔了两下。天快黑了，但爷爷还是牵着老黑牛去了镇上。"人家兽医站早就下班了。"奶奶说。爷爷不理奶奶。爷爷拽着牛缰绳。爷爷和牛被夕阳染成了金色。

天还是热，地面仍像锅底似的，蚊子不停地在我身边叫着，外面不时地传来说话声，那是在街上乘凉的老人们。我能清楚地分辨出哪是奶奶的笑声，奶奶的笑声很短很脆，就像风吹树叶似的。

我猛地想起大官，想起大官的来信。于是我跟我的树说：你认识大官吗？噢，不认识。那我跟你说说，他个不高，脸胖胖的，身上的肉挺瓷实，爱不停地眨巴眼，说话跟青蛙叫似的，叽哩呱啦一顿，不过，你不会听明白的，他说得太快。可他的心肠很软，爱吧嗒吧嗒掉眼泪。他掉泪时，脸上一点儿表情都没有，嘴里也没有什么声音。噢，忘了告诉你，他是我弟弟，我叔叔的儿子。他爸爸跟他妈妈离了婚。什么？什么叫离婚？我也不太清楚，可能就是两口子不在一块过了呗。可不在一块过就不在一块过吧，为什么还哭呀闹的？大人的事，孩子说不明白。本来人家法院让大官跟着我婶婶，可我叔叔想让大官学习好一些，就把他接到城里去了。什么？你说城里呀。那可是太热闹了，那电灯一宿宿亮着，那楼高得看不到顶，那人多得天天跟赶集似的。当然，我也没去过，我也是看电视才知道的，我长大了，肯定要跟大官似的，进城里去。对了，大官来信了。我不知道看了多少遍，都背过了。什么，背给你听听？让我想想，让我想想。好吧，我给你背一遍，可你一定要保密，要是让大官知道了，他会掉眼泪的。

我的树突然扭了扭身子，像是很兴奋的样子。不知什么时候，东边天上出现了一弯弦月，窄窄的，颜色如同鸡蛋黄似的。

大手哥哥：

你好。

半年没有看到你，你肯定又长高了不少。可我还是那个样子，老不长。

我最怕上体育课了，我总是站在最后面，连那些女孩子都比我高，她们笑话我。我都不敢跟她们说话。还有我这个名字，老师一点我的名，同学们就笑，闹得我都不敢抬头。我几次想让爸爸给我改名字，可我怕挨凶。我爸爸最近心情不好，听说赔了不少钱。那个阿姨生了个女孩，都快半岁了，我不喜欢她们。哎，说这些干什么，我们还是说说学习吧。我最爱上语文课，老师长得很漂亮，有点像姐姐。前几天我写了篇作文，老师还当范文在班上念了呢。我趴在桌子上，低着头，心里很不好意思。可我还是感到挺自豪，我复印一份，随信给你寄过去，让你看看。

快放暑假了，我想回去看看你们。我半年多没看到妈妈了。爸爸说妈妈到别处打工去了。他肯定是骗我，不让我回去看妈妈。如果放了假，他再不让我回家，我就偷跑。我自己攒了一百多块钱呢。我妈妈好吗？大手哥哥，我不在她身边，到时候你经常去看看她，就当帮弟弟去看。好不好？

我想念爷爷奶奶，想念你们。

你的弟弟

王大官

6 月 18 日

什么？你说我哭了。我没有哭，那是我流下来的汗。天这么热，连你都会出汗的，我的树。什么？大官的作文？好吧，我背给你听，大官的信我都背了，别说一篇作文。可是，我的树，我求你件事，千万别把我婶婶的事儿告诉大官，别让大官知道，真的。

我的家

我的家在一个叫齐周雾的村子里。村子周围全是一片一片的枣树。夏天一到，枣树上结满青青的小枣。我和大手哥哥，一人手里攥着一把弹弓，整天在枣树林里打鸟，可我不如大手哥哥，我总是打不到鸟。我妈妈笑着说我笨蛋，我不服气。

我奶奶说我们家院子里埋着一坛银子，是日本鬼子进村的时候，我姑奶奶埋下去的。后来我姑奶奶去了东北，便捎信儿回来要她那坛银子。我奶奶有空就领着我和大手哥哥挖银子。我总是比大手哥哥挖得快，我奶奶表扬我，我很自豪。可银子总是挖不出来。

秋天一到，我爷爷领着我和大手哥哥去地里干活，可我们俩光捣蛋。我爷爷也不生气。他整天低着头干活，晒得像一个非洲人。

放了暑假，我就可以回到我的家，跟大手哥哥一块儿去枣树林里打鸟，跟奶奶一块儿挖银子，跟爷爷一块儿去干活。

我很想念我的家，那里有爷爷奶奶，还有大手哥哥。

月亮变得亮堂起来，它上面好像骑着一个孩子，那孩子胖胖的，肉挺瓷实。我的树，你看，那骑在月亮上的，是不是大官？你看他那样子，跟我们课本里骑着月亮的那个孩子一模一样。弯弯的月亮小小的船，小小船儿两头尖……他还在不停地唱着。

这时候，门响了。是不是爷爷回来了？老黑牛的病治好了没有？我站起来，看到奶奶晃着蒲扇走进门。

"还不去睡觉，大手。"奶奶说。

"爷爷还没回来呢。"

"别管他，这个老不死的。我说了不下百遍，早点卖了它，老成那样了，还不舍得卖，这下可好了。别管他，咱们去睡觉。"奶奶气愤地说。

我婶婶

每天放了学，我娘总是对我说，"到你婶婶那边去吧。"

去年冬天，我爹掉了三根手指头，躺在床上疼得直叫唤，我娘不愿意让我听到我爹的叫唤声。那一段时间，大官刚被我叔叔抢走，我婶婶一个人待在家里，心里肯定不是滋味儿。晚上，我便去我婶婶那边吃，那边住。夜里，我坐在桌旁做作业，我婶婶坐在床上做棉衣服。灯光下面，我婶婶脸色苍白，时而拿针拢一下头发，时而皱起眉头，像在想什么事情，"大手，大官比你矮多少？你过来。"我走过去。我婶婶立起身子，拿一条皮尺，又是量我的肩头，又是量我的腰。"大官是不是比你胖？"我说他胖得多呢。我婶婶便龇牙笑了。

"这是一身薄的，天不太冷，大官穿薄的就行了。"我婶婶把板板正正的棉袄棉裤举到我娘面前，"等过年的时候，我再给他做一身厚的。"

"他婶，大官在城里，冻不着，你还不如织点网，赚个零花钱呢。"我娘嘴唇有些哆嗦。

"那哪行？城里就不冷了？傻话。哎，嫂子，城里你去过几趟了，你熟，你帮个忙，给大官送去好不好？"

我娘转过身去，抹了抹眼睛，然后抬起头，眨巴眨巴，说："行，他婶，你就放到这里吧。"

我婶婶便高兴了。当天晚上，她下鸡蛋面给我吃，说："大手，等你们长大了，你跟大官那是膀子，谁敢欺负你们，你们俩合起伙揍谁。"

接着，我婶婶又打开她的连衣柜，从里面翻出一身身的衣服，她站在床上不停地换，"大手，婶婶穿这身好看吧？"

我点点头，说："好看。"

一会儿，她又说："大手，这身衣服呢，是你叔那个王八蛋给我买的。"

我还是点了点头，实际上，我并没有仔细看。

我婶婶叹口气说，"再好看也不要了，剪了它，给大官做身厚棉衣。"

说着，我婶婶举起剪刀，咯吱咯吱的声音，便传进我的耳朵。

"我婶婶把新衣服都剪烂了。"我跟我娘说。

我娘偷偷跟我说："你婶婶有什么反常的地方，你可要跑回来跟娘说说。"

看到我娘那样子，我心里很害怕。我并不愿意跟我婶婶在一块儿睡。我婶婶睡觉还打呼噜，真奇怪，人家都说胖人才打呼噜呢，我娘都不打，可我婶婶那么瘦，却打很响很响的呼噜。

快过年的时候，我婶婶把另一身厚棉衣做好了，她突然决定自己进城去送。

"我好几个月没看见大官了，我得看看他去。我得把他接回家过年呀。"我婶婶跟我娘说。

"那我跟你一块去，你没去过，不熟。"我娘说。

"这么大的人，丢不了，你放心好了。"我婶婶很急切的样子。

第二天，我婶婶换上一身新衣服，背着一个紫色的旅行包，里面鼓囊囊的，肯定是那身棉衣。天还没亮，她就来到村委会的大门口，坐进了那辆白色的小客车。隔了一天，我婶婶从城里回来了。她径直走进我家的门，满脸憔悴。她把那个紫色的旅行包往我家桌子上一扔，便"唔唔"地哭起来。

我娘说："这是咋了？他婶，见到大官了没有？"

我婶婶说："我转悠了两天，就是找不到。"

我婶婶哭得昏天黑地。

我爹坐在床上，倚着被摺子，抽着烟，说："那么大的城市，别说两天，一星期你也转不过来。这样吧，过了年我进城，找那些狗日的打官司去。你把大官的棉衣放在这里，要是他们过年不回来，我给他带过去。"

我娘说："你打什么官司，你打也打不赢，你还是待在家里跟咱爹一块种地吧。你看你这个样子。"

我爹哼一声，一脸的不屑。

那天晚上，我婶在我家喝的面汤。

我姐姐过年一回来，我便解放了。她在我婶婶那边睡，我在家里睡。那几天，我婶婶好像跟我姐姐特别亲热，她跟在我姐姐身后，问："你在城里做什么工作？"我姐姐不理她。"你能把婶婶带出去吗？""你干不了！"我姐姐没好气地说。我婶婶不服气，她嘟嘟囔囔地说："汪小人他娘说你在城里干那个，我不信。只要不是干那个，我啥都能干。"

"你要是进城，就只能干那个。"我姐姐猛地吼了一嗓子，接着，她又低低地说："可惜，干那个你都老了。"

我在做寒假作业，听到我姐姐的吼声，便抬起头，正好看到目瞪口呆的婶婶。我姐姐走后的第二天，我婶婶便出事了。她在她家的屋梁上上了吊。我没有看到婶婶上吊时的样子，我跑过去时，婶婶已被床单盖了起来。第一个看到我婶婶上吊的是我爷爷。我爷爷到我婶婶这边来推那辆独轮车，敲了半天门也没敲开，我爷爷看了看太阳，眼看都到了正午。我爷爷意识到不妙，便喊来我爹。他们翻过墙去，砸开屋门。那时候，我婶婶早已通身冰凉。

那天下午，我婶婶的娘家来了两大拖拉机人，他们哭着，喊着，骂着，手中提着棍子，肩上扛着锄头，停在我爷爷家门口，我们全家早就躲到别人家去了。咣，砰，哗啦，我爷爷家跟放鞭炮似的响了半天。

可是不一会儿，那些人便坐着拖拉机走了。听说是我叔叔让人提回五万块钱，我叔叔没回来，可他带回来五万块钱。那些人提着五万块钱，便坐着拖拉机走了，并且再也没有回来。

我姊姊的葬礼举行得很简单，我打的幡，兜的罐。人们说，多亏了大手，没想到这个冤死鬼沾了人家大手的光。

阳光雨露抚育我们茁壮成长

汗水流进眼里，我醒了。我一摸头发，湿漉漉的。这时候，阳光已经沿着窗棂，斜插进来，落在我身上。知了早已没命地叫个不停，窗外，黄色的枣树叶子一动不动。我似乎嗅到一股橡皮的臭味儿。我刚意识到热，便被四周的热气吞没。

我来到院子里，舀一缸子水，一直脖子，灌下去，我喊一声爷爷，回答我的只有那只躲在墙角里的鸭子，我奶奶把它扔在牛栏里，不让它乱跑，因为它到处乱拉屎。这时候，它叫一声，正斜着眼瞅我。我这才意识到牛栏里是空的。牛呢，爷爷呢，是不是爷爷和牛还没有回来？那么奶奶呢？我喊一声奶奶，声音撞在墙上，又弹回来，弹到我的树上，我的树扭了扭身子。树叶是墨绿色的，上面亮晶晶的，好像是悬着的露珠。

我来到偏房门口，朝黑洞洞的屋子里看了看，牛确实没在里面，那空荡荡的牛槽里还是昨天的样子。一种不好的感觉使我浑身发冷，我的手臂上立刻泛起一层米粒似的鸡皮疙瘩。

我正呆愣愣站在那里的时候，奶奶从外面走进院子。

"爷爷是不是还没回来？"我问。

"他能死到哪里去，他早就下地干活了。还想喊起你来，跟他一块儿去。让我骂一顿，大热的天，让孩子受这份罪！"我奶奶手里捧着一个簸箕，没好气地说。

"牛呢？老黑牛呢？"我问奶奶。

"哎，别提了，一提这事能把人气死，卖了，不卖就得死，连夜卖给人家屠宰场，人家不攥你一把？这么大的一头牛，卖了五百块钱，一头小牛犊也买不到，你说这不是赔掉了腚？你爷爷说了，要不是你发现得早，让牛死在家里，一分钱也拿不到呢。"奶奶嘴里的唾沫星子飞出来，落在我脸上，腥腥的。奶奶咬牙切齿，松弛的脸皮子不停地抖动着。"去年冬上，我就说，牛老了，不中用了，趁早卖掉，换头牛犊，转过年来就能干活。不听，这个老不死的不听，这个老疙瘩头不听，这个倔骡子不听。"

这么说，老黑牛的牛皮已经被钉在墙上了？这么说，老黑牛的骨头已经被扔进破竹筐里？这么说，老黑牛的肉已经被泡进冰凉的水中？

我像一个傻瓜，站在奶奶身边，好半天没有动弹。

奶奶的口气突然软下来，"大手，奶奶夜里做了个梦，梦见那坛银子发光呢，奶奶一下子醒了，往院子里一瞅，你说咋的？"奶奶说着，放下手中的簸箕，几步便跨到墙根底下靠近牛栏的地方，"就是这里，就是这里。"奶奶直起脚尖，用力画了个圈儿。

"大手，一会儿咱就挖，今天准成，到时候，你爹治病欠下的钱，还愁还不上？"我却感到浑身无力。我蹲下身，看到一只从枣树上掉下来的绿毛毛虫不停地蠕动着身子。

"奶奶，大官快放暑假了，他要是回来，是不是把我婶婶的事说给他。"我突然问一旁的奶奶。

奶奶一听，脸都变白了，"不说，千万不能说，你要说了我撕烂你那臭嘴。"

真没意思，为什么他们把大事儿都瞒着孩子？

我舀一缸子水，浇了浇我的树。浑浊的气泡，绿色的叶子。我的树。

"阳光雨露，抚育我们茁壮成长……"

不一会儿，奶奶又哼起这首歌。

我最讨厌奶奶唱这首歌，真难听。因为奶奶中间的大牙都掉光了。每次唱到"抚育"两个字时，总像撒气的车胎似的，发出嗞嗞的声音。

我突然决定，从今以后，不再跟奶奶挖什么银子。根本就没有银子。我和大官几乎把院子挖遍了，也没挖出半点银子来。也许银子只是藏在奶奶心里。这土地深处，根本就没有银子。

我想到了蹲在烟地里的爷爷，想到他那黝黑的肩膀，他那松软的肉皮，他那白胡子茬上悬着的汗珠，他那默默注视着土地的眼睛。

我要去找爷爷，跟他一块儿撺烟权。

当代中国最具实力中青年作家书系

风中芦苇

小 樱

出租车在河堤上颠簸。司机双手把着方向盘，嘴里不时蹦出一句难听的脏话，本来他就不愿意从河堤上跑，是我再三强求，并且答应多加三十块钱，他才勉强地点点头。

从县城到河口镇，有三十多里路。如今，人们都走东边的柏油马路，河堤上已经很少有车辆跑。河堤是土路，平时没有人专门养护，大坑连着小坑，有的地方会突然出现床面那么大的凹陷，出租车只能慢慢地贴着堤沿穿过去，确实难走。好在是初冬天气，多日没有下雨，路面还算坚实。司机的脏话，我就当了耳旁风。

这是一条泄洪河。我们雾村人都叫它西河。它是两省的分界线。记得小时候，有一次河面上漂来一具尸体。尸体漂在河中间，两省的警察都不管，他们相互说着话递着烟，看着尸体朝哪边漂。漂到哪边，那边的警察才去管。在我的记忆中，它几乎每隔几年就会发一次大水，尽管河堤很高，河面很宽，但大水却眼看着涨，先是淹没庄稼，然后吞没桥梁树木，最后眼看着河水要跟河堤扯平，再加上绵延不断的大雨，那架势的确够恐怖的。夜里，大水穿过河道的声音如同雷声轰鸣，吓得孩子们哇哇大哭。每当这个时候，县长会亲临现场，他穿着雨衣，踏着雨靴，面色凝重地站在堤沿上。说来也怪，每次县长一来，大水就悄悄地回落下去。所以，这里的人们还是很迷信县长的。有一年，我亲眼见到过县长。为庆祝抗洪胜利，村长刘拉拉请县里和镇里的领导到我们家的饭店来吃饭，整整四大桌，那气氛热闹非凡，好像把店里库存的啤酒都喝光了。人们举着酒杯，口里喊着县长，毕恭毕敬向一个很瘦的人敬酒，那人戴副眼镜，其貌不扬，大概刚过四十岁的样子。我知道这位是县长。我在电视上见过他，说实在的，看到他本人，我有些失望。我心里的县长并不是这样的。尤其是他咧着嘴笑的样子，让人身上起鸡皮疙瘩。我记得最后，县长喝得浑身通红，走路的样子像大虾跳。我妹妹小婷看着县长走路的样子咯咯地笑个不停。

这一切，转眼五六年过去了。实际上，我并不愿意去想那些过去的事情，也许是触景生情，看到这条河，我竟然想到大水和县长，实在是荒诞。

司机摁了摁喇叭，一辆破自行车晃晃悠悠的，闪向路边。那个人扭头朝车里瞅一眼，那张黝黑的脸似曾相识，但一时又摸不着头绪。我猛地意识到，离河口镇不远了。

果然，司机说："河口镇到了，从这里下去吗？"

"不，"我说，"下一个堤坡。"

我不想进镇子。不走柏油路，就是为了不穿过河口镇。我不想碰到认识我的人。我不想让任何人知道我回来。母亲的坟在雾村。雾村离河口镇三里路。母亲的坟在雾村的东北角，正好离河堤很近。而雾村在河口镇的北面，如果走柏油路，是必须要穿过镇子的。我不想进镇子，所以我选择走河堤。我才不管出租车司机那双瞪着我看怪物似的眼。

今天是母亲的祭日。想一想，母亲去世已经五年，真快。我也离开河口镇将近五年了。当时离开这里时，我发过誓，将永远不再踏上这片土地。仅仅过了五年，我又回到这里。你可以说我没有出息。可是我想念母亲，每年的这个日子，我寝食难安，在白水城，在没有星星的夜空下，我像个孤魂似的飘来飘去。

今年，我再也无法控制自己的感情。我又回到这里，回来给母亲烧纸，哪怕在母亲的坟上只待十分钟呢，我的心也许能够踏实下来。

我摇下窗子，清冷的风像一盆冷水似的浇在我脸上。这并不可怕，可怕的是这风里夹杂着一股怪味儿，直冲鼻子，难闻得要吐。我忙把窗子摇上。

"什么味儿？这么难闻。"

司机笑了，看来他已是见怪不怪，"造纸厂、化肥厂、炼钢厂、农药厂，多着呢，你还能都把它们停掉？工人吃饭是小事，当官的捞不到油水才是大事呢。"

尽管已近正午，但天空还是灰蒙蒙的，那座二十世纪六十年代修的水泥桥已破烂得惨不忍睹，如同是几块水泥板拼成的一样，两边的水泥栏杆就像八十岁老人的牙齿，模样让人恐惧。河的两岸，是一些枯黄的野芦苇，稀稀拉拉的，淡灰色的天空下，风吹过芦苇，特别荒凉。

出租车很快到达下一个坡道。

风中芦苇 207

"从这里下去吗？"司机问。

我点头。车刚到河堤下面，我说停。车便停下来。我让司机在这里等着我，我半小时之内准时回来。司机迟疑一下，有些迷惑地瞅着我，似乎想说什么话。也许看我是一个年轻女人，打扮也挺入时的，最后也没说什么。

我背起包，扭头朝那片枣树林走去。我宁可自己多走点路，也不想让司机看到我在母亲坟上的样子。

脚下是一垄垄麦田，旅游鞋踩着暗绿色的麦苗，感觉松软舒适。枣树叶早已掉个精光，露出灰褐色的枝条，从远处看，一片枣树林就像一团乌云。母亲长眠在乌云下。这样的想法让我心酸。

在一片坟地中，我终于找到母亲的坟。一看到墓碑上刻着的"王元红"三个字，泪水哗一下淌下来。我颤抖着嘴唇，"妈妈，女儿回来看您了。"我边自言自语，边绕着母亲的坟转了一圈儿。母亲的坟很圆，很整洁，几乎没有荒草，比我想象的要好得多。我知道，他们不会轻易忘掉母亲的。我在母亲的墓碑前跪下来，从包里掏出准备好的苹果、橘子、香蕉和蛋糕，然后拿出烧纸点着。我用树枝捅一下纸团，一团火焰腾一下跃起来。我立刻感觉到温暖。透过火苗，我似乎看到了母亲的面容。她正盯着我笑呢。

我沉浸在幸福之中。

那热气抚在我的脸上，如同母亲伸出来的手掌。

"妈。"我轻轻地喊一声，"女儿想您，回来跟您说说话呢。女儿在城里也算有了落脚之处，那个男人投钱，帮我开了个小面馆，咱家就是开饭店的，我干起来轻车熟路。那个男人对我很好，妈，我也没有办法，我身上啥都没有啊……"

一片烟灰飘起来，一下子拍到我眼上。我急忙揉眼睛，再睁开眼时，刚才的一切都消失了。我无奈地盯着母亲的墓碑。烟灰像一群黑蝴蝶，绕着墓碑翩翩起舞。天空更加阴沉。风掠过枣树枝子，发出嗷嗷的叫声。我撅着屁股，把脑袋杵在地上好长时间。我怕出租车司机等得着急，只好爬起来，把水果重新拾回包里。我不想让人发现我曾来到这里。我甚至不想朝雾村的方向看上一眼。

我掏出手绢，拿出随身携带的小镜子，轻轻地沾沾眼圈儿和脸上的泪痕。一抬头，突然看到我眼前站着一个人。我吓得叫一声，感觉到头发一根根竖起来。

"你是小樱吧。你是二九家的小樱吧。"

我担心的事情还是发生了。眼前的这个老人正笑眯眯地盯着我，他的牙几乎掉光，只剩下一颗门牙黑黑地支在那里，油油的灰毡帽下面，脸上皱纹纵横交错。我真的在这纵横交错的皱纹间看到一丝熟悉的东西，它正像热气似的缕缕上升，吓得我打一个冷战。我急忙背起包，绕过老人，快步朝前走去。

"小樱子，不认识我了，我是你四姥爷呀。"

我恨不得捂上自己的耳朵。我加快步子。但我能感觉到，这个老人正在后面追赶我。

"小樱子，你别急着跑，我是要告诉你，你该回家去看看，你爹二九快不行了。"

我的脚步停顿一下。不知道为什么，我猛地生出一丝厌恶。对这灰沉沉的天空，对这片乌蒙蒙的枣树林，对身后这个如同鬼魂似的四姥爷。对呀，说不上这个四姥爷就是一个鬼魂，说不定他刚从那个坟窟窿里钻出来。想到这里，我的头发又炸起来，头皮和全身都麻酥酥的，如同过电一般。

"你爹脑袋里长东西，眼都瞎了，真的快不行了。"

我终于跑出这片枣树林子。我看到了不远处的出租车。司机师傅正站在那里朝这边张望。

离出租车还有三四十米，我就喘着气朝司机挥手，"快，快发动汽车。"司机师傅显然是被我惊慌失措的模样搞蒙了，他急忙转身钻进汽车。汽车发动的同时，我终于抓住车门。我扶着车门，接连咳嗽好几声，并且朝身后偷偷地瞥一眼。身后是空荡荡的麦田，再远是乌蒙蒙的枣树林，除此之外，什么都没有。我又仔细地朝远处瞅了瞅，根本就没有那个老人的身影。

"走，回县城。"

汽车爬上河堤，我心里才渐渐平静下来，汗水浸透我的内衣，我发现司机不时地通过回视镜在窥视我，我不好意思拿手伸进衣服里擦汗，只好用手绢在面前摇摆着当扇子。毕竟是初冬的天气，一会儿，汗下去了，精湿的衣服贴着前心后背，冰凉冰凉。而刚才的一切，却如同一场噩梦。

我拍拍脑袋，掐掐耳垂，肯定了这不是在梦中。我又想到四姥爷。我静下来想了想，确有四姥爷此人，他是我姥爷的叔伯兄弟，跟我们家的老宅子一墙之隔。那么，他说我父亲脑袋里长东西，眼都瞎了，应该是真的。

想到父亲，我心里不知是啥滋味儿。本来这次回来，我让自己避免想到父亲。这五年来，我在外面经历了很多，生活中的酸甜苦辣都已尝遍。在悲伤绝望的时候，我想到过父亲，对他充满怨恨和谴责。在我心里，死去的母亲一直还活着，而活着的父亲已经死去。别人问起我来时，我说我的父亲已经死了。但事实是，父亲还活着。随着年龄的增长，我发现生活并没有这么简单，绝对的怨恨是没有道理的。但对于父亲，对于过去，我还是不愿意往深处去想。想当年，我独自一人离开河口镇时，就是想让自己脱胎换骨，彻底地变一个人去生活，现在看来，这想法是多么幼稚可笑。

这一天晚上，我躺在一家商务宾馆的房间里，盖上所有的被子、毛毯，想让自己暖暖地睡上一觉，等到早晨起来，精神饱满地离开这里，然而，我却一丝困意都没有。我告诫自己，不要去想父亲。可是，父亲的表情、面容、动作、笑声和说话的语气，却像决堤的水似的涌上来。

如今，父亲真的要死了。

他今年四十六岁。年龄不算大，但比起母亲来，也算不上小。

无论如何，他是我的亲生父亲。我知道他快死了，又怎么能不回去看他一眼呢？整整一宿，两个我在不停地争辩着，一方试图说服另一方，最终却没有结果。

第二天早晨，我提着行李，在车站广场上犹豫半天，最后还是决定回去看看。我噙着眼泪，在熟食店里买了两只烤鸡，然后坐上通往河口镇的公交车。在踏上公交车的那一刻，我有些怨恨那个多管闲事的四姥爷。但转念一想，这也许正是老天爷的安排，随它去吧。而自己又如何面对父亲身边的那个女人呢？那个比自己大不了几岁的女人，她看到自己的反应又会怎样呢？如果没有这个女人，母亲又怎能走上那条路呢？那个小男孩——父亲和那个女人的私生子，那个父亲的宝贝疙瘩，那块父亲的心头肉，如今该上学读书了吧？

而我最想见到的，是我妹妹小婷。可我有种预感，小婷肯定不在河口镇了。她比我小三岁，论年龄正在读大学。小婷从小学习就好，是块大学生的料子，她肯定正在外面上大学呢。当年离开河口镇时，小婷抱着我不肯放手，哭着闹着不让我走，我说婷婷，姐姐会给你写信的，姐姐会给你打电话的，你要好好读书，将来考上大学，给咱妈争气。小婷不住地点头。那年，小婷正在镇中学读初中三年级。而我，自从离开河口镇后，却没有打回过一次电话来，更没有写信。我让自己消失了五年，可我又回到这里。我不知道等着我的将是什么。

　　这次走的是柏油路。路面不错。汽车很稳。一路上胡思乱想。不知不觉，汽车滑进河口镇。小镇变化不大，无非多了一些网吧、美发屋和小型超市。汽车拐过丁字路口，穿过河口镇邮局，那排曾经是我们家的饭店也一闪而过，最后在镇政府门口停下来。我一下车，迎接我的是两只摇晃着尾巴的狗，它们并无恶意地看我两眼，扭头朝一个胡同跑去。天气阴冷，又不是赶大集的日子，所以街上没有几个人。我用头巾把脸捂得严严的，然后朝我们家的二层小楼走去。远远地，我就看到那幢我熟悉的小楼，黑色的铁大门，高高的红砖墙，明亮的窗子，它跟我离开时并没有多大变化，甚至比原来更加整洁。我根本感受不到，一个将要死去的人，会住在这么干净漂亮的小楼里。

　　敲门时，我的心怦怦直跳。院子里立刻传来汪汪的狗叫声，接着又传来脚步声。我猜想，这个人会是谁呢？我父亲？还是那个女人？

　　门一开，我一愣，面前是一个四十多岁、长得白白胖胖的女人。我不认识。我一时不知道说什么好。我又伸头朝院子里看一眼，院子确实有些陌生。同时，我看到这个胖女人也露出惊讶的表情。她迟疑一下，说：

　　"你是小樱吧？"

我点点头。

"哎哟哟，真的是小樱，"这个女人马上表现出超常的热情，她一把攥住我的手，"快，快进屋。"

我像是被她拽进屋里去的。我边走边寻找我父亲，或者那个女人和孩子，都没有。屋子的一切都非常陌生，墙上挂着的照片好像是另外一个家庭的。我心里突然产生一种怪怪的感觉。

"小樱啊，我是你秋香姨啊。哎呀，一言难尽哪，你走以后啊，你们家就像着了魔一样，事儿不断地出，你爸爸好吃好赌，饭店关门后，投资也让人家给骗了，还得了癌症，那个女人真的是靠不住，一看你爸这个样子，裹着钱偷跑了，钢镚儿也没给你爹留几个。你爸没钱治病，把这小楼卖给俺家了。"

听罢这位秋香姨的几句话，我明白过来。这座小楼已经不属于我们家了。

"小樱，你爸爸又回雾村去了，回到你们家老宅子去住了。"

我边点头，边提着行李，向这位秋香姨告别。而秋香姨拉着我的手不松开，边走边说，说到动情处，还淌下眼泪。

秋香姨后来说了些什么，我一句也没有听进去。我要回雾村。

我又回到镇政府门口。我提着行李刚站在汽车站牌下，一辆机动三轮车便停在我面前。我说："走，去雾村。"

三轮车停在我们家老宅子门口的时候，我心里突然有了一丝的急切。我跳下车，几步来到门口。木门虚掩着，我一推，就开了。眼前的景象，让我一下子愣在那里。我看到瘦瘦的小男孩一双黑黑的惶惑的眼睛。我看到父亲坐在躺椅上，他的头发几乎全掉光了，头皮红生生的，就像一团刚洒上水的肥猪肉。他瞪着眼，朝这边瞅着，可一对眼睛空洞无神，两个眼珠就像磨损的玻璃球似的，没有一丝光泽。他说："阳阳，是谁来了？"父亲果真变成了瞎子。身上穿着的灰色棉袄油渍麻花，脏得不成样子。整个院子都是这样，破败、颓废、千疮百孔，弥漫着一股浓浓的腐臭气。

我知道，这个家遇到了大麻烦。想起当年盛气凌人的父亲，面前的这个男人让我感到陌生。但我还是走到他面前，蹲下来，一攥他的手，我就哭了。让我没想到的是，眼前的这个男人，哭得更加悲切，涕泪横流，无法控制。

那个女人真的走了。那个像妖精似的迷住父亲的女人，那个导致母亲上吊自杀的女人，那个迫使我远走他乡的女人，她抛弃了父亲和这个叫阳阳的孩子，走了。

哭罢，我急切地问父亲："小婷呢？小婷在哪里？"

父亲咧开嘴笑了，说："小婷在白水城上大学呢。"

我的眼泪一下子涌出来。我替小婷高兴。我也羞愧难当，亲妹妹就住在自己身边，自己竟然不知道，简直是罪过。

面对这样的家，面对父亲这样的处境，你怎么能看一看就好意思离开呢？我放好行李，开始收拾这个乱七八糟的家。我在扫帚把上绑上竹竿，把三间屋墙壁四周的蜘蛛网粘得干干净净。再拿一块破毛巾，打上肥皂，把那些粘满油泥的桌椅板凳擦干净。床上的被子已烂成一团破棉絮，并且粘了一些屎嘎巴和血污，脏乎乎摊了一床，让我无从下手。我抹着眼泪，决定住上两天，等到河口镇大集时，再买两床新被子。我看到柜子里倒是有一床半新不旧的被子。我想，父亲肯定是给我和小婷留的吧。

这个叫阳阳的小男孩很好奇的样子，他伸头伸脑，上蹿下跳，刚才的惶惑和紧张没有了。刚一开始，我对这个小男孩感情有些复杂。我心里对他充满嫌弃和厌恶。可他的目光单纯清澈，没有半点杂质，当他略带羞涩地表达对我的亲近时，我突然觉得，这个孩子是多么孤独可怜。属于孩子的幸福和快乐，他一点儿都没有。我不知道他和父亲在一起是怎样生活的？

收拾了整整一下午，我累得直不起腰来。父亲不时地说："樱子，慢慢收拾吧，慢慢收拾吧。"我想跟父亲说："你寻思我能陪你多长时间，我还得回白水城呢。我还得去照料我的面馆呢。"但我想了想，没能说出来。

二九

我听到喜鹊在头顶上叫了两声，那声音特别好听。我抬头朝天上看。我忘了自己现在是一个瞎子。说是瞎子，但没有全瞎，在太阳地里，我还能感觉出光来，那颜色黄黄的淡淡的，像当年钻进水里睁开眼时的样子。但我已经什么都看不清楚了，有时候阳阳举着东西，在我眼前晃，并且大声问我："爸，这是什么？"我只能感觉到一团黑乎乎的东西转来转去，我根本辨不清那是什么，于是我就笑着说："是鱼，是一条大鲤鱼。"阳阳笑了，我也笑了。有时候我捧起阳阳的脸，睁大眼睛使劲看，我多么想看清阳阳那一双水汪汪的黑眼睛。可我看不清，我就说："阳阳，你看爸爸的眼珠里有啥？"阳阳脆生生地说："有阳阳。"于是我心里特别高兴，可高兴着高兴着我就难过起来。

我想，我死了以后这个孩子可怎么办。

我知道，我离死已经不远了。也许过不了这个冬天。说实在的，我早就不怕死了。头疼得厉害时，我想，老天爷，你老人家就让我早点玩儿完吧。可清醒时，我的脑袋里就不断地胡思乱想，我想得最多的，就是我这个七岁的儿子。村子有几个没有儿子的人都来找过我，说出他们想收养阳阳的想法。我没答应他们，也没有拒绝他们。我只是说再等等再等等。实际上我心里想的是，宁可让孩子去福利院，也不想让他在这个村子里待下去。当然，我心里还存有一丝的奢望，要知道，我还有两个女儿，算一算，小樱今年已经二十二岁，小婷也该十九了。小婷上大学，自己还顾不上自己，她怎么能顾得上阳阳呢。我老是想到小樱，这个孩子有性格，她妈的死，把她伤得太厉害了。这一走就是好几年，我到处打听，可没有她的半点儿消息，可我总觉得，她说不上哪天就会回来。她是个懂事的孩子。过去的事情，好与不好，对与不对，我也不再想得太多。反正这个世界上没有卖后悔药的。再说，后悔已没有任何意义，现在我的心思越来越简单，就是想念我的孩子们，盼望着在我临死之前，能见上她们一面。即使是我成了瞎子，再也看不见她们的模样，但能听到她们的声音，我也算满足了。

昨天晚上，高四叔来到家里，说他中午时看到小樱了，看到小樱在给她妈上坟呢。我这才想起这一天是元红的祭日。我心里一时酸酸的，但同时急切地问四叔："小樱呢？"四叔说："这孩子，见到我就跑了。"一听四叔这话，我垂下头去。四叔又说："反正我在她后面喊了，说你病得厉害，也不知道她听到没有。"我一晚上没再说话，实际上，我心里盼着小樱能回来看看我。

今天一大早，我听到喜鹊在头顶上叫，心里别提有多高兴。我心想，小樱是个懂事的孩子，她肯定会回来看我的。我心情猛地好起来。说来也怪，今天我的脑袋和身体没感到一点儿疼痛。我坐在院子里，仰躺在躺椅上。没有一丝风，阳阳说是个阴天，可我觉得浑身暖洋洋的，像是有阳光照在身上。我已经好长时间没有这种感觉了。我侧着耳朵，听到有一只猫从树上跳下来，听到有几只麻雀从树枝上飞走，听到有一辆自行车从街上骑过，听到有一辆汽车在很远的地方响了喇叭，听到有一辆三轮车在门口停下来……

突然，我听到门吱一声开了。我的心忽悠一下子蹿到嗓子眼，身子像装了弹簧似的弹起来。

"阳阳，"我喊阳阳，声音很大很尖，"阳阳，是谁来了？"

我听到阳阳跳起来，向门口跑去。我不知道这孩子整天卧在屋角里干什么，也许像只小狗似的晒太阳，也许玩他自己的游戏，但不管他在干什么，我心里都不好受。我想让他去上学。他死活不去。他知道我离不开他。做饭盛饭，倒水拿药，扶我走路，去卫生室里喊医生，哪里都离不开他。听着他上蹿下跳地忙活，有时候我就有一种满足感。

确实有一个人走进来。脚步很轻，但我还是听到了。是一个女的，我想，果然，我又闻到一股香味儿。茉莉花的香味儿。我听到她向我走来，走得很慢，走一步停一停，但还是离我越来越近，我都听到她喘气的声音了。我极力地瞪着眼，但除了淡黄色的水样的东西，眼前仍是混沌一片。我什么都看不见。猛地，她在我的躺椅前蹲下来，攥住我的手，说："爸爸，是你吗？爸爸，你怎么变成了这个样子？"

然后，她哭了。

我也控制不住自己。我说："樱子樱子，不哭，不哭。"可我的眼泪也像断了线的珠子。我伸出手去，摸到了樱子的头发，滑滑的卷卷的软软的，我怯怯地抚摸着。

我把阳阳喊过来。我说："阳阳，这是你的大姐小樱啊。"阳阳没有任何反应。我说："阳阳，你叫啊，叫姐姐呀。"阳阳还是不吱声。我很生气。我说："你这孩子，怎么这么不懂事。"小樱说："好了，别难为他了，来，阳阳，我给你带来了烤鸡。"

小樱这么一说，别提我心里有多高兴。我一高兴，身上这劲儿似乎长了不少。我一高兴，这脑袋一天都没觉得疼。

整个下午，我坐在床上，腿上捂着被子，听到的全是小樱忙活来忙活去的声音。她像她妈一样，是个利落的人，是个爱干净的人。如今这家里，肯定比猪窝强不了多少。

我竖着耳朵，仔细地听，听小樱干活的声音。

小樱在擦桌子。

小樱在扫地。

小樱在洗衣服。

小樱在拆被子。

小樱在刷锅洗碗。

……

我问阳阳："烤鸡好吃吗？"

阳阳迅速地嗯一声。

几年来，我第一次感到家的滋味儿。我想到爹娘，甚至想到了奶奶。我想我这不算长的一辈子也挺有传奇性，挺有戏剧色彩。我想我在雾村在河口镇甚至在县里，也算得上一个人物。没想到我落了这么一个结果，这是老天爷对我的报应。但我这人从心里有点儿倔。我一直认为没有人理解我。五年前，小樱离开我的时候，我的心里没有什么感觉。我想儿孙自有儿孙福，孩儿大了不由娘，既然她愿意去，就随她去吧。我根本没想到我给孩子们心

理造成多大的伤害。后来我意识到些什么，就认为，孩子们再也不会原谅我了。可没想到……

我的脑子突然蹦出一个想法来。我想，要是小樱能多住几天，要是小樱愿意听我说，我就把我半辈子的经历掏心窝子地跟她说说。对于一个等死的人来说，再也没什么顾及的东西了。

紧接着，我脑子里又蹦出一个想法。这个想法从萌生到清晰，也就是几秒钟的时间。我的心哆嗦了一下子。我有些激动。我知道，小樱是没有时间听我的唠叨了。她说她在白水城有事做，很忙。我说："忙好啊，忙当然比不忙好。"我明白小樱的意思。我想，这可是一个机会，我得抓住。

吃晚饭的时候，我跟阳阳说："儿子，把柜子上的那半瓶酒给爸爸拿来。"小樱说："你这个样子，咋还喝酒？"我说："樱子，你回来，我高兴，我只喝两盅；再说，我闻到这烧鸡的香味儿，馋了。"阳阳一听我说馋了，咯咯地笑起来。我可很少能听到他这么开心地笑，他见到这个姐姐，心里肯定很高兴。我喝了一口酒，又把一块鸡肉塞进嘴里，满口都是鸡肉的香味。我说："闺女买的烤鸡，就是好吃。"我听到小樱抽泣了一下。我说："阳阳，樱子姐姐是你的大姐姐，婷婷姐姐是你的小姐姐，她们都是你的亲姐姐，是你在这个世界上上最亲的人。记住了吗？"阳阳嗯了一声，我把杯中酒一饮而尽。小樱一把夺过我手中的酒杯，说："爸，你不能多喝了。"我点点头说："听闺女的。"

饭后，我跟小樱说："樱子，你看看茶叶盒子里，可能还有点花茶，你泡上一壶，咱爷俩说说话。"

不一会儿，茉莉花茶的香味便飘过来。我听到小樱把茶壶放到我面前的桌子上。可是，过了半天，我们谁都没说话。小樱不

风中芦苇 219

吱声，我一时也不知道话从何说起。我听到阳阳的鞋子还在"咔嗒咔嗒"踢着柜子。我说："阳阳，去看电视吧，电视里不是正在演少儿节目嘛。"我听到阳阳"呼"一下跑出去，身后的板凳跟着一阵响。我说这孩子，不知道慢着点。小樱倒好一杯茶，递到我手里。

"樱子，"我说，"我快不行了，我对不住你们。我知道你心里还在恨我。你恨得对。有那么几年，我确实不是东西，不是人啊。可这世界上没有后悔药。这都是天命。天命不可违，我认了。"我喝一口茶，听见外屋传来阳阳的笑声。

"樱子，"我说，"爹快死了，你能不能答应爹一件事？"

小樱半天都没说话。我支棱着耳朵，听到的净是电视里传来的打闹声。我知道，小樱心里的那个结，咋能说解就解开？可是，我等不及了。我禁不住两腿一软，扑通一下子跪在地上。我听见小樱一下子哭出声来，她拽着我的胳膊，说："爸，这是干吗呀？有事，你说就是了。"我重新坐好。

我说："这段时间，村里好几个人都来找我，想收养阳阳。我都没答应，我舍不得。我老是想到你。我老是觉得你能回来。这不，你真的就回来了。这是天意啊。不管咋说，阳阳都是你的弟弟，你的亲弟弟。樱子，我知道你难，可再难你也得管他呀。樱子，你答应我，我死后，你一定要把阳阳带走。你说话呀？"

我听到小樱泣不成声。过了好长时间，小樱才说："阳阳这事，你就放心吧。"小樱的口气很坚定。小樱说话是算数的。

我心里，一块石头总算落了地。我起身，来到床边，摸索着从枕头套的里边，拿出一张存折。我说："樱子，这里还有两万多块钱，这是留着给你妹妹的学费，这可是专项经费啊。"我心里轻松多了，说完这话，还呵呵地笑了两声。我又把存折塞进枕头套里。小樱说啥都不知道，这是我故意让她看到的。这个时候，我已经决定要走了。

"樱子，把你的手伸过来，"小樱果真把手伸到我眼前，我攥着小樱柔软的手，心中五味杂陈。

我说："樱子，忙活了一天，早点休息吧。"

夜色渐渐深了。睡在我身旁的阳阳竟说了两句梦话。我仔细听着对面小樱的屋里，已经半天没有动静。我悄悄爬起来，穿好棉衣，慢慢地拨开门栓，来到院子里。尽管我什么都看不见，但家里的一切对我来说都是轻车熟路。我来到门口，一把便抓住那根白天准备好的绳子。放心，我不会上吊的。我害怕吓着孩子们。绳子不长，两端我各拴了一块砖。我掂了掂，还挺沉。我慢慢地打开大门，出来后，又轻轻地关上。我站在家门口，长吐了一口气，露气很重，可我觉得特别舒服。我把绳子挂在脖子上，一手托着一块砖，颇有些悲壮地朝村北走去。下午我问过阳阳。阳阳说北大湾里的水好多呢……村路熟在我的肚子里，我走得慢，但脚下稳。

小　二

跟往常一样，我是在父亲的咳嗽声中醒来的。我看到父亲的烟头在黑影里晃来晃去，跟田野里的鬼火似的，一股呛人的辣味儿钻进鼻子，我禁不住打了个喷嚏。

"你醒了，小二。"父亲的嗓子里像是粘着一团东西。停了会儿，那团东西又在父亲嗓子眼里转了个圈儿，"鸡叫过两遍了，我听到卖豆腐的麻子陈早就出门了。"父亲的声音很大，像受了惊吓似的。

我瞅一眼窗子。仍是黑乎乎的，根本看不到外面的东西，只有一团青幽幽的光泽罩在窗口，让人觉得这并不是在梦中。裤子如同铁皮做的一样，硬邦邦的，不醒的时候觉不出来，只要一醒来，寒气便沿着床头钻进被窝，像梦中那双干瘪冰冷的手一样掠过全身，两只胳膊上立刻耸起一层鸡皮疙瘩，摸上去，脑瓜子里就出现了那一片片的坟地。

"小二，你听听，人家赶集的都走了。"父亲朝床外斜斜身子，他朝地上吐一口痰，"这儿离河还有三里多路呢，你不惦记鱼吧，也得惦记着网呀。"说完，父亲把烟嘴在床头上使劲儿磕了几下。

我想跟父亲说，今天我没在河里下挂网。不是偷懒，是想趁着水还没结冰，把北面的水塘抽干，把我养了一年多的鱼逮出来。昨天，我跑过几家饭店，人家都答应想多要几条，咯嘣眼甚至说，有多少算多少，你小二的鱼，我哪能不收呢。女儿红酒家是镇上最有名的饭店。咯嘣眼是老板，他这么一说，我心里如同压上一块秤砣，稳了。

我想把这些告诉父亲，对我来说，这毕竟是一件大事，我把它看得比收获庄稼还重要。可话到嘴边，嘴又变懒了。我就是这么一个人，对自己的父亲，也不愿多说一句话。但过后想起来，懒并不是主要的原因。那是什么？是黑乎乎的窗子，还是对父亲唠唠叨叨的厌倦？是青幽幽的那团光泽还是夜里荒凉的梦？不，都不是。是一种莫名其妙的东西。我说不出来，它就像一张渔网把我紧紧地罩住，让我心里空荡荡的。我活到三十好几岁，还从没有这样的感觉，话又说回来，我并不知道这一天是我倒霉的日子。但也许事情很简单，就是因为我父亲是个瘫子，他什么都帮不上我，我跟他说什么也等于白说。

我父亲瘫在床上已经两年多了。

那当然是两年前的事。那年夏天，镇上说要奔什么小康，要村村通上柏油路，条条大路通到镇政府。这当然是好事。可是呢，首先做的工作就是集资，村长刘拉拉趴在大喇叭里吼了好几天。这是做思想动员工作，见收效不大，就开始骂，说他娘的，不就是一个人四十块钱吗，紧紧裤腰带也能掉下个仨瓜俩枣来。这么一骂，那些有钱的要头要脸的人家也就交了，但多数的人家还是没交。我父亲说："小二，你找个时间把钱交上吧。这种事儿，脱不了。"我跟父亲说："这事儿你就甭管了。"那时候正是捕鱼的好季节，我成天划着小船儿，待在西河里，有时候夜里就睡在船上。我根本没把集资当回事儿。我想，等他们找上门来，再交也不晚。我住在村西头，干吗还非得跑到村东头去交那几十块钱。可是没过几天，乡里就来了"催款队"，五大三粗的十几个小伙子，横着眉吊着眼，穿着一身那种绿色的迷彩服。刘拉拉在前面领着。也该我父亲倒霉，他正站在树底下乘凉。当时，我父亲还笑着说："大伙看看，这不就是鬼子进村吗？"离着很远，刘拉拉就喊："王九贵，你那个集资款还交不交？"我父亲说："小二在河里呢，等他回来，我……"刘拉拉说："还等谁回来，赶快回去拿吧，你们家一百五。"我父亲说："村长，不是一个人四十块吗？我们家三口人，该一百二十块钱呀。"刘拉拉说："废话少说，一百五就是一百五。谁让你交这么晚。"我父亲很不情愿，他转身往家里走，嘴里嘟嘟囔囔的。平时，我父亲一个人在家里，嘴里也是这么嘟嘟囔囔的。可没想到，这一天他嘟囔的不是时候，那十几个迷彩服马上围过来，一个小伙子掐着我父亲的脖子，像掐一只小鸡似的，还没等我父亲回过神，一个扫堂腿，我父亲便四仰八叉地歪在地上。你再嘟囔，你再嘟囔……他们左一巴掌右一巴掌扇我父亲的耳光。俗话说："打人不打脸，骂人不骂短。"可他们的巴掌却像雨点似的落在我父亲干瘪的脸上，后来，有个人把一副锃亮的手铐子铐在我父亲的手腕子上。他们揪着我父亲的后脖领子，把我父亲从地上提溜起来，像提溜一只癞皮狗似的，他们还不时在我父亲的脑瓜皮上来一下子。我父亲嘴里发出狗儿发怒，且还没叫出来的那种声音。可没走几步，我父亲又重新坐在地上。他们认为我父亲是在耍赖皮，又像提溜癞皮狗似的把我父亲提溜起来。这时候有人叫了一声，他一边甩着手一边骂："这个老东西，吓尿裤子了。"人们这才发现地上的那摊湿迹，就开始笑。我父亲在笑声中，两条腿像面条似的，抖几下，软下去了。

　　我不愿意躺在被窝里想这些让人不高兴的事情，索性从床上爬起来，穿上衣服，来到院子里，点上一支烟，看我养的鸽子在屋顶上飞来飞去。这时候，雾气还没有退去，空气湿漉漉的，白色的露珠挂在农具和树枝上，除了偶尔传来的几声鸡叫，村子依然沉浸在一种灰沉沉的祥和之中。小盼肯定还没有起床，这个死丫头什么都好，就是养成一个睡懒觉的臭毛病，可话又说回来，这个家也多亏了她，我成年待在河里，要不是她照顾父亲，我们这个家可就难办了。两年前她在城里一家工厂里干得好好的，父亲这么一瘫，她也只好辞掉了那份工作，那年她才十九岁，今年，她也满二十一岁了，她的那些伙伴们，结婚的结婚，生子的生子。她长得这么好看，却被落下了。我不知道她心里急不急，人家那些媒婆一个一个地来，可都叫她拒绝了。她说父亲离不了她。最近，我发现她对邻居家的秀才特别感兴趣。可是人家秀才是个大学生，城里的工作都不愿意干，听说这是回到家来好好学习，准备考什么研究生。我想抽个时间跟小盼聊聊，咱可不能剃头挑子一头热。

我把抽水机从偏屋里推出来，擦去上面的灰尘，油箱里的柴油还有一些，我想了想，又加上一斤，我查看了火塞、油路、油门，还有水龙头上的阀门，一切正常。当我直起腰，发现雾气淡了许多，但太阳并没有出来，它被厚厚的云层遮住了，空气阴冷，我只穿着件秋衣，站在院子里，抱着膀子，两只胳膊禁不住哆嗦起来。那一刻，我心动了一下，想还是找个晴天干吧，可这个念头只是一闪而过，我还是决定今天干，这是我自己选择好的日子，等了这么长时间，怎么能轻易改变呢？

这时候，小盼也起来了，她洗完手，开始坐在灶膛里做饭。我蹲在院子里，拿斧子劈一些固定抽水机用的木橛子，刚劈好一个，听见父亲在屋里叫我，"小二，小二。"小盼说："哥，咱爹喊你。"我放下斧子，来到屋里。"我要拉屎。"我父亲说。我忙把杌子头横放在地下，往盆子里撒一些草木灰，放在杌子下面，接着给我父亲穿上鞋子，把我父亲背起来，放在杌子头上。在我父亲蹲下去的瞬间，我听到他的嗓子眼里"哼哼"了两声。我又回到外面，我跟小盼说："爹正拉屎呢。"小盼抓起一把柴火，朝我撇撇嘴。过了会儿，父亲又在屋子喊："小二，小二。"于是我重新回到屋里，我说："好了？"父亲脸色绛紫，他说："小二，我拉不出来。"我说："你拉不出来还说要拉。"父亲说："想拉就是拉不出来。"父亲吭吭地喘着粗气，我犹豫片刻只好蹲下身子，闭上眼睛，伸出手去。我抻着父亲松弛的皮肤弯起手指。父亲的大便跟土块一样干硬，它们落在我手里，接着，又像玻璃球似的滚进盆子。

小盼把饭菜端上桌，我却一点也不想吃。我点上一根烟，来到院子里。那根手指还在不停地抖动着，天空很低，鸽子在上面飞着，看上去它们飞得很慢，如同在一张大网里挣扎似的。

我开始着手往地排车上装东西。鸽子们像破麻布似的落下来，它们咕咕地叫着，不时瞅我一眼。两根橡皮管子正好绕着车子缠了四圈，我又拿绳子捆一下，它们算是老实了。抽水机倒像一个听话的孩子，一副老老实实舒舒服服的样子。我又把鱼篓子、长筒水鞋、纱绷子、大盆、渔网，统统地扔在车子上，把盛鱼的胶皮袋子斜挎在身上。小盼从屋子走出来，说："哥，你不去西河了。"我说："北面那个水塘该弄了，那鱼都快两年了，对了，一会儿，你去喊一声秀才，要是他没事儿，让他去帮我一下。"小盼答应了一声，就开始弯着腰拌鸡食。我接着说："看来咱爹是便秘，一会儿你去医务室里开点药，要是小白老鼠有空，你就让他来给咱爹看看。"小白老鼠是村里的医生。

我推着抽水机来到街上，碰到的第一个人就是刘全。我刚从胡同拐到街上，车子的重心向里，我得使劲扭着身子，撅着屁股，脚底下也趔趔趄趄的，这样走了好几步，才把车身找平了。刚想松一口气，就听到身后有摩托车响，我还没来得及往路边靠一靠，摩托车轰一声，贴着胶皮管子窜过去，一股凉风劲头十足地推了我一下，我的车子差一点儿歪倒在路边的土堆上。我不看就知道是刘全，换别人，谁敢把摩托车骑得这么快。别说我的小推车没歪，就是歪了，也不能多说什么。我忙把车子停下，喘一口气。没想到摩托车又拐了回来，停在我跟前。刘全摘下头盔，说："小二，干什么去？"我忙点点头，说："北面那水塘，一年多了，该弄了。"刘全的眼皮子耷拉着，脸色青灰，看上去有气无力的，他跟我说话的时候，先打了个哈欠。他肯定不是在养鸡场里干活累的。他是养鸡场的老板。老板是不干活的。我知道刘全经常在镇上搓麻将，一搓就是一个通宵，我想刘全肯定是搓麻将去了。

刘全说："正好，今天是我爹的生日，晚上有朋友来玩，到时候给我几条鱼吃。"

我说："没问题，不就是几条鱼吗。"

刘全说："弄几条大的。"

刘全说完，把头盔往头上一扣，扭过车屁股，一溜烟地蹿了。说这几句话时，我始终都没看到刘全的眼珠，他那眼皮子连撩都没撩一下。哎，谁让人家是刘全呢？谁让人家是刘拉拉的儿子呢？噢，刘拉拉的生日。我突然意识到，今天并不是什么好日子。

实际上，不用他说，刘拉拉那份鱼是肯定不能少的了。就连我养鱼的水塘，虽然只有两亩地大小，可如果不是刘拉拉同意，我怎么敢在它四周，用高粱秸扎上篱笆呢？我不敢，就凭我王小二，今天扎上，明天就有人给你踩倒。可刘拉拉只在水塘边站了一次，他说："小二，你整天打鱼，那些小鱼小虾也卖不上价去，吃又吃不了，扔了又可惜，干脆你就把它们放进这水塘里，到时候撒两把棒子面，养它个一年半载的，捞出来不就能卖个好价钱。"

刘拉拉说这句话时，我正蹲在水塘边磨刀。那时候，我父亲王九贵瘫在床上已经一个多月了。那段时间，我根本没心思下河捕鱼，我整天绕着村子转来转去的，我想不出任何能让我父亲站起来的办法，心里火烧火燎的，浑身像上紧发条的钟表似的，一刻也闲不下来，不停地绕着村子转。直到有一天，我突然发现了父亲攒了一辈子的刀子。我父亲干了一辈子屠夫，刀子足有几十把。前几年他上了年纪，猪也宰不动了，羊也杀不了了，就把这些刀子一字排开，挂在偏屋的墙上，上面落满灰尘，结满了蜘蛛网，你一碰它们，刀背上的铁锈就纷纷落下来。我把它们从墙上摘下来，抱到水塘边，把家里那块大青石往水边一放，一下一下地磨起刀来，磨得仔细又认真，红色的锈水沾满双手，沿着脚尖淌成一条小河，它们像血水一样升起一股腥臭气。有人打水塘边走过，就问："小二，你这是干什么？你是不是也想当屠夫？"我头也不抬地说："我替我父亲磨刀呢。""你父亲都瘫了，他还能杀猪宰羊吗？"人们嘴里嘟嘟哝哝地说着什么。

在太阳下，我把那些刀子排成一排。它们组成一个非常好看的图案，有大的，有小的，有长的，有短的，有直的，有弯的。它们闪着青幽幽的光，闪着我父亲一生的荣耀。我一时迷醉在这些刀子之中，村长在背后站了半天，我都没有发觉。直到村长说了那些话，我才转过身子，抬起头。对刘拉拉说的话，我好半天才回过味来。我想刘拉拉说的一点也不错呀，这个念头存在我心里已经好几年，我一直羞于把它说出来，可没想到人家替我说了出来。从那天开始，我就开始佩服刘拉拉，村长就是村长，所以，村长的那份鱼，是绝对不能少的。

我来到北大湾，把车上的东西一件件搬下来，摆好。天阴得厉害，北风一吹，小刀一般，割得脸疼。我点上一支烟，缩着脖子，蹲在池塘边上。灰褐色的水面上，不时泛起一层层白亮亮的水波纹。池塘中间，有三块炕头大小的芦苇丛。夏天的时候，我时常看到有大鱼在那里出没，它们青褐色的脊背在芦苇间攒动。如今，那里死气沉沉的，灰白的芦苇穗被风吹得东摇西晃。我知道这是季节的原因，它们怕冷，它们正像孩子似的趴伏在芦苇的根部。

这时候，我看到一个年轻的女人正慌张着朝我跑过来，她身后还跟着一个小男孩。

"叔，你看到我爸爸没有？我爸爸是二九啊。"

我站起身，仔细瞅了半天，禁不住一拍大腿，这不是二九的闺女小樱嘛。

我说："小樱啊，你爸爸咋了？"

小樱说："我们睡醒觉，他就不见了。就这么大个村子，他瞎着个眼，能跑哪里去？真急死人了。"

我说："你别着急，你们先找着，我把抽水机开起来，我也帮你找。"

小樱说了声谢谢，便朝西边跑去。那个小男孩一直盯着水面，发现小樱跑了，猛一扭身子，脚下一绊，跌了一跤，但他马上像弹簧一般爬起来，还不好意思似的瞥我一眼，然后追小樱而去。

二九的眼瞎了，是走不远的。我想把这话告诉小樱，可一看，小樱和那个小男孩已经跑出去好远了。

小　盼

哥哥临出门的时候，说父亲便秘，这事儿我已经担心两三天了。父亲已经六七天没解大便。说父亲是个老封建一点不过，他虽然这个样子，却还整天瞎讲究。两年多了，父亲从来都是哥哥在家的时候，才说要解大便，一些话他当然不好对我说，谁让我是个当闺女的呢？自从瘫在床上以后，父亲似乎伤了元气，白了头发，嘴里还整天嘟嘟囔囔，说自己一辈子杀的生灵太多了，不知是得罪了哪方神仙，才让自己遭受这样的厄运。你听，父亲的嘴里又开始嘟囔上了。

天虽然阴得厉害，但这确是一个平常的早晨，我丝毫没觉出有什么不对的地方，我的心还在被夜里的那个梦缠绕着呢。想想都脸红，我竟然梦见了人家秀才。梦里，秀才的嘴唇那么软牙那么白。

我把哥哥的脏衣服泡进盆里，哥哥的衣服兜里总藏着几片鱼鳞或者水草，我把它们抠出来，那里有一股浓浓的鱼腥味儿。开始，我真受不了这股怪味儿，洗着衣服就想吐，有段时间，我甚至对做好的鱼都没了兴趣。可后来渐渐习惯了，可笑的是，现在，我觉得这鱼腥味儿越来越好闻，尤其是打上肥皂，那股混合的气味，也许只有我才享受得到。天气阴得厉害，像要下雨下雪的样子，我只好把衣服泡在盆里。要是天气转好，我就把它们洗出来，要是下雨下雪，那就明天再洗。就多泡一会儿吧，我想，去去衣服的腥味儿，也好让我去忙些别的。可是，在我的记忆里，我们这地方的秋雨却少得可怜，闹不好一下子就落下雪来。刚才，我看着哥哥抱着膀子站在院子里的样子，真想劝他今天就歇一歇，为什么非要赶个阴天去逮鱼呢？可我没说，我了解哥哥的脾气，他认准的事儿，十头牛都拉不回来。秋刚一收完，他就一头扎进河里，他是舍不得放弃挣那一天的钱，这不，又要抽干那块水塘。我知道他对水塘看得很重，隔三岔五的，他就去撒一次玉米面，要是让父亲知道了，肯定会骂他败家子。

"爹，你抽袋烟吧。"

我把烟筐子往父亲的跟前挪了挪。父亲靠着床头柜子，腿上盖着被子，两眼盯着窗棂发呆。我发现父亲的情绪不好，两眼无光，像是有什么心事儿，也可能是早上便秘，折腾了半天，现在累了。

"爹，我到小白老鼠那里问问去吧。"我说。

"不用去。我什么事都没有。"父亲嘴硬，看也不看我一眼。

"你看你刚才憋得那样，可倒好，刚过去就忘了。"

父亲就是这个样子，你跟他说好听的，说一千句也白说。这么一呛他，果然，他不吱声了。

我换上一件红花格子上衣，梳了梳头发，又拿起镜子来，仔细看了自己几眼，哥哥嘱咐过我，让我去看看秀才有没有时间。前天，我从秀才那里借了本书，叫什么《郁达夫散文集》，正好还给他。再说，我还想跟他多待一会儿。现在时间还早，去小白鼠那里，再等一会儿也不迟。

我们家房子后面，就是秀才家。秀才叫陈元。他的父亲麻子陈肯定一大早就走街串巷卖豆腐去了。麻子陈卖了一辈子豆腐，如今孩子们都大了，他还是卖豆腐。麻子陈是个了不起的人物啊，我父亲时常说。麻子陈的大儿子陈平在县里的农业局开车。陈平高中毕业后参军，在军队里转成了志愿兵，转业后分到县城里，给局长开小车，听说陈平在县里刚买了新楼房。"这全是你老小子的功劳啊，"只要麻子陈一到我家来，我父亲就坐在床上这样说，口气中不无羡慕。麻子陈却对大儿子的事儿不以为然，他把所有的心事都放在小儿子陈元身上，他天天卖豆腐，就是想让陈元考上研究生。麻子陈说："我总觉得这孩子能给我争口气。"可陈元并不那么争气，他连考三年，却是考得一年不如一年，如今回到家来，整天站在院子里发呆，他戴着一副眼镜子，有时候他还抽上一支烟，看上去忧心忡忡，样子怪可怜的。

如果我没记错，陈元比我大整三岁。我初中毕业后，去城里的电器厂干临时工。陈元那年考上的大学，一晃五六年，真快。小时候，他一直认为我比他小好多，都不用正眼看我，更没有坐下来说说话儿。实际上，那时候陈元长得还不如我高，腼腼腆腆的，人们说他像个小女孩，可如今，他高我整整一头，嘴唇周遭的胡子就像芦苇一样疯长，今天看上去还是白白净净的，明天就变成黑乎乎一片，我跟他开玩笑说："秀才，你们家的锅底可真够黑的。"秀才知道我是逗着他玩，他便龇牙一笑，他的牙齿真白呀。我从没有看到这么白的牙齿。他一笑，我心里便忽悠一下子，我能觉出我的血液流得有多么快，欲望伴随着它在我的身体里横冲直撞。我真想亲他一口。想到这里我的脸就发烧。

秀才正在吃早饭，那是他父亲给他留下的豆腐脑。他看到我来了，把碗里剩下的豆腐脑连同饭桌一块儿收拾起来。我们彼此谁都没有说话，秀才收拾桌子时，脸上一副冷冰冰的样子，可我心里知道，他对谁都是这样。我直接走到他的房间里，他的房间里总是那么整洁，简陋的柜子擦得能照见人影，蚊帐还没有撤掉，枕头旁摆着一摞子书，蓝白方格的床单散发出温暖的光泽，有一股好闻的气味从那里飘起来，一坐在他的床上，我的头就有点儿晕。我把那本《郁达夫散文集》放在他的枕头上。

"看完了？"秀才站在屋子中间，手里拿着一支没点着的烟。

我点点头，想说点什么，但嗓子眼里如同塞上了东西。我两眼盯着陈元，竟然像傻瓜似的呆了片刻。

陈元伸出拇指和中指，轻轻地往上推了推眼镜，他说："郁达夫的散文不好读，可他的小说还是很有意思的。"

说完，陈元坐在床对面的椅子上，他把烟叼在嘴唇上。

　　我的心往上一提，我怕陈元耍起他的书呆子气，再跟我讲起什么诗来，我根本不懂什么小说呀诗的，说实在的，这本《郁达夫散文集》我读不下去，云山雾罩的，我读不明白。我确实读不太懂。只是那天在秀才的热情推荐下，我并不想扫他的兴。

　　"我哥想让你帮他个忙。"

　　"让我？"秀才又露出他的白牙。

　　"让你又怎么样，你这么大的人，帮个忙又怎么了？"我笑了。

　　秀才想了想，说："我能干什么？"

　　我撇撇嘴，说："你能干什么，我哥想让你帮他看抽水机，他在村北的水塘里逮鱼呢。"

　　秀才的眼睛猛地一亮，说："逮鱼，哎呀，逮鱼好，我小时候就喜欢逮鱼，这些年我都忘掉了，可那鱼在手中活蹦乱跳劲头儿，我一辈子也忘不了。"

　　我心想，秀才啊，你真傻，我就是一条活蹦乱跳的鱼，你倒是逮呀。我转念又一想，傻呵呵的秀才哪里会逮鱼呢？

　　不过，秀才变得很高兴，那白白的牙齿又露出来。他把烟又重新放在嘴唇上，从柜子上摸起火柴。就在他点烟的一瞬间，我不知道从哪里来的一股劲儿，伸手把烟从他的嘴里拽出来。他愣一下。我站起来，我说陈元，别再抽烟了。我一只手抚摸着他的头发，低下头去，轻轻地说："你的牙齿那么白，你不能糟蹋了它们呀。"我几乎趴在了秀才身上，隔着一层的衣服，我觉得我的乳房触到了他厚实的胸膛。秀才本能地向后仰着身子，他瞪着眼睛，脸涨得通红，像是害怕的样子。我不知道中了什么邪，我实在阻挡不住那股劲儿，在秀才面前，我一点儿羞涩的感觉都没有。此时我才发觉，这几年来，我一直打心里喜欢着他。他身上有我喜欢的气味。他有一口白白的牙齿，它们如同魔鬼一样吸引着我，吸引着我低下头去。我拿舌尖轻轻地撬开他的嘴唇。他的嘴唇温热湿润。我把舌尖轻轻地放在他洁白的牙齿上。他的牙齿清凉，有一股淡淡的水果味儿还滞留在上面。他似乎过于紧张了。过了好一会儿，他才有所反应。他先是动了动牙齿。我的舌尖趁机钻了进去。然后，他两手有些不知所措地放在我的腰上。我的身子像是一个点着了鞭炮似的就要炸开了。我喘着气用舌尖慢慢地搅动着他的牙齿。我们的嘴里充满甜津津的汁液。

老天爷，他的嘴唇突然就有了力气。

王久贵

他们都走了，家里猛地静下来。小盼出门的时候，一看她那兴奋劲儿，我就知道她不是去了小白老鼠家，哎，孩子大了，由她去吧。要不是我的拖累，也许她早就结了婚、生了娃。说实在的，这一切都是没有办法。留他们在身边，年龄越大，就越来越成了我的心病。

如今，什么都不用说了。我整天坐在这间冷冰冰的屋子里，最大的愿望，就是那一时刻到来。那样的话，我的心就静了，就平了，就不再胡思乱想。我早就发现，再好的年月，对老百姓来说，也就这么回事儿。啥样的年月，都有幸运的人，同时，也有不幸的人。我从来都没有想过，我是幸运的还是不幸的。你看那二九，风光的时候多风光，还老是上个电视啊报纸的，屁股后面整天跟着一帮小兄弟，不知道有多少女人往他怀里钻过，可说败就败了，妻离子散，死的死、走的走，得了脑瘤，眼都瞎了，身边除了那个私生子，连个伺候的人都没有。这人哪，可别觉得自己有啥了不起，你以为你是谁？

这几天，我总在做一些稀奇古怪的梦。我梦见爹娘都坐在炕头上吃饭，他们总是笑啊笑啊地瞅着我。我梦见老大从工地上回来了，他对我说：爹，我还没死呀，我这不活得好好的吗？可是我知道，他都死去十多年了，他的媳妇带着孩子也已经改嫁好几年了。我梦见一头猪嘴里叼着一把刀子，疯了似的在后面追我……每次醒来，汗水总是湿透枕巾，我的心里凉啊，我问自己：是不是那一时刻真的快到了？要是那样，再好不过，即便是死不瞑目，也比这么不死不活的好呀。如今，我跟那二九有啥差别呢？

昨天夜里，一觉醒来，再也睡不着了，坐起来，也不知道什么时辰，窗外一点儿亮光都没有，穿上棉袄，听着小二的呼噜声，就想抽一袋烟。抽完一袋烟，窗户那儿还是没有亮光，就又抽一袋。就这样，我也不知道抽了几袋。是啊，终于听到鸡叫了，看看窗棂，也确实有了那么点儿光亮，猛地听到小二在哭，那声音哑得，难听极了，断断续续的，高一声低一声，惨兮兮，本来不想喊他，想让孩子多睡会儿，可是，孩子肯定正在做着什么噩梦，要不他怎么哭得这么惨呢。喊还是不喊，我正拿不定主意，猛地听到小二打了个喷嚏，我想这下子好了，他肯定是醒了，可他翻了下身，又睡着了。一会儿，那哭声又传来。我想这肯定不是什么好事儿。我这个人有点儿迷信，我总觉得要出什么事情了，并且不是小事，好像有一种东西就在我身边，前后左右，阴森森地瞪着我，有时候我猛一回头，总是看到有什么东西一闪而过。我就不停地骂街，× 你妈，你为什么总是跟我过不去？我烦躁，脾气坏。我一辈子血见得太多，是不是一见不到血，那股邪气就来了。想到这些，我的脑瓜皮直发麻，于是我使劲磕烟袋锅子，说麻子陈卖豆腐走了，说这个担水的回来了，说那个赶集的也上路了。实际上，外面什么声音都没有，我只是想把小二弄醒，想让他从一个个的噩梦中逃出来。可是醒来又能怎样呢？三十好几岁的人了，还没娶上个媳妇。没有老婆暖被窝怎么能叫男人？没有老婆暖被窝，能不做噩梦吗？我心里急呀，想来想去，还不是因为家里穷？还不是因为咱小门小户？我呀，活了一辈子，也不知道干了些什么？如今像我这个样子，谁家的闺女还愿意上咱家来呀？

小二没说一句怨言，我知道这孩子有事儿都装在心里。他老实，所以他找不到女人。他从小就不爱说话，可他心里却犟得很，像他捕鱼和养鸽子似的，他不声不响地，一做就是十多年；像他脸上的那表情，一年到头都是一个样子。他很少有生气的时候，也很少有激动的时候，烦躁不安更是少见。可是今天早上，透过窗玻璃，我看到他在院子里不停地走来走去，烟卷儿也一根一根地抽，我想肯定是有什么事儿。要是以往，他早就骑上车子出门去了，他在河里还下着挂网呢。后来，我发现他往小推车上装抽水机，心里便一块石头落了地，我猜到他要去干什么了。

刘　全

我没有回家，而是拐了个弯，来到刘丫头门前。我想借点钱，他妈的，这几天手气背透了，四个人，就我一个人输钱。咯嘣眼那小子最贼，麻将没打几圈儿，他就大红二红地喊。那些浪女人，坐在你身边，一身的劣质香水味儿，熏得你喘口气嗓子眼都痒痒半天。那些臭手还贱得很，一会儿捅捅八万，一会儿动动六条。你把那臭手打下去，它们就在桌子下面拨弄你，弄得你心里乱糟糟的，多少钱输不进去？围着咯嘣眼转的这群骚货没有一个好东西，快恨死我了。卖了半个月的鸡蛋钱，都输进去了，这要是让我老婆知道了，还不得掐死我。

我把摩托车停在槐树下面，把头盔挂在车把上，然后来到刘丫头门前。我伸手拍了拍他家那黑色的大铁门。

"谁呀？"刘丫头在里面喊。

"我，"我咳嗽一声，说："你还赖在嫂子的被窝里了。"

"我就知道是你小子。"刘丫头说着，打开门。

刘丫头正在院子里浇花，这小子，四十岁不到，就快成神仙了，你看这一溜五间的红砖瓦房，你看这满院子的菊花，你再看看那漂亮的秋麦，他妈的，都是一个爷爷生的，命就不一样。秋麦正蹲在门口刷牙，她只穿了件单薄的衬衣，你看那对大奶子，活蹦乱跳的，跳得你心慌。

"丫头哥，好福都让你享尽了。"我打一个哈欠，伸手掐下一朵黄菊花，放在鼻子下面，不停地抽动着鼻子，声音很大。我想让秋麦说话，可是秋麦，她看都没看我一眼，而是起身进屋去了。

刘丫头递给我一根烟。我们蹲在菊花旁边，有半天没说话，天阴得就像一块油毡纸，没头没脑地盖在头上。

"丫头哥，借我点钱？过两天就还你。"我底气不足。

"靠，你养鸡场的大老板，还跟我借钱？"

"你又不是不知道，我还钱很及时的。"

"多少？"

"三千吧。"

"干啥用，还赌？"

我笑了笑。

"笑个屁，刘全。"刘丫头的声音闷闷的，他把嘴巴伸过来，声音压得很低，说："这年头，玩两个鸡，也没什么大不了，可要是赌，最后非得毁了你个狗日的。"

"对对，不赌了，真的不赌了。我有事，真的有事。"我畏畏缩缩的，低着头，手里摆弄着那只菊花。向人家借钱，就得低头认罪。

"狗屁事！我还不知道你。"刘丫头咬着牙说。

"这不，你叔今天的生日嘛，我不得好好摆两桌，正赶上手头紧，不跟你借跟谁借？"

"这倒是正事，那晚上我也得去给我叔端两杯寿酒呢。"刘丫头皮笑肉不笑地说。

"这还用说，就是过来请你的嘛。"

我们接着抽烟。过了一会儿，刘丫头说："你先出去吧，在外面等我。"

于是我们站起来。我沿着砖铺的小路向外走。我走得很慢，不时回一下头。我看到刘丫头一瘸一拐的，一边走，一边拿手揉着大腿，看来他是蹲麻了腿。快到屋门口的时候，他一脚踢翻了盛满茄子的竹筐，有两个茄子滚得很远，他借给我钱，确实有点儿不情愿。我猛地发现了站在窗户里面的秋麦，隔着玻璃，我仍能看到那双黑眼睛里闪出的光泽。是啊，我不是一直在寻找这对黑眼睛吗？虽然她只看了我一眼，我还是能明白那里面的所有意思。

也就是在我走出门来的那一刻，我猛地想起刘丫头曾去我们家，找我父亲要一块水塘，商量养螃蟹的事来。我父亲是他的亲叔，所以他们说话都是直来直去。最后说了半天，还是觉得北面的那片水塘最好。一是那块水塘面积不大，正好适合养毛蟹；二是那块水塘离水沟很近，是活水；三是离村子近，利于看护。可是，那块水塘王小二早就占上了。

刘丫头说："要回来就是了，就说是村里的决定。"

我父亲说："那是我答应的，最起码也得让他收上一茬鱼吧。"我不知道我父亲为什么对王小二这么好，也许是因为王久贵被乡里那群狼狗揍成了瘫子，他打心眼里有点儿内疚吧。

刚才，我正好碰到王小二推着抽水机去了村北的水塘，他肯定弄鱼去了。我得把这个消息告诉刘丫头。我听秋麦说过多次，对于养蟹，刘丫头已经准备了好长时间。这小子前几年一直在外面做生意，赚了笔钱，这两年，外面不好混了，就一直蹲在家里。我想，这小子的屁股眼里肯定捂出蛆来了。

我靠在摩托车上，远远看见王小盼走进陈元家里，是不是这个小骚货又缠上了戴眼镜的秀才？真是不好说，你看她那脸蛋儿、那身段儿，都不比秋麦差，真是看到眼里拔不出来啊。我一见到她，心里就会泛出一股热乎乎的东西。

刘丫头走出来，他把钱塞进我手里，悄悄地说："别让秋麦知道。"

我差点笑了，我想这两口子，真他妈的有意思。

"丫头哥，那蟹还想养吧？"我递过去一支烟，又给他点上。

"当然，我就等着王小二那块水塘了。"刘丫头深深地吸口烟，再吐出来。

"时候到了，刚才，王小二推着抽水机已经过去了。

"真的。"刘丫头眼睛瞪起来，说，"一会儿我就去找我叔，他老人家说话也该算话吧。"

"别忘了，今天是你叔的生日。"我笑笑说。

"快滚吧，我的脑袋瓜子不是木头做的。"

刘丫头脸膛红彤彤的，腮上那猪鬃似的两撮黑毛挓挲着。他的皮肤这么粗糙，怨不得秋麦看不上他。

我把钱塞进口袋里，长出了一口气。我才不管这一套，晚上，春香那小妮子还等着我的钱呢。一想到春香，我心里便按捺不住激动，这小妮子水灵灵的，已经能迷惑人了。我心里有数，她对我的印象还是不错的。她妈带着她弟弟在县城里看病，钱不够了，打电话跟我借钱。真是天赐良机，这个忙我可不能不帮啊。

刘丫头

家事、国家、天下事，我是事事关心，可他娘的谁关心过我。我眼看着也快四十岁了，我不想生气。我不想扯什么酸甜苦辣，这些年，投机倒把的事儿我干过一些，那是我自己本事大。如今想来想去，真他娘的屌意思没有。我知道我脾气不好，可脾气再好，你要碰上刘全这样的浪荡公子，你不发火才怪。

刘全这个狗日的又来借钱，我的钱就这么好借，那是我顶着蹲监狱的危险弄来的。哎，那样的好日子都过去了，如今，人的心眼子多了，你糊弄谁也不好糊弄。我爹虽说在城里也混了个一官半职，但屌事也不帮我一把，我的两个弟弟，没一个正经混的，

240 父亲上树

没一个有出息的，你看一个个那熊样儿，我见了就烦。现在想一想，我爹农转非的时候，多亏我超了年龄，说实在的，我真不喜欢那座城市，除了人还是人，除了汽车还是汽车，喘口气都呛你个跟头。前几年我盖了这几间房子，我就想让他们看看，我刘丫头在农村也活得不错嘛。

可话又说回来，盖这几间房子，把我那点老本也折腾得差不多了。可你让我干个买卖什么的，我从心底不喜欢。不喜欢干的事儿我从来不干。要说起来，我就喜欢打个鱼摸个虾的，可你让我像王小二那样，整天起早摸黑地往河里钻，一天挣不了个十块八块的，我还真不干。所以我看准了村北的那块水塘，我把它改造一下，养个蟹种个鳖的，一年下来，怎么也得弄几万吧？

刘全说王小二弄鱼去了。这消息让我把刘全借钱的不快一扫而光。我叔答应过我，说你就让王小二收一茬嘛。我叔说这话时，已经是大半年以前了。当时，我一听是王小二占着水塘，真想揍这个狗日的一顿。这个狗日的王小二，每次我在秋麦面前骂他时，秋麦总是装着没听见。我想秋麦肯定是让这个狗日的干过了。因为在我和秋麦订婚之前，我知道他们俩交往过那么一段，要不是秋麦的爹娘死活不愿意，我想秋麦现在只能伺候那个瘫子了，一身的鱼腥味儿不说，还得弄一身臭屎味儿。这个婊子，当时要不是看她长得漂亮，我早就踹了她。还有刘全这个王八蛋，在我面前就跟他嫂子眉来眼去的，当我是傻瓜呀，可别让我抓到把柄。

我站在院子里胡思乱想的时候，秋麦从屋子喊我，她说："一会儿你去镇上赶集，别忘了给我买块围脖，天快冷了，我还没有围脖呢。"

"我不去了。"

"你不是说要去赶集吗？"

"不去就不去了。"我没好气地说。

我看出秋麦脸上的失望。她一皱眉头，我就烦她，虽然她皱眉头的样子并不难看。不知道为什么，我和秋麦结婚十几年了，可我们凑在一块儿就是没有话说。如今可好，孩子让我妈接到城里去读书了，家里似乎突然就冷下来。有时候我心情不错，就找点话儿跟她说，可她冷着脸儿，一点儿风情都不懂，她白生了一个美人胚子，弄得我好心情也变坏了。我一生气，就想去女儿红酒店里找点乐子。哎呀，那些女人，真他妈的又年轻又过瘾。

天阴得快掉下来的样子，让你打心里往外烦。我站在院子里又愣了会儿，就来到屋子，从柜子里拿出两瓶"孔府家"。我跟秋麦说："中午你自己吃吧。"

秋麦冷着脸，也不理我，好像我不赶集就有罪似的。我就是他妈的不去，不就是一条烂围脖吗？

"你就知道去喝酒。"

我正准备出门，秋麦猛地嚷了这么一句，也活该打这一仗，正好碰上我心情不好。

我说："你管得着吗，你再嚷，你再嚷我揍你个狗日的。"

我没想到秋麦真地跟我较上了劲儿，她冲到我脸前，闭着眼说："揍啊，揍啊，刘丫头，你要不揍我你就是狗日的。"

本来我不想理她，可你看她那泼样儿，你跟我耍什么泼，我刘丫头最大的不是就是酒后喝多了骂上几句，惹我烦了我都没揍过你。你跟着我刘丫头，哪点儿委屈你了。别人有的你都有，孩子不用你看，活儿你也干不了多少，一排溜五间红砖瓦房，窗儿明亮的，我刘丫头那点对不住你秋麦。你他妈的嫁过来的时候就不是个囫囵货。你怪我脾气不好，有几个大老爷们儿脾气好的。

我越想越生气，就没头没脑地给了她几下子。"你哭吧，你自己躲在这好房子里好好地哭吧。"说完我就跑了出来，我怕她缠着我不放。这个娘们儿，除了漂亮点儿，没一点让人热的地方。

街上冷清清的。秋收完了，人们打工的打工，做买卖的做买卖，这么大个村子，就剩了一些老人、孩子和妇女，像我这个年纪的，在家里蹲着的也确实不多，心情一不好，我就想念前些年村里的那种热闹劲儿。说实在的，我叔这村长干得也是马马虎虎，别看整天咋咋呼呼的，老刘家这些人，谁跟他沾过光呀。过几年，等我兜里有了点钱，我非得把我这位拉拉叔拉下台去。

我瞅了瞅手里提着的两瓶"孔府家"，就觉得心里别别扭扭的，唉，就当冲那块水塘去的吧。

打老远，我就看到拉拉婶从门里走出来，她端着泔水盆子，是出来喂猪的。她总是那么勤勤恳恳，从小她对我最好。小时候，有什么好东西，我婶子总是分一半给我。从远处，我突然发现她老了许多，她也就是五十多岁吧，我记得她比拉拉叔还小二三岁呢。我不知道她姓什么，但我知道她叫艾。小艾，我母亲在家的时候，总是这样叫她。小艾，我母亲一喊，她就笑了。她对谁都是那么好。我就纳闷，这么好的脾气咋就养出个刘全这样的儿子。我还想，要是秋麦的脾气能赶上婶子一半好，我就知足了。

正胡思乱想着，突然看到一个穿着入时的女人慌慌张张地朝我跑过来，她身后还跟着一个小男孩。

"叔，你看到我爸爸没有？我爸爸是二九啊。"

二九？我仔细一看，这才认出眼前的女孩子是二九的闺女小樱。

"你是小樱啊，我没看到你爸爸。你爸爸不是瞎了吗？他还能到处跑啊。"

"叔啊，我们睡醒觉，他就不见了。我们找了一上午，村里都找遍了，没有人看见他。真急死人了。"

"别着急，你们先找着，我这就去村长家，让他在大喇叭里喊一喊。"

小樱说了声谢谢，便又带着那个小男孩朝前跑去。我盯着他们的背影，使劲摇摇头。

这二九，可曾经是个响当当的人物啊。

秀　才

我一抬头，看到一片雪花从空中晃晃悠悠地飘下来，接着是第二片、第三片……雪还是下来了。刹那工夫，天地间变得混混沌沌、苍苍茫茫。我盯着湾中间那几丛芦苇，北风中，灰白的芦苇穗子跟雪花搅在一起，一时都分不清谁是谁了。

刚才就在那个地方，是我先看到的竖在芦苇丛中的两条腿。我以为是看花眼了，使劲往上推了推眼镜，又抻着脖子瞅了半天。我先是看到了一只鞋子，接着又看到一只被水泡得雪白的脚丫子伸出水面来。我心里猛地忽悠了一下，比小盼把舌头伸进我嘴里的那一下还厉害。我朝小二哥那边跑了几步，腿软得不行。我指着芦苇丛那边说："二哥，你看看那边。"小二哥手里提着一个水盆，顺着我手指的方向看去。大概过了几秒钟，他手里的水盆"砰"一下落在地上，差点砸在我脚上。"秀才，快去、快去喊几个人来，对，喊刘拉拉，把刘拉拉喊来……出事了，真的出事了，闹不好是二九，他闺女到处找他，日他奶奶，他瞎着个眼，咋就钻到我水塘里来了？"

当代中国最具实力中青年作家书系

小二哥这么一说，我突然想起来，刚才村里的大喇叭里好像喊过找二九的事情。我像一只兔子似的，跑得飞快。一进村子，我见人就喊："出事了，北大湾出事了。"我径直朝村长刘拉拉家跑去。

　　我领着刘拉拉回到北大湾时，塘边已围着一帮人，大伙指指点点的，看到刘拉拉来了，便自动地让了让身子。刘拉拉抹着腰，喘两口粗气，说："等着干啥？下去俩人，把他拽出来。"

　　抽水机早已停下来。小二哥哭丧着脸，鞋都没脱，就进到水里。可是再也没有别人站出来。小二哥朝我看两眼。我心里很怕。我正犹豫着，看到披头散发的小樱和那个小男孩朝这边跑过来。我说："我下去吧。"我脱下鞋子，没脱袜子和裤子。尽管抽了半上午，水还是没到了大腿根。水冰凉，如同用钢丝往骨头缝里钻。我听到我的上下牙齿打得咔咔响。我和小二哥来到芦苇丛边上。我抓起那只雪白的脚丫子。我们一人拽着一条腿，便把他从淤泥里拽出来。尽管他是趴伏着身子，脸朝下，可我还是不敢回头看。我一手拽着雪白的脚丫子，一手在空中划着，脚下淤泥很深。有一条大鱼撞在我的腿肚子上，我差点摔倒在水里。来到岸边，有人接过我手中雪白的脚丫子，我呢，没回头看，便跑到一边去了。接着，我听到樱子撕心裂肺的哭声。

　　尸体拉走后，水塘边上只剩下我一个人。小二哥也跟着回村了。他还得把车子拉回来。抽水机、胶皮管子、渔网、水盆……乱七八糟，满地都是。我把湿透的裤子脱下来，使劲拧干，又穿在身上。不知道是冷还是紧张，我老是想把自己蜷缩成团儿。我啊啊地喊了两声，蹦了几个高，接着又绕着水塘跑了两圈儿，跟一条疯狗似的。不过，身上暖和了不少，我掏出一支烟，点着，这才发现，雪花三三两两地飘下来。

我盯着风雪中的那片芦苇，心里突然特别难受。几年来，我老为我的懦弱而感到耻辱。大学毕业后，因为找工作，到处碰壁，碰得鼻青脸肿，也没找到一份满意的正儿八经的工作。我开始怨天尤人，自暴自弃。两年多来，我以考研究生的名义，躲在家里，不愿意回到城里去。可我的心，没有一天不受到煎熬，尤其是听到父亲卖豆腐的梆子一响，我羞愧难当。我觉得我无能，就是一个废人，就是一堆垃圾，就是一台造粪机器。可是，我错了。今天上午，小盼如同一团火似的扑进我怀里。她向我倾诉，没想到，我在她心里，竟然是那么高大、完美。我无地自容，恨不得找个老鼠窟窿钻进去。小盼的这份感情，我还没来得及理清，这不刚才，我又见识了一次死亡。真是惊心动魄的一天。快乐、惶惑、惊恐、哀伤……诸多的不安在我心里搅拌。

　　我们都是一些可怜的人啊。可我觉得，最可怜的人倒不是死去的二九，而是老实本分的小二哥。他哭丧着脸，是哑巴吃黄连——有苦说不出。他的一塘鱼，就这么给毁了，养了将近两年。他本来是鼓着劲儿要卖个好价钱的，这一下可好，从鱼群中间，猛地钻出一具死尸，谁还敢吃这水塘里的鱼。

　　"二哥，能不能把水抽回来，再养个一年半载的？"

　　"抽不回来了，你看，水都漫进了荒地。就这个样子吧，过几天，我捞一捞，饭店是不能送了，到集市上卖卖吧。"

　　实际上也没什么。我心想。这么大的水塘，死尸只在里面泡了一宿。可事情不能这样想，话也不能这么说。只能认倒霉，总不能怪一个死人去吧。回过头来，我又对这个死去的二九感到悲伤。他当年多牛啊，在镇上买了二层小楼，还在电视里跟县长平起平坐。可到头来，却闹了这么个下场。

246　父亲上树

当代中国最具实力中青年作家书系

就是这么回事，人生不过如此。心里一发感慨，突然感到自己还是幸运的，起码还有小盼这样的女孩子爱着我。实际上，我也很喜欢小盼。我们住邻居。原来，我一直把她当妹妹看。可没想到，她的心里埋着一团火啊。想到这里，我心中不觉一暖，竟忘记了这满天的风雪。

这几天，我想到县城里，找我哥哥仔细聊聊。

我想带着小盼进城去。

我陈元要重新开始。

春　香

杂七杂八的事情忙完以后，我坐在水管旁边洗那几件夜里泡上的衣服。屋里的那台老座钟已经响过十下。衣服是母亲带着弟弟进城时换下来的。弟弟穿过的衣服特别脏，洗衣粉撒了一小把，搓来搓去，沫也没有漂起多少。

两天前，弟弟上课的时候，突然晕倒在课堂上。母亲心里很害怕，虽然父亲不在家，但母亲还是决定带他到城里的医院去看看。

母亲和弟弟已经走了两天。不知道为什么，今天早晨一起床，我这心里就疙疙瘩瘩的，总觉得要有什么事儿发生。我竟然把搅好的鸡食倒进猪槽里。有那么两次，我喘气都感到困难，站在那里，捂着胸口，一动也不敢动。我听到心脏像小鼓似的蹦得飞快。整个早晨，我心里都在不停地念着阿弥陀佛。要知道，这样的情况都是以往不曾有过的。

就是洗着衣服，我的脑袋里也在不停转着。我祈祷着，弟弟可千万别有什么事情。我心里净瞎琢磨，刘全走进门来，我都没有听到。

"春香。"刘全声音不大，却把我吓得差点坐在地下。

我站起来，头却像让谁砸了一棒子似的，一团团银星从眼前飞起来，昏了半天。

"春香，"刘全盯着我，从兜里摸出一根烟，点上，"你娘来电话了。"

我看着刘全绷着脸，一脸严肃的样子，嗓子眼里便立刻堵上了一块东西，两只手也在不停地抖动着。

刘全坐惯了我们家枣树下面的那把躺椅，于是一屁股便坐了进去，躺椅吱吱地叫了两声。

刘全说："你娘叫你放心，你弟弟没什么大毛病，不过，得住院观察几天。你娘那里钱不够了，让我给你准备二千块钱，让你明天一早送进城去。"

我的心就像一条小船似的，还在晃悠着。我说："全叔，我给你沏茶去。"

"不用了，"刘全吐一口烟，"我去镇上还有点事，正好去储蓄所取点钱，晚上我爹过生日，送走客人我就过来，你可得在家里等着我。"

我忙点头。我看到刘全的眼睛不停地在我身上扫来扫去，扫得我浑身不自在。我倒希望这时候，他跟我开个玩笑什么的，可是他没有。他从躺椅里站起身，把烟头扔在地上。

"对了，"在他转身的一瞬间，又扭过头来说了一句："你娘还特别嘱咐我，让你在裤头上缝一个口袋，把钱装在里面。她说，这样就安全了。你不知道城里有多乱。"

刘全突然笑了，眼珠也骤然亮了许多。他盯着我说："你都这么大了，你娘还是对你不放心。就说前段时间我给你在城里找的那个工作吧，多好，可你娘非说你还太小。你自己说说你还小吗？"说完，刘全伸出手，在我的肩头上摁了摁。我一哆嗦，便闻到一股浓浓的胶皮味儿。我低下头，脸像锅底一般烫人。

要说起刘全这个人，我觉得他还是很有意思的。按辈分我喊他叔，他年龄又那么大了，既是村长的儿子，又是养鸡场的老板，可他一点儿架子都没有，他总喜欢跟我开玩笑。他坐在我们家的院子里，等着我母亲在屋里把账算完。我母亲每天都从他的养鸡场里批发鸡蛋，进城里去卖。于是，他一星期来我们家结一次账。门口摩托车一响，我就知道是刘全来结账了。像我母亲这样进城去卖鸡蛋的妇女，我们村有七八个呢。鸡蛋都是从他那里批发的，光结账，也够他忙活的。可刘全来到我们家，从来没有急急火火的时候，他把身子歪在我们家枣树底下的躺椅里，眼睛东瞅瞅西看看，一副很自在很舒服的模样，看上去他心里踏实极了，像是那把躺椅专门为他准备的一样。我母亲坐在屋里的床头上，一边数着手里的票子，一边喊："春香，给你全叔倒水。"

我给刘全倒水，他便乐呵呵地盯着我。我不用看他，我就知道他在乐呵呵地盯着我。

"春香，你有一根白头发呢。"说着，他便抓住我的头发，"来，我给你拔下去。"

头皮一疼，我一咧嘴，便听到他嘿嘿的笑声。他举着我一根乌黑的长头发，说："坏了，拔错了，拔错了。"

我使劲儿瞪他一眼。我知道他是在跟我闹着玩儿，心里也并不真的生气。他这个人还是挺有意思的，一点儿架子都没有。不过，我就是害怕他看我时的那种眼神儿。

一天的时间真短，洗了几件衣服，就过去了，还累得不行。午后我出门的时候，看到一伙人跑来跑去，像是出了啥大事的样子。迷糊奶奶嘴里嘟囔着北大湾啊二九啊啥的，我也站在街头朝北看，不一会儿，一伙人拉着辆地排车从北边走过来，我看到车子里躺着一个人，浑身湿漉漉的，全是泥巴。我躲在几个老人身后，不敢仔细看。车子过去后，我终于明白了。是那个得了癌症的二九投湾自尽了。我很害怕。

　　这一天，不管我做什么事，心里总是不踏实，虽说我知道弟弟并没有太大的事，但还是不行。我想，肯定是让那个二九吓得，但也许是因为明天要进城去的缘故。这可是我第一次自己进城，虽然我已经十六岁了。还有，下午下了一阵雪，我担心夜里还下，明天进不了城咋办？妈妈和弟弟还等着我去送钱呢。

　　已经是晚上九点多钟。我蜷缩着身子，歪在枣树下面的躺椅里。周围漆黑一片。天上一颗星星都没有。透过黑乎乎的夜空，隐约能看到还没有落净的枣树叶在轻轻摇晃。我在为明天穿什么衣服犯愁。我心里难受极了，我没有一件这个季节穿的新衣服。我只有一件新裙子，还是去年我进城参加中考时，母亲特意给我做的，她盼着我能考个好学校，可我让她失望了。不过后来我想了想，这并不是一件坏事，如果我考上城里的学校，那得把我爹娘愁死。话又说回来，当然是考上好了。但人的命，天注定，想是没用的。

　　我的眼睛再一次瞅向那黑乎乎的门洞。大门是关着的，不知道为什么，我又期待又害怕听到门响。一想到在这么黑的夜里，会独自面对刘全，我就心喘气短，身子下面的躺椅也趁机"吱吱嘎嘎"地叫上几声。

躺椅的叫声让我想到了父亲。躺椅是父亲从城里的旧货市场买回来的。买回来的时候，它已经烂得不成样子，竹片一片片掉下来，尼龙绳糟了，木头架子也有了裂缝。父亲费了半天工夫，竟然折腾得有了模样。弟弟一屁股坐进去，躺椅纹丝不动，只是发生轻微的吱吱声，如同一只受了气的小羊羔。父亲拍拍手，嘿嘿笑了两声，说："花了两块钱，这城里的东西……"嘿嘿，父亲又笑了，像是赚了多大的便宜。

实际上，躺椅做好后，父亲并没有多少时间躺在里面。父亲长年在外面打工，只有秋收和过年的时候，他才回来坐上几天。那时候我和弟弟都变乖了，坐在小板凳上，瞅着父亲歪在躺椅里喝茶。

如今，父亲正在一座大城市里干建筑，他肯定不知道弟弟住院的事儿。我母亲不想告诉父亲。母亲带着弟弟临进城时，还专门嘱咐我：春香，你可别给你爹打电话呀。在事情没弄清楚之前，我怎能随随便便给父亲打电话呢？

只是都这么晚了，刘全还没把钱送过来。

老天爷，求求你，快让他来吧。

我害怕。

天好冷，冻得我直哆嗦。可是我不想进屋。我不想让刘全进屋。我想让他在院子里把钱交给我。